Nuits avec un secouriste

*

Le bébé d'un urgentiste

ALISON ROBERTS

Nuits avec un secouriste

Traduction française de
MARIE-JOSE LAMORLETTE

BLANCHE

HARLEQUIN

Collection : Blanche

Titre original :
FORBIDDEN NIGHTS WITH THE PARAMEDIC

HARPERCOLLINS FRANCE
83-85, boulevard Vincent-Auriol, 75646 PARIS CEDEX 13
Service Clients — www.harlequin.fr
ISBN 978-2-2805-1315-9 — ISSN 0223-5056

Édité par HarperCollins France.
Composition et mise en pages Nord Compo.
Imprimé en février 2025 par CPI Black Print (Barcelone)
en utilisant 100% d'électricité renouvelable.
Dépôt légal : mars 2025.

FSC
www.fsc.org
MIXTE
Papier issu de sources responsables
FSC® C159065

Pour limiter l'empreinte environnementale de ses livres, HarperCollins France s'engage à n'utiliser que du papier fabriqué à partir de bois provenant de forêts gérées durablement et de manière responsable.

Prologue

Ils étaient debout, épaule contre épaule, dans des smokings assortis, à l'intérieur de l'église.

Trois hommes.

Trois frères.

Ils étaient nés trente-deux ans plus tôt, à quelques minutes d'intervalle, et il n'avait jamais fait aucun doute qu'ils seraient ensemble dans un moment aussi important de leur vie : alors que le premier d'entre eux, Michael, avait décidé de rompre leur pacte de rester célibataires le plus longtemps possible.

Edward était venu d'Australie. Il avait rejoint James à Londres, où ils avaient pris un train pour Aberdeen. Ce n'était pas la ville où ils avaient grandi, mais c'était là que leur sœur aînée, Ella, avait choisi de faire sa vie avec l'homme qu'elle aimait. Et sa maison servait de base à trois frères qui n'avaient jamais été prêts à s'installer nulle part. Ni avec personne.

Jusqu'à présent.

Mick tourna de nouveau la tête, espérant apercevoir sa fiancée, Juliana, se préparant à remonter l'allée jusqu'à lui. Ses frères se tournèrent aussi, instinctivement, mais l'entrée de l'église était toujours vide. Ils échangèrent un sourire avec Ella, assise sur le banc de devant et tenant la main de son mari Logan.

Se retournant vers l'avant, Eddie et James se lancèrent un regard bref, mais qui en disait long.

Ils n'étaient pas complètement à l'aise d'être là. Certes, Mick était follement amoureux, mais sa décision de se marier semblait trop hâtive. Un mariage précipité.

Qu'était-il advenu de ce pacte qu'ils avaient conclu après avoir perdu leurs deux parents alors qu'ils étaient encore adolescents – celui qui disait que la vie était trop courte et qu'ils devaient en profiter au maximum ? Que, en marge d'une carrière excitante, il leur fallait accumuler autant d'aventures et de belles femmes qu'ils pouvaient en trouver ? Ce n'était pas parce que la petite amie particulièrement superbe de Mick, rencontrée au Brésil lors d'une mission de Médecins sans frontières, était enceinte, qu'ils devaient s'engager à passer ensemble le reste de leur vie, non ?

Quelque chose semblait ne pas aller.

Et apparemment l'inquiétude des trois frères se répandait parmi la petite assemblée réunie dans l'église – avec d'un côté les amis et la famille de Mick, et de l'autre une poignée de jeunes Brésiliens. Ella consulta sa montre et murmura quelques mots à Logan. Du côté de la fiancée, plus d'un invité tournait la tête vers l'entrée. L'un d'eux se leva pour sortir, en tapant un message sur son téléphone.

La femme qui jouait de l'orgue entama une fois de plus la *Sonate au clair de lune*, de Beethoven. Le langage corporel de Mick trahissait une tension grandissante.

— Les futures mariées adorent être en retard, le rassura calmement Eddie. Les gens sont encore plus heureux de les voir arriver.

Quelqu'un apparut, mais ce n'était pas la fiancée. C'était le pasteur qui, surgissant d'une porte latérale, rejoignit les trois frères. Il sourit à Mick.

— Pourriez-vous venir un instant avec moi, Michael ?

— Qu'est-ce qui ne va pas ? Oh ! mon Dieu... Est-il arrivé quelque chose à Juliana ?

Le sourire du pasteur était figé, à présent.

— Suivez-moi jusqu'à la sacristie, pour que nous puissions parler en privé.

Eddie et James échangèrent un autre coup d'œil. Il n'était pas question de garder quoi que ce soit privé. Quelque chose se passait et ils n'allaient pas laisser leur frère sans soutien. Ella et Logan étaient déjà debout, également prêts à suivre le pasteur et Mick.

Le jeune Brésilien qui avait quitté l'église quelques minutes plus tôt se trouvait à la sacristie.

— Je suis le frère de Juliana, Lucas, leur dit-il. Je suis désolé, mais elle ne peut pas être là, finalement.

— Est-ce qu'elle va bien ? demanda Mick, très pâle.

— Oui, elle n'a aucun problème.

— Alors pourquoi n'est-elle pas là ?

Eddie et James se rapprochèrent tous les deux de Mick, leurs épaules se touchant.

Ce fut le pasteur qui rompit un silence embarrassé en se raclant la gorge.

— Apparemment, quelqu'un d'autre est impliqué, qui est arrivé ce matin du Brésil. Le père de l'enfant que Juliana porte.

— *Je suis* le père, répliqua Mick, l'air dérouté. Elle me l'a dit.

Lucas secoua la tête.

— Non. Elle était enceinte avant de se rendre au centre médical où elle vous a rencontré. De José. Il ne voulait pas reconnaître le bébé, mais maintenant il a changé d'avis. Et Juliana est toujours amoureuse de lui. Ils sont en route pour l'aéroport afin de rentrer au Brésil.

Ella et Logan se regardèrent. Puis ils regardèrent Mick.

— Ne bouge pas, dit-elle gentiment. Eddie et Jimmy vont rester avec toi jusqu'à ce que nous ayons tout réglé et renvoyé les gens chez eux.

Une heure plus tard, l'église était vide et la réception annulée. Deux heures après, les trois frères se trouvaient dans une chambre d'hôtel et ils avaient vidé la première bouteille de scotch qu'ils avaient commandée.

— J'appelle le room service, dit Mick. Il nous en faut une autre.

— Commandons à dîner, suggéra James. Avec du vin, peut-être.

— Du champagne, marmonna Mick.

Il eut un rire sans joie.

— Célébrons le fait que je suis toujours célibataire.

— Hé, mon pote...

Eddie posa une main sur l'épaule de Mick.

— Je sais que ça fait mal, pour le moment, mais tu t'en remettras. Elle n'était pas celle qu'il te fallait.

— Oui...

James secoua la tête.

— Tu l'as échappé belle, frangin. Elle se servait juste de toi pour rendre son petit ami jaloux.

— C'est la première et la dernière fois que je décide de me marier, déclara Mick. À quoi je pensais ? Nous savons tous que la vie est trop courte et qu'il faut en profiter à fond.

Il leva vers ses frères son verre presque vide.

— Prenez ceci comme un avertissement et n'en arrivez jamais là.

Il finit son verre et leur adressa un grand sourire.

— Pourquoi se poser quand il y a un monde entier à explorer ? Et pourquoi acheter un livre quand on peut profiter de toute une bibliothèque ?

Eddie et James trinquèrent avec lui.

— La vie *est* courte, dit Eddie en hochant la tête. Parfois elle est formidable, et parfois elle est nulle.

Il passa les bras autour des épaules de ses frères.

— Au moins, nous nous avons, nous. Nous pouvons célébrer ensemble ce qu'il y a de super et être là les uns pour les autres quand ça ne va pas.

Le moment de silence qui suivit sa déclaration se teinta d'émotion, et quand Mick reprit la parole, sa voix n'était qu'un murmure.

— C'est tout ce qu'il nous faut.

1

Quatre ans plus tard...

— Je n'y retourne pas.

Edward Grisham secoua lentement la tête pour souligner sa résolution.

— Je ne peux pas.

L'homme debout à côté de lui dans le couloir de l'hôpital le fixait. Horrifié.

— Mais ce n'est pas possible, s'exclama-t-il. Tu as été là depuis l'accident. Jour et nuit. Pendant *des semaines.*

— Exactement. C'est pourquoi je ne peux pas y retourner.

— Alors qu'est-ce que je suis censé dire à ton frère quand il se réveillera et que tu seras parti ?

— Je n'abandonne pas *Mick*, espèce d'idiot ! Je parle de ne pas retourner en *Australie.*

— Oh...

James Grisham renversa la tête en arrière et souffla d'un air soulagé.

— Désolé... Je manque de sommeil.

Il décocha un sourire las à Eddie.

— Je n'ai fermé l'œil que deux ou trois heures après une terrible nuit aux urgences. Allons prendre un café et tu me mettras au courant.

Ils connaissaient par cœur maintenant la section « Dépendance élevée » de ce centre spécialisé dans les blessures de la moelle épinière, un centre rattaché à l'hôpital central de Glasgow ; mais, chose positive, ils avaient découvert une petite cour privée non loin de la cafétéria, et pour une fois il faisait assez beau pour sortir profiter de l'extérieur. Ils prirent leur café dans des gobelets en carton et se dirigèrent vers un banc en bois situé en face d'une petite fontaine.

James but une gorgée de son café, le plus fort disponible.

— Ainsi, tu vas lâcher ton métier de rêve avec les secours aériens d'Australie ?

— Oui. C'est déjà fait. J'ai quelqu'un qui doit emballer mes affaires pour me les envoyer, à cette heure.

Il jeta un coup d'œil à sa montre.

— Ou elle le fera quand elle se réveillera et aura mon message.

James haussa un sourcil.

— *Elle* ? Tu laisses derrière toi une petite amie, en plus de ton job ?

— Non... Cette relation est finie depuis longtemps. Kylie et moi sommes juste amis, maintenant.

— Tu respectes le pacte, alors ?

Ah... ce pacte. Celui qui disait qu'on ne devait jamais permettre à une relation de devenir assez sérieuse pour interférer dans ce que vous vouliez faire dans la vie ; ou pire, pour vous laisser en morceaux après avoir capoté – comme Mick après avoir attendu à l'autel une fiancée qui ne devait jamais arriver.

Non pas que les frères Grisham aient jamais manqué de respect envers les femmes. Ils avaient toujours établi clairement qu'ils ne recherchaient pas quelque chose de sérieux. Ils s'assuraient que les personnes choisies s'amusent le plus possible pendant qu'elles profitaient de leur amitié – et plus si affinités – et ils s'arrangeaient presque toujours pour partir avant que quelqu'un ait à souffrir.

La simple idée de ce pacte, et du style de vie qui l'avait engendré, devenait de plus en plus déplaisante aux yeux d'Eddie.

Celui-ci haussa les épaules.

— Je suppose...

— Tu ne parais pas trop sûr.

Eddie se frotta le front de son majeur.

— Ça a tout changé, tu ne penses pas ?

— Quoi ? L'accident de Mick ?

— Oui...

— Ça a certainement tout changé pour lui.

La voix enrouée, James se racla la gorge.

— À ton avis, quelles sont les chances qu'il marche de nouveau ?

— Tu es le médecin, mon pote. Je ne suis que secouriste. Qu'est-ce que tu en penses, toi ?

Le silence en dit long. Ni l'un ni l'autre ne voulaient évoquer le pire. Ils avaient abordé ce parcours en tant que famille, un pas après l'autre, depuis qu'ils avaient appris l'horrible nouvelle du grave accident de Mick alors qu'il faisait du parapente sur les pentes du Ben Nevis, dans les Highlands. Mick avait été transféré par hélicoptère dans cet hôpital et cette unité spécialisée pour y être diagnostiqué et traité, et la famille s'était rassemblée. James qui travaillait dans un hôpital d'Édimbourg avait été le plus proche, et il attendait déjà dans l'unité quand Mick était arrivé. Il avait fallu trente-neuf heures à Eddie pour venir de Sydney, mais il n'était pas reparti depuis – grâce aux accommodements fournis par le centre aux proches des patients.

Cela remontait à six semaines.

— Il mérite un peu de chance, dit doucement James. Jusqu'ici, il a eu toutes les complications possibles.

— Je pensais que le pire serait de le voir en soins intensifs avec un respirateur artificiel, en débarquant de l'aéroport. Personne ne m'a prévenu que je devais boucler ma ceinture pour les montagnes russes qui ont suivi.

— Je sais. Deux opérations, le choc spinal, ces complications cardiaques, et ses niveaux d'hypotension qui, moi, m'ont terrifié. Et puis il y a eu la paralysie, la pneumonie, une douleur impossible à gérer...

Eddie eut un sourire contraint.

— Et moi qui avais été si soulagé d'apprendre que la blessure était incomplète ! Qu'elle se situait au niveau thoracique, et qu'il n'avait pas perdu de sensations ou de fonctions dans les bras et les mains. Qu'il y avait une possibilité qu'il remarche.

— C'est encore tôt, dit James en prenant une dernière gorgée de café. Il pourrait se passer des semaines avant qu'il se remette complètement du choc spinal, et qui sait quelle inflammation résiduelle subsistera de la blessure et de la chirurgie. Au moins, il est assez stable pour pouvoir être transféré dans un centre de rééducation à Aberdeen. Ella et Logan n'auront plus cette longue route à faire pour lui rendre visite et pourront venir plus souvent. Mick adore Ella.

Quand son frère reprit la parole, Eddie perçut une appréhension nouvelle dans sa voix.

— Je suis inquiet de voir combien il a été à plat ces deux dernières semaines. Il mange à peine. Et je pense que, s'il dort autant, c'est peut-être pour éviter de nous parler.

— Je l'ai pensé aussi, dit Eddie. Il ne serait pas étonnant qu'une dépression s'installe après le combat initial pour rester en vie.

— Il montre assurément des signes de dépression.

— Si quelqu'un peut aider, c'est Ella.

Ella était la sœur aînée des triplés. Elle avait été une seconde mère pour eux alors qu'ils grandissaient. Elle avait épousé l'amour de sa vie quelques années plus tôt, et habitait et travaillait dans le comté d'Aberdeen. Elle était le point d'ancrage évident pour le frère qui allait avoir tant besoin de soutien de la part de sa famille dans l'avenir. Aussi cela avait-il été une évidence de choisir un centre de rééducation à Aberdeen pour le prochain stade de guérison de Mick.

— Et tu vas être beaucoup plus près aussi, ajouta James.

Il écrasa son gobelet et donna un petit coup de poing sur le bras d'Eddie.

— C'est formidable, frangin. Vas-tu rester chez Ella ? Vas-tu chercher du travail autour d'Aberdeen ?

— Pas besoin, répondit Eddie en prenant une grande inspiration. Apparemment, l'univers escomptait que je rentre à la maison. J'ai un poste qui m'attend dans les ambulances de l'air d'Aberdeen – le « Triple A », comme ils disent.

Il sourit à James.

— Je peux même reprendre l'appartement laissé par le secouriste que je remplace.

— Ça paraît parfait.

— Oui. Je l'espère...

Eddie se leva. James le suivit à l'intérieur, les sourcils froncés.

— Tu ne sembles toujours pas trop sûr.

Eddie haussa les épaules.

— Comme je le disais, tout a changé. C'est comme si nous avions seulement joué à être adultes, jusqu'à présent. Allant là où nous le voulions dans le monde, faisant les métiers qui nous excitaient le plus.

Il lança à son frère un coup d'œil de côté qui semblait presque gêné.

— Nous assurant de rester célibataires pour pouvoir enchaîner les conquêtes sans lendemain comme des irresponsables.

Il poussa un profond soupir.

— Eh bien... la vie est devenue réelle quand Mick est tombé du ciel, non ?

Ils regagnèrent en silence la chambre de Mick, mais Eddie ne pouvait s'empêcher de penser qu'il avait joué un rôle dans cette catastrophe. Il s'était conformé à ce pacte selon lequel tous les trois vivraient leur vie à fond. En évitant d'être pris par une relation ou des responsabilités familiales le plus longtemps possible. En attrapant au vol toutes les aventures qu'ils pourraient dans tous les domaines de leur existence – leur carrière, leur vie amoureuse, leurs distractions.

Certes, Mick était allé un peu plus loin encore, mais qui pouvait l'en blâmer après l'abandon dont il avait été victime et la nécessité de se remettre d'un cœur brisé ? Et ce n'était pas comme si James ou lui, Eddie, avaient fait quoi que ce soit pour essayer de le persuader de ralentir. Ils avaient écouté ses récits de missions dangereuses avec Médecins sans frontières, les peurs qu'il s'était faites en pratiquant des sports extrêmes comme la plongée sous-marine ou le parapente et… ils avaient été simplement heureux qu'il aime de nouveau la vie.

Et puis tout s'était écroulé. Pour Mick d'abord, bien sûr, mais aussi pour tous les membres de cette famille très unie.

Tout avait changé pour l'ensemble d'entre eux, et Eddie savait que leur approche de l'existence – insouciante, aventureuse, digne de play-boys – était ce qui changerait le plus.

La vie *était* courte, mais cela ne signifiait pas qu'il ne fallait pas tout faire pour la préserver. Ou ne pas s'inquiéter de l'effet que repousser les limites pouvait avoir sur les personnes qui vous aimaient le plus. Là, maintenant, c'était comme si leurs priorités avaient été faussées et qu'ils n'avaient pas donné à la plus importante – ce lien familial – la valeur qu'elle méritait.

Apparemment, il était temps de grandir correctement.

Jodie Sinclair était arrivée à la base des ambulances de l'air d'Aberdeen – située au bout d'une des pistes du principal aéroport de la ville – encore plus tôt que d'habitude, ce matin-là. Et ce n'était pas juste parce que la nouvelle machine à café de la salle du personnel était exceptionnelle.

Était-ce parce qu'elle se sentait un tout petit peu nerveuse ?

Non… Elle secoua la tête à cette idée ridicule. Être nerveuse faisait partie des réactions émotionnelles négatives qu'elle avait appris depuis longtemps à éliminer avant que celles-ci ne puissent l'affecter – professionnellement ou personnellement.

Une fois dans le vaste hangar, Jodie prit un instant pour regarder autour d'elle. Droit devant se trouvait l'un des hélicoptères H145 noirs et racés de la flotte, celui que son équipe utiliserait ce jour-là. Posé sur une grande plate-forme en bois, ses roues étaient placées sur un rail qui passait sous la porte roulante occupant toute la largeur du hangar jusqu'à l'héliport. En pressant des boutons, la porte pouvait être relevée et l'hélicoptère sorti, prêt à décoller. Que la destination soit encore inconnue et que l'urgence pour laquelle ils étaient appelés demeure un mystère était, au début, ce que Jodie aimait le plus dans ce métier.

Elle gravit un escalier en acier qui la conduisit en haut du mur du hangar, en face du simulateur d'hélitreuillage. Cela faisait partie du décor qui était plus qu'une deuxième maison pour elle, abritant ce qui était sans aucun doute la part la plus importante de sa vie.

Le seul fait d'arriver au travail suffisait pour qu'elle soit concentrée. Pour qu'elle éprouve cette sorte d'anticipation qui lui permettait d'être prête à accomplir sa mission au mieux de ses capacités. Elle n'avait pas besoin que d'autres personnes lui disent qu'elle était au sommet de son activité. Elle ne le voulait pas, en fait, parce qu'à ses yeux l'on pouvait toujours progresser.

À moins que quelque chose ne vous retienne.

Comme un nouveau membre de l'équipe qui était un parfait inconnu ?

Quelqu'un qui avait travaillé à l'autre bout du monde. Un Australien qui pouvait être entraîné comme secouriste et qualifié pour travailler sur des hélicoptères, mais qui était aussi susceptible d'être une sorte de cow-boy se moquant des protocoles. Elle avait vu tous les *Crocodile Dundee*, ces films avec ce héros décontracté à l'accent traînant et au grand couteau ridicule. Si son nouveau partenaire montrait le moindre signe d'être ce genre de marginal, il allait faire l'objet d'un sérieux réajustement pour pouvoir s'intégrer à son équipe.

La porte intérieure du hangar menait directement à l'espace réservé au personnel et, plus loin, aux bureaux des gens qui géraient tout ce qu'il fallait pour faire tourner un service de sauvetage aérien ne manquant pas de travail. Jodie travaillait ici depuis assez longtemps pour connaître tout le monde. Dion, le chef du service « Opérations », qui avait en charge le fonctionnement quotidien de la base, se faisait un café quand elle entra dans la salle du personnel. Angus, l'un des pilotes, était assis à une longue table devant un café et des toasts. Alex, l'homme d'équipage et copilote pour leur équipe, se tenait près des grandes fenêtres qui allaient du sol au plafond – l'endroit idéal pour regarder les avions atterrir et décoller sur les principales pistes de l'aéroport.

— Demande-lui, Jodie, lança Angus. Moi, il ne veut pas me le dire.

— Lui demander quoi, Gus ?

— Pourquoi il boit toujours cet infect café instantané quand il pourrait en avoir un bon avec cette nouvelle machine.

— Je sais ce que j'aime, marmonna Dion. Pourquoi faut-il que tout change sans arrêt ?

Jodie eut un grand sourire.

— Je t'entends, mais il s'agit juste de café. Je dois travailler avec un nouvel équipier, aujourd'hui, et je ne l'ai même pas rencontré.

— Il va te plaire, affirma Dion. Il a survolé ses tests d'orientation. J'ai appelé le chef de la base où il travaillait en Australie et ils sont désolés de le perdre. Il m'a dit que nous pouvions nous estimer heureux qu'il ait décidé de revenir chez lui en Écosse.

— Chez lui ? Je croyais qu'il était australien.

Jodie mit une capsule dans la machine à café.

— Il est aussi écossais que nous tous. Né et élevé à Dundee, je crois. Il a une sœur obstétricienne à l'hôpital Queen's, ici, à Aberdeen. Deux frères qui sont aussi médecins. Apparemment, une famille médicale de haut vol.

— Nous verrons, répondit Jodie. Si j'avais su que tu engagerais quelqu'un pendant mes vacances, je ne serais pas partie.

Dion rit.

— Tu veux dire que tu aurais renoncé à tes vacances de rêve que tu as programmées depuis au moins un an, faire du parapente sur le mont Blanc ? Je ne crois pas.

Jodie lui sourit de nouveau.

— Bien vu.

Une des leçons qu'elle avait apprises longtemps auparavant, quand la vie dans laquelle elle pensait s'embarquer lui avait été arrachée, était qu'il fallait toujours avoir un but. De préférence un objectif de taille, qui demanderait du temps et des efforts pour être atteint. Encore mieux, avoir un autre but en vue avant même d'être venu à bout du précédent. Et pas seulement pour des vacances aventureuses, mais aussi dans sa carrière.

Ainsi, avant de partir pour les Alpes françaises, elle avait mis des plans en place pour améliorer encore sa formation. Elle allait entamer une thèse de secourisme. Il lui faudrait peut-être quelques années pour y arriver, mais c'était le meilleur des buts et... elle ne voulait rien faire d'autre de sa vie, après tout.

Alex se détourna de la vue et lui demanda :

— Alors, comment c'était ? Ces vacances de rêve qui seraient le cauchemar de la plupart des gens ?

— C'était incroyable. Tu n'as réellement rien vécu jusqu'à ce que tu aies sauté d'une montagne comme le mont Blanc.

Elle se lança dans une description enthousiaste de son expérience et termina par un soupir de bonheur.

— Tu as l'impression de voler. C'est la plus extraordinaire des sensations.

En parlant, elle se tourna et retint brusquement son souffle, embarrassée d'avoir fait un plaidoyer aussi passionné pour le parapente devant quelqu'un qui ne la connaissait pas – et n'était probablement pas intéressé le moins du monde par ses vacances.

Quelqu'un comme l'homme qui se tenait de l'autre côté de la

pièce, au sommet de l'escalier qui venait de la réception. Il fixait Jodie comme si elle avait parlé de quelque chose qui l'offensait personnellement.

Un grand étranger qui portait le même uniforme qu'elle. De lourdes bottes. Un pantalon noir. Un T-shirt noir affichant le logo des ambulances de l'air d'Aberdeen, et un petit drapeau écossais bleu et blanc sur une manche. Il avait des cheveux aussi sombres que sa tenue et des traits bien dessinés qui accrochaient le regard.

Il était beau, cela ne faisait pas de doute, mais ce n'était pas ce qui rendait la première impression qu'il offrait aussi extraordinaire. Il avait une *présence*. Il se dégageait de lui une sensation de calme qui suggérait qu'il maîtrisait totalement sa personne et ce qui se passait autour de lui. Pour Jodie qui tenait à garder un contrôle complet d'elle-même et des événements, c'était en vérité un peu perturbant – comme si une grosse pierre s'apprêtait à être jetée dans la mare relativement étale de sa vie.

Alors elle le fixa en retour, de sorte à écarter tout ce qu'il y avait de malvenu en lui. Il y eut peut-être dans son regard une trace de défi à l'origine du silence gêné qui s'installa. Ce fut Dion qui le rompit.

— Eddie… entrez, dit-il en souriant à l'arrivant. Venez rencontrer votre partenaire et votre pilote. Jodie, voici Edward Grisham. Eddie, voici Jodie Sinclair, notre chef secouriste.

Le nouveau franchit la distance qui les séparait en longues enjambées décontractées. Il eût été grossier de détourner les yeux de lui, à ce stade, mais le regard soutenu de ses prunelles aussi sombres que ses cheveux semblait la jauger, et Jodie sentit son cœur manquer un battement – comme si ce qu'il pouvait penser d'elle comptait beaucoup trop. C'était troublant…

— Heureux de vous rencontrer, Jodie, dit-il en tendant la main. Je me réjouis à l'avance de travailler avec vous.

Ses yeux exprimaient l'intelligence et son sourire suggérait qu'il n'avait aucun mal à se faire des amis. Mais Jodie ignora délibérément cette espèce de charme superficiel. Comme elle était encore un peu ébranlée par ses premières impressions concernant son nouveau partenaire, il lui fallut peut-être une seconde de trop pour poser son mug sur la table avant de lui serrer la main.

— Heureuse de vous rencontrer aussi, Edward.

Son sourire fut un vrai sourire de bienvenue, mais elle ne lui assura pas qu'elle se réjouissait également de travailler avec lui. Cela dépendrait complètement de ses qualités dans son métier – dans la vraie vie, pas d'après un CV ou ce que l'on pouvait dire de lui.

— Eddie, s'il vous plaît, répliqua-t-il en lui souriant toujours. Ou Ed. Il n'y a que les agents du fisc qui m'appellent Edward.

Jodie hocha simplement la tête. Comment elle finirait par appeler son nouveau collègue serait fonction de ce qu'elle ressentirait en travaillant avec lui, mais d'ici là il était plutôt bien d'avoir le choix.

— Y a-t-il quelque chose que vous aimeriez voir avant que nous commencions notre service ? Des équipements qui ne vous sont pas familiers, ou des protocoles différents de ceux auxquels vous êtes habitué ?

Il ne baissa pas les yeux.

— Je pense que ça va, merci. Il faudra peut-être me rappeler où se trouvent les choses pendant un jour ou deux, mais j'apprends vite.

Jodie soutint son regard, ce qui ressembla à un défi. Elle lui expliqua comment se faire un café et lui dit qu'il avait le temps d'en prendre une tasse avant la réunion d'équipe prévue à 6 h 45. Elle précisa qu'elle allait s'occuper de vérifier les médicaments et de refaire les stocks dans cinq minutes.

— Vous voudrez peut-être me rejoindre dans la réserve ?

Elle se tourna pour reprendre son mug et vit que Dion l'observait, un sourcil levé. Avait-elle été impolie, de ne pas offrir de préparer un café au nouvel arrivant ?

Peut-être. Mais la culpabilité était une autre de ces émotions qu'elle avait appris à contrôler. Elle serait très heureuse de faire un café à Edward Grisham un jour ou l'autre. Il fallait simplement qu'il gagne ce privilège, pour commencer.

Elle n'était pas grande. Un mètre soixante au maximum, vu que le haut de sa tête atteignait à peine l'épaule d'Eddie. Et il était impossible de ne pas remarquer qu'elle était joliment... *mignonne.*

Oh ! là, là... Au cours des deux dernières décennies, Eddie avait affiné une compétence qui était devenue si automatique qu'il en avait à peine conscience : il était capable en quelques secondes d'enregistrer tous les détails de l'apparence d'une femme. Ainsi remarqua-t-il la taille de Jodie et la façon dont son T-shirt de service soulignait ses courbes. Comment la coupe courte de ses cheveux auburn seyait à son visage rond, et les taches de rousseur qu'elle avait sur le nez et le haut des joues.

Mais son aspect physique n'était que l'impression d'arrière-plan qu'Eddie avait d'elle. Il y avait en elle autre chose qu'il ressentait comme un coup de poing dans l'estomac. Quelque chose de presque percutant.

Jodie Sinclair produisait-elle cet effet sur tout le monde ?

Cela expliquait-il la conversation un peu étrange qu'il avait eue avec le chef de poste, Dion, pendant ses journées d'orientation ?

« Vous allez travailler avec Jodie Sinclair, lui avait dit Dion. Une secouriste remarquable qui a à peu près votre âge. »

Il avait haussé un sourcil.

« Une partenaire féminine ne sera pas un problème pour vous, n'est-ce pas ? »

Eddie avait cligné des yeux de surprise.

« Pourquoi diable en serait-ce un ? »

Dion avait paru un peu embarrassé.

« C'est juste un sujet assez sensible chez nous. On a eu une équipe qui a pour ainsi dire implosé à cause d'une relation entre deux de ses membres. Un patient a été mis en danger alors qu'ils s'occupaient de questions… personnelles. »

Il avait décoché un regard sévère à Eddie.

« Cela ne doit jamais se reproduire. C'est interdit. »

Eddie lui avait assuré qu'il n'avait pas à s'inquiéter, en pensant chacun de ses mots. En outre, dans cette première rencontre avec Jodie, il y avait des choses plus importantes à prendre en compte que des attributs physiques. Peut-être était-ce quelque chose de professionnel qu'il trouvait si frappant chez sa nouvelle partenaire ? Comme l'impression d'intelligence qu'elle dégageait et cet éclat dans ses yeux qui indiquait qu'elle aimait être aux commandes. Et qu'il était jaugé aussi rapidement qu'il la jaugeait.

Il s'en accommodait.

La veille au soir, il avait trouvé sur Internet un article sur cette base de sauvetage aérien qui contenait les profils des membres de l'équipe. Jodie avait un parcours brillant d'experte en soins critiques, elle s'était formée en médecine hospitalière, elle avait une maîtrise en science du secourisme ainsi que des qualifications élevées en procédures thérapeutiques et administration des médicaments. Elle avait peut-être deux ou trois ans de moins que lui, mais elle le dépassait largement pour ce qui était des compétences.

Il n'avait aucun problème pour respecter cette autorité. Et il était prêt à gagner le respect qu'on lui accorderait en retour. Là, par exemple, il était très content de renoncer à une tasse de café pour être dans la réserve avec elle et faire l'inventaire des médicaments – d'autant plus qu'il savait très bien qu'il s'était agi d'une instruction et non d'une simple proposition.

Ce qui lui causait quelque difficulté, en ce premier jour de son nouveau travail, c'était ce qu'il avait entendu raconter par Jodie lorsqu'il était arrivé. Elle parlait de se jeter du haut d'une des plus hautes montagnes d'Europe. Mais c'était surtout la façon dont elle l'avait évoqué, son ton enjoué démentant tout danger inhérent à cette activité en raison du plaisir qu'elle procurait, qui l'avait choqué.

Exactement comme Mick parlait de chaque nouveau sport extrême dans lequel il s'était lancé au cours des dernières années. Elle avait pourtant dû voir les terribles conséquences de corps brisés ou de personnes perdant la vie même quand elles ne flirtaient pas avec le danger pour le plaisir. Eddie ne pouvait qu'espérer que c'était juste par bravade qu'elle se montrait si blasée à ce sujet. Ou bien, se dit-il, il était hypersensible sur ce point à cause de Mick.

Il devait travailler avec cette femme. Dans une profession qui reposait lourdement sur le respect scrupuleux des procédures de sécurité. Il était très conscient de la rapidité avec laquelle les conditions d'une mission étaient susceptibles de changer. Vu que Jodie était sa supérieure, sa propre vie pouvait dépendre des décisions qu'elle prendrait en dernier ressort. Et avoir un signal d'alarme qui clignotait à l'arrière de son esprit n'était pas la meilleure manière de commencer.

Il était tout à fait prêt à lui faire confiance. Mais la confiance devait se gagner.

2

Alors qu'il était à la moitié de son premier service avec les ambulances de l'air d'Aberdeen, au sein de la « section bleue », Edward Grisham pouvait déjà dire que sa nouvelle équipe faisait partie des meilleures avec qui il avait jamais travaillé. Gus, le pilote, et Alex, le membre d'équipage, étaient tous les deux manifestement très expérimentés et très compétents dans leur rôle. En outre, ils cachaient toute méfiance vis-à-vis du « nouveau » sous une amabilité qui était la bienvenue. Eddie comprenait leur curiosité à son sujet, et il répondit avec plaisir à leurs questions sur sa période australienne et sur son passé lorsqu'ils firent une pause pour manger.

— Alors vous avez grandi à Dundee ?

— Oui. Avec ma sœur aînée Ella et mes deux frères.

— Des frères plus jeunes ou plus âgés ?

— Plus âgés que moi de quelques minutes. Nous sommes triplés.

— Non...

Même Jodie parut surprise par cette information. Et la curiosité dans ses yeux, alors qu'elle les levait de ses papiers, fit qu'Eddie remarqua vraiment leur couleur pour la première fois. Ils étaient bruns, mais d'une nuance beaucoup plus claire que les siens. Une sorte de ton chocolat au lait. La même teinte chaude que ses taches de rousseur, en fait.

C'était joli...

— Vous avez donc été cloné avant de naître, dit Alex, impressionné.

— Nous ne sommes pas identiques. Le père d'Ella est mort quand elle était bébé et notre mère s'est remariée alors que celle-ci avait six ans. Elle et notre père voulaient un enfant à eux, mais ça ne marchait pas, alors ils ont essayé une FIV.

— Et ils en ont eu trois comme vous ? lança Gus avec un grand sourire. Votre pauvre mère !

— Ella avait huit ans, à l'époque, et elle a été comme une deuxième maman pour nous.

Eddie fit une grimace.

— Je pense que ça l'a découragée d'avoir ses propres enfants.

— Comment c'était ? demanda Jodie, toujours curieuse. J'avais des amies qui étaient jumelles, à l'école, et j'ai toujours pensé que c'était spécial. Vous êtes le premier triplé que je rencontre.

Eddie aimait bien la façon dont elle le regardait, comme s'il pouvait être lui-même quelque chose de spécial. Il avait envie que Jodie l'apprécie, réalisa-t-il. Alors il soutint son regard un peu plus longtemps, en lui décochant le sourire qui, il avait toutes les raisons de le croire, faisait fondre les femmes – au moins un peu.

— Nous étions une bonne équipe de petits diables. Ella adore raconter comment, à trois ans, nous avons pris les ciseaux à ongles de maman pour nous couper mutuellement les cheveux. D'après ma sœur, on aurait dit qu'on nous avait passé une tondeuse à gazon sur la tête, ce qui nous a fait beaucoup rire.

Jodie ne lui rendit pas son sourire.

— Au moins, vous êtes rentré d'Australie avec une coupe correcte.

Elle retourna à ses papiers. Il était visiblement temps qu'Eddie cesse de parler de lui, et trop tôt pour escompter avoir des échos de l'enfance de sa partenaire secouriste.

Même si elle ne souriait pas, elle ne se montrait pas inamicale. Et il n'avait rien trouvé qui confirme ce qui le tracassait à son sujet, sans qu'il sache ce que c'était.

Jodie Sinclair était aussi compétente que Gus et Alex. Elle était concentrée, rapide mais efficace, et elle semblait suivre les protocoles à la lettre d'une façon si automatique qu'il était facile de travailler avec elle. Ils n'avaient pas eu de missions représentant des défis, jusqu'à présent : deux transferts entre des hôpitaux, un homme victime d'un infarctus à la campagne et un accident de la route pour lequel le sauvetage aérien ne s'était pas avéré nécessaire, finalement.

Eddie ne se faisait pas de souci sur la façon dont son équipe répondrait à un incident grave. Pas du tout. Il était impatient de participer à ce genre de chose, en fait. C'était juste que… quelque chose continuait à le turlupiner concernant Jodie. C'était peut-être un reste d'antipathie datant du matin, quand il l'avait entendue raconter allègrement qu'elle se jetait du haut de montagnes pour s'amuser. Elle gagnait certes sa confiance au niveau professionnel mais, personnellement, elle restait une inconnue.

Son intranquillité était peut-être due au fait que ce qui le tourmentait semblait être une sorte de signal d'alarme. Et celui-ci grimpa d'un cran quand l'appel qu'il espérait arriva juste après leur pause déjeuner.

— C'est près de Fort William, leur dit Dion tandis que leurs bipeurs sonnaient. Plus près de Glasgow que de nous, mais pour l'instant nous sommes le seul hélico disponible. Une équipe de secours en montagne a été appelée, toutefois il leur faudra du temps pour arriver sur les lieux. Apparemment, l'accès va être un peu compliqué.

L'équipe était déjà en mouvement – gagnant l'escalier qui descendait au hangar. Leurs bottes résonnaient sur les marches en acier.

— Une vététiste, rapporta Alex en consultant un écran tout en marchant. Elle a heurté une branche dans une descente et est passée par-dessus le guidon. Des blessures à la tête, au cou et à la poitrine.

Jodie fut la première dans la cabine de l'hélicoptère. Elle fixait son harnais quand Eddie grimpa après elle.

— On connaît son état ? demanda-t-il.

— Elle est consciente, répondit Jodie. Son compagnon s'assure qu'elle ne bouge pas, mais elle souffre beaucoup.

Elle attacha la bride de son casque.

— Gus ? Quand y serons-nous, approximativement ?

— Vingt minutes de vol environ. Mais nous ne pouvons pas savoir quand vous atteindrez la patiente avant d'avoir vu à quoi ressemble l'accès. Je suis déjà allé par là, et vous hélitreuiller ne sera peut-être pas possible, à cause des arbres et des bourrasques.

Vingt minutes suffisaient amplement à Eddie pour se rappeler tout ce qui était important dans des blessures de ce type. Il savait qu'il leur faudrait vérifier avec soin s'il y avait un traumatisme majeur, et que tout ce qui gênerait la respiration ou la circulation devrait passer avant une blessure potentielle de la moelle épinière. Il connaissait toute la gamme des interventions et des médicaments qui pouvaient être utilisés pour stabiliser la patiente afin de la conduire dans l'unité de soins traumatiques la plus proche. Il était formé pour s'assurer que toute blessure secondaire soit évitée à la blessée durant le transport.

Mais ceci lui semblait complètement différent.

À cause de Mick.

Parce que, maintenant, il savait d'expérience à quel point un accident comme celui-ci était susceptible de transformer l'existence de quelqu'un. Il avait toujours eu conscience de ses responsabilités dans le travail qu'il faisait. Du pouvoir qu'il avait de changer le cours de la vie d'une personne. Ou de sauver cette vie. Mais là, c'était la première blessure possible à la moelle épinière dont il aurait à s'occuper depuis l'accident de Mick, et il en avait une conscience si aiguë que son taux d'adrénaline était assez élevé pour lui emballer le cœur et lui assécher la bouche.

Comme s'il était nerveux ?

Le regard que Jolie lui lança suggéra qu'elle avait perçu sa tension, ce qui n'aida pas. Eddie savait qu'elle jaugerait chacune de ses actions, comme elle jaugerait la scène de l'accident et leur patiente. Personne ne voulait d'un partenaire nerveux. Ce qui n'aida pas non plus, alors qu'ils survolaient l'endroit indiqué par GPS, ce fut de constater qu'apparemment Gus ne s'était pas trompé. Il n'y avait pas d'endroit évident pour se poser près du lieu de l'accident et les arbres étaient si denses sur la pente abrupte qu'une opération d'hélitreuillage ne serait pas sûre du tout.

— Il y a une clairière à côté de cette cabane, au sommet, indiqua Gus. Je peux me poser là, mais vous aurez à transporter votre matériel par le sentier.

— L'équipe de sauvetage en montagne est déjà en train de monter, ajouta Alex. Ils ont une civière en berceau qui permettra de remonter plus facilement la blessée jusqu'à l'hélico.

Leur propre équipe devait transporter un pack de survie et de l'oxygène, un équipement pour traiter tout sérieux problème respiratoire, ainsi que de nombreuses autres choses comme du matériel de perfusion, des médicaments, des garrots, des attelles et des pansements. Ils avaient chacun une charge à porter, et il n'échappa pas à Eddie que Jodie voulait prendre la plus grosse.

— Je peux m'occuper de ça, dit-il.

Le vif coup d'œil de la jeune femme lui indiqua que son offre n'était pas nécessaire, ni la bienvenue. Elle glissa ses bras dans les brides et boucla la ceinture, le temps qu'Eddie et Alex rassemblent le reste du matériel. Puis elle s'engagea la première sur le chemin qui partait de la clairière, en jetant un rapide regard par-dessus son épaule pour être sûre que les hommes la suivaient.

Eddie allongea le pas.

La vraie mise à l'épreuve venait de commencer.

Jodie observait son nouveau collègue avec attention, mais pas ouvertement. Elle lui jetait un coup d'œil de côté par-ci, un regard par-dessus son épaule par-là, quand il ne s'y attendait pas. Quelque chose la tracassait depuis qu'elle avait constaté combien il était tendu pendant le vol. Les muscles crispés de sa mâchoire lui avaient indiqué qu'il grinçait des dents, et il serrait les poings. Elle n'avait pas remarqué qu'il était nerveux jusque-là, alors qu'y avait-il de si différent dans cette mission ? Vu ses antécédents, être envoyé sur ce genre d'accident ne devait pas être un problème. Sa tension était-elle due au fait que c'était le premier cas où il pourrait montrer à ses nouveaux collègues à quel point il était bon dans son job ?

Si oui, et s'il avait de quoi s'inquiéter, elle voulait savoir exactement pourquoi.

Après une descente glissante et pénible, ils arrivèrent sur les lieux de l'accident. Jodie se tint délibérément en arrière pour laisser Eddie s'approcher le premier de leur patiente.

La jeune femme était allongée sur le dos parmi des pierres, sur le côté de la piste ; elle était couverte d'un manteau et un pull-over en laine plié était glissé sous son crâne. Un jeune homme en T-shirt tenait le casque qu'elle portait toujours pour garder sa tête immobile. Eddie le salua d'un signe du menton, puis s'accroupit pour que la blessée puisse voir son visage.

— Hé... vous êtes Caitlin, c'est ça ?

Le ton de sa voix était aussi rassurant qu'un sourire.

— Oui...

— Désolé d'avoir mis si longtemps, petit chou.

Ooh... Sous cette décontraction à la Crocodile Dundee, Jodie pouvait percevoir sa sincérité. Si elle était à la place de Caitlin, à entendre ces mots et à voir son visage si près du sien, elle aurait l'impression d'être la seule personne qui comptait au monde, en cet instant.

Et n'était-ce pas ce que l'on pouvait ressentir de mieux, quand on souffrait, que l'on était effrayé et qu'on n'avait aucune idée de ce qui allait vous arriver ? Même si c'était la seule contribution qu'Eddie devait apporter au traitement de cette patiente, lui faire sentir qu'elle allait être soignée par quelqu'un qui se souciait autant d'elle n'avait pas de prix.

— Je suis Eddie, disait-il à présent. Et j'ai Jodie et Alex avec moi. Nous allons nous occuper de vous, d'accord ?

— D'a... d'accord.

Caitlin tremblait, malgré le manteau qui la couvrait. Puis elle se mit à pleurer.

— J'ai mal...

— Qu'est-ce qui vous fait le plus mal ?

Caitlin, qui étouffait un sanglot, ne put répondre. Jodie vit qu'Eddie effectuait un rapide examen. Avec sa torche, il vérifia ses pupilles. Puis il ôta le manteau et ouvrit doucement la veste qu'elle portait par-dessous pour observer les mouvements de sa poitrine. Il prit son pouls, et Jodie sut qu'il enregistrait son teint et son rythme cardiaque. Il évalua sa tension, basse, tout en regardant les pierres environnantes pour voir si elle avait perdu du sang.

Jodie ouvrit leurs packs et en sortit du matériel. Elle approuva d'un signe de tête Alex qui attrapait une couverture de survie. Ils avaient mis longtemps pour arriver et l'hypothermie était un risque. Il avait aussi près de lui le matelas pneumatique qui était leur meilleur équipement pour bouger une patiente avec de possibles blessures spinales.

— C'est son cou, répondit le compagnon de Caitlin à la place de la jeune femme qui gémissait de nouveau. Et je pense qu'elle s'est blessée aux côtes, parce qu'elle disait que respirer lui faisait mal. Et... elle va aller bien, n'est-ce pas ?

Il avait le teint cendreux.

— Elle allait si vite quand elle a heurté cette branche. Elle a atterri sur la tête et s'est retournée comme une crêpe avant de tomber sur ces pierres. J'étais trop effrayé pour la laisser bouger et... et vous avez mis si longtemps pour arriver.

— Je sais. Je suis désolé. Quel est votre nom ?

— Ian.

— Vous avez bien fait de la tenir immobile et au chaud, Ian. Et d'appeler des secours. Est-ce qu'elle a perdu connaissance ?

— Elle était étourdie, mais pas vraiment inconsciente. Elle grognait, c'est tout.

— Vous êtes un ami de Caitlin ?

— Nous devons nous marier l'an prochain.

— Hé... félicitations, dit Eddie en souriant de nouveau. Caitlin ? M'entendez-vous ?

— Mmm...

— Pouvez-vous serrer ma main ?

Eddie releva les yeux pour croiser le regard de Jodie, et elle put voir que la main de Caitlin était complètement inerte dans la sienne. Eddie la pressa.

— Super, dit-il. Je vais vous ôter votre casque, à présent, avec précaution, et nous allons mettre une minerve autour de votre cou. Je vais prendre soin de votre tête pour que rien ne bouge, mais nous devons vous déplacer un petit peu pour vous enlever de ces pierres et vous mettre sur quelque chose de plus confortable, pendant que nous verrons ce qui se passe.

— *Non...* , dit Caitlin, des larmes roulant sur ses joues. S'il vous plaît, ne me bougez pas... Ça fait mal...

— Nous allons nous occuper tout de suite de cette douleur, petit chou. Êtes-vous allergique à quelque chose ?

— Non...

— Prenez-vous des médicaments ?

— Non...

Eddie se remit debout.

— Ian, je vais prendre votre place près de la tête de Caitlin pour pouvoir regarder son cou, mais nous aurons besoin de votre aide pour la soulever de ces pierres, d'accord ?

— D'accord.

— Placez-vous au niveau de ses pieds pour être prêt à la porter dans une minute ou deux. Jodie, pouvons-nous avoir un antalgique pour Caitlin, s'il vous plaît ? Et Alex, pouvez-vous venir lui tenir la tête pendant que je lui ôte ce casque ? Lancez-moi une minerve. Merci.

Jodie glissa une canule dans une veine du bras de Caitlin. Si sa tension était aussi basse qu'il le semblait, elle allait avoir besoin de plus qu'un antalgique. Il lui faudrait des fluides et des médicaments pour irriguer sa moelle épinière.

Elle prévint automatiquement qu'elle allait piquer, mais son cœur sombra quand elle constata que Caitlin ne sentait presque rien dans ses membres supérieurs. Cela signifiait que sa blessure spinale était d'un niveau élevé. Cela signifiait aussi qu'il leur fallait tenir sa respiration à l'œil. Une intubation serait peut-être nécessaire pour veiller sur ses voies respiratoires et la garder assez immobile durant le transport, afin d'éviter d'autres dommages à sa colonne vertébrale.

Eddie devait penser aux mêmes choses, à en juger par sa mine sérieuse tandis qu'il donnait des instructions pour faire rouler Caitlin sur le matelas pneumatique qu'Alex avait dégonflé afin qu'il forme une couche dure.

— À trois, dit-il. Un, deux... *trois.*

Il tenait la tête de la jeune femme pour s'assurer que ses cervicales restent dans le prolongement de sa colonne vertébrale. Caitlin cria de douleur, mais il fallait la tourner encore une fois.

— À trois, ordonna de nouveau Eddie, le visage si concentré qu'il en paraissait sinistre. Un, deux... *trois.*

Ils purent faire glisser le matelas sur du terrain plat, à l'écart des pierres qui pouvaient causer des problèmes. Ils procédèrent à un premier examen rapide, mais complet. Puis ils branchèrent des moniteurs pour avoir des mesures de base – tension, saturation en oxygène et rythme cardiaque.

Cela fait, l'équipe de sauvetage en montagne arriva à point nommé avec la civière en berceau. Les hauts montants en plastique et les nombreuses poignées étaient conçus pour transporter quelqu'un sur un terrain en pente raide. Avec Caitlin enveloppée dans le matelas pneumatique, le transfert sur la civière de l'hélico se ferait sans peine.

Soudain, Jodie leva une main, jetant un coup d'œil à un moniteur qui bipait, puis à la poitrine de Caitlin.

— Je ne veux pas que sa tête soit fixée tout de suite, dit-elle. Je ne suis pas satisfaite de ses efforts respiratoires.

Eddie se pencha près de l'oreille de la blessée.

— Caitlin ? Pouvez-vous ouvrir les yeux pour moi ?

Seuls ses cils frémirent. Elle était somnolente depuis qu'on lui avait administré de forts antalgiques mais, là, elle ne réagissait pas à un niveau plus profond. Ils mesurèrent sa tension et son taux d'oxygénation, qui étaient faibles.

— Elle fait de la tachycardie.

— Les respirations sont bien au-dessus de trente.

Eddie croisa le regard de Jodie.

— Vous voulez intuber ?

Elle hocha la tête. Il était évident pour tous les deux que contrôler les voies respiratoires devait se faire avant d'entamer une lente et difficile ascension de la colline.

L'équipe de sauvetage en montagne s'occupait de Ian. On lui avait remis son manteau et donné une boisson chaude. Ils le soutenaient, aussi, vu que l'état de sa fiancée était plus grave que ce qu'il avait pensé.

Eddie était déjà à la tête de la blessée, dans la parfaite position pour procéder à l'intubation.

— Je vais stabiliser son cou par-dessous, dit Jodie. Vous voulez bien faire l'intubation ?

Ce n'était pas vraiment une question. Elle était déjà en place pour assister plus que pour effectuer la procédure. La réponse d'Eddie la figea.

— Non.

Elle battit des cils.

— Quoi ?

Une fraction de seconde, elle fut emplie de confusion. Son

partenaire junior venait-il de refuser de faire ce qu'elle avait demandé ? D'un ton plat qui indiquait qu'il n'avait pas l'intention de changer d'avis ou d'en discuter. Les yeux fixés sur le visage de Caitlin entre ses mains, il ne vit pas l'expression incrédule de Jodie.

— Je ne bouge pas tant que nous ne l'avons pas sécurisée, déclara-t-il. Vous pouvez travailler autour de moi pour enlever la minerve et intuber.

Jodie sentit le coup d'œil perplexe d'Alex, mais ne regarda pas leur coéquipier. Ce n'était pas le moment de commenter ce qui se passait, le refus d'Eddie et sa façon de lui dire quoi faire. Cela viendrait certainement plus tard, mais pour l'heure il y avait des choses bien plus importantes sur lesquelles se concentrer. Et, oui, elle pouvait travailler entre ses bras.

Mais cela signifiait qu'elle devait s'accroupir suffisamment à côté d'Eddie pour que sa hanche soit pressée contre sa jambe, et ses bras ne cessaient de toucher les siens. Elle n'était pas à l'aise d'être aussi près de quelqu'un sur qui elle ne pouvait clairement pas compter, mais ce n'était pas non plus le moment de penser à ça. Ils avaient un travail à faire et ils devaient le faire vite.

La première tâche fut de détacher avec précaution les brides qui fermaient la minerve, afin de pouvoir ouvrir assez la bouche de Caitlin. Un bras appuyé sur celui d'Eddie pour se stabiliser, Jodie sentait combien il tenait rigidement la tête de la blessée pendant qu'elle travaillait. Alex préparait les médicaments nécessaires pour anesthésier et paralyser leur patiente.

L'intensité de la concentration d'Eddie tandis qu'elle insérait le laryngoscope et le tube en plastique était palpable. Jodie se concentra tout autant, effectuant la procédure rapidement et sans accrocs. Puis elle attacha l'oxygène et mit en place le respirateur artificiel. Ce fut seulement quand le matelas pneumatique fut aplati des deux côtés de la tête de Caitlin qu'Eddie bougea enfin les mains. Et qu'il leva les yeux vers Jodie.

Et il paraissait... en colère ?

Jodie le regarda brièvement. Que se passait-il, là ? C'était elle qui devrait être en colère parce qu'il avait platement refusé d'exécuter ses ordres, alors qu'elle était la secouriste senior. C'était insupportable et elle en toucherait un mot à Dion lorsqu'elle rentrerait à la base, parce qu'elle n'était pas du tout sûre de vouloir travailler avec ce nouveau venu.

Un membre de l'équipe de sauvetage en montagne allait ramener Ian – et les deux vélos – jusqu'à sa voiture afin qu'il puisse se rendre à l'hôpital.

— Où allez-vous emmener Caitlin ? demanda-t-il.

— Le centre le plus proche pour les traumatismes majeurs est à Glasgow et c'est le meilleur endroit où elle peut aller, car il y a une unité spécialisée dans le traitement de la moelle épinière. Nous vous tiendrons au courant.

La seule communication qui eut lieu durant la montée consista en des échanges d'informations concernant l'état de Caitlin, des messages radio pour définir leur destination et dire à Gus qu'ils allaient bientôt décoller. Ils se passaient la civière de mains en mains pour franchir des failles entre des rochers, et gravir des pentes boueuses et glissantes.

Jodie était celle qui était en colère, à présent, mais comme toute émotion négative, elle contrôlait complètement son irritation. Elle la repoussait à l'arrière-plan, et il était facile de la garder pour elle en évitant de croiser le regard d'Eddie et en se concentrant exclusivement sur leur patiente. Mais lorsqu'ils se posèrent sur le toit de l'hôpital central de Glasgow, le problème qui couvait dans son esprit avait conduit à une décision.

Edward Grisham, en rentrant d'Australie, avait adopté une attitude arrogante qui était inacceptable.

Peut-être avait-il toujours été ainsi ?

Quoi qu'il en soit, il était un cow-boy. Un marginal. Quelqu'un qui faisait ce qu'il avait envie de faire, et peu importait qu'une autre personne ait défini la meilleure façon d'agir. Et peut-être que cela n'avait pas causé de dégâts dans ce cas, mais, pour ce qui concernait Jodie, cela signifiait que leur partenariat n'allait pas marcher. Elle avait bien l'intention de se rendre dans le bureau de Dion dès qu'ils seraient de retour à la base et de lui demander de transférer Eddie dans une autre section.

Ce fut Jodie qui fit un rapport détaillé au spécialiste des urgences et au chirurgien orthopédique de l'unité spinale, qui les attendaient. On les complimenta sur la façon dont ils avaient traité Caitlin jusque-là. Tandis que le personnel de l'hôpital leur rendait le matelas pneumatique et s'occupait de brancher leurs propres moniteurs, Jodie se tourna pour partir, satisfaite qu'ils aient fait de leur mieux pour cette patiente.

Et soudain elle se figea.

Le chirurgien marchait vers Eddie, et lui serra la main.

— Je pensais ne plus vous revoir, Ed, dit-il.

— Moi de même, Andrew.

Jodie sentit ses yeux s'écarquiller. Son nouveau collègue appelait par son prénom un chirurgien orthopédique de Glasgow ? Plus que ça, ils semblaient partager quelque chose d'important pour eux deux. Que se passait-il ?

— C'est mon premier jour dans mon nouveau travail à Aberdeen, ajouta Eddie avec un sourire contraint. Mais apparemment, je ne peux pas me passer de cet endroit.

Le chirurgien lui rendit son sourire, tout en fronçant les sourcils d'un air concerné.

— Comment va Mick ?

Une ombre passa sur le visage d'Eddie.

— Ah... Il s'adapte. Ce n'est pas facile.

— Oui, je m'en doute. Restez en contact avec moi, voulez-vous ? Faites-moi savoir si je peux aider d'une manière ou d'une autre.

— Je n'y manquerai pas, merci.

Eddie ne regarda pas Jodie tandis qu'ils portaient le matelas pneumatique jusqu'à l'ascenseur le plus proche pour retourner sur le toit, où Gus et Alex les attendaient pour les ramener à la base. Jodie se tenait à l'arrière de la civière et elle se retrouva en train de fixer le dos d'Eddie alors qu'il appuyait sur le bouton. Quand les portes se refermèrent, le silence dans l'ascenseur fut lourd et elle prit une grande inspiration. Elle savait parfaitement bien qu'elle allait peut-être franchir une limite entre le professionnel et le personnel, mais cela lui paraissait important.

— Qui est Mick ? demanda-t-elle.

— Mon frère, répondit Eddie sans se retourner.

Un autre silence tomba et dura tandis que l'ascenseur s'arrêtait à un autre étage. Les infirmières qui attendaient, le voyant plein, se reculèrent et les portes se fermèrent de nouveau.

— Mick vient de passer deux mois dans l'unité spinale de cet hôpital, reprit calmement Eddie. Il a eu un accident de parapente dans les Highlands.

Il ne fallut qu'une seconde pour que plusieurs choses se mettent en place dans l'esprit de Jodie.

La façon dont Eddie l'avait regardée en arrivant ce matin-là, alors qu'elle pérorait sur le plaisir qu'il y avait à sauter depuis des montagnes. La tension qu'il avait montrée durant le vol aller. Cette détermination farouche à protéger le cou de Caitlin afin que sa blessure potentielle ne soit pas aggravée.

Au même instant, Jodie se vit telle qu'Eddie avait dû la voir. Comme quelqu'un qui avait peu de respect pour la valeur de la vie. Elle pouvait même entendre un écho de son ton coupant lorsqu'il avait refusé d'ôter ses mains de la tête de Caitlin.

Penser qu'ils n'étaient pas faits pour travailler ensemble était probablement une idée qu'il partageait et… elle ne pouvait réellement le blâmer s'il se demandait s'il avait commis une erreur en s'engageant dans le Triple A.

Pire, elle n'aimait pas l'aperçu qu'elle avait d'elle-même à travers ses yeux.

Eddie se racla la gorge.

— Sa blessure n'est pas aussi haute que celle de Caitlin, mais la route vers la guérison va être longue.

L'ascenseur ralentit de nouveau alors qu'ils atteignaient leur destination.

— C'est pourquoi je suis rentré d'Australie. Et pourquoi j'ai pris ce travail à Aberdeen. Mick vient d'être transféré dans un centre de rééducation de la ville.

En cet instant, Jodie réalisa qu'il n'avait pas joué la comédie en se montrant affectueux avec Caitlin. Si le lien qu'il avait avec son frère était assez fort pour qu'il bouleverse sa vie afin de pouvoir le soutenir aussi longtemps que nécessaire, il était plus que capable de se soucier sincèrement d'un patient.

Et il y avait deux mots qu'elle entendait résonner à l'arrière de sa tête, là.

Petit chou...

Personne ne l'avait jamais appelée « petit chou ». Pas même Joel. Mais ils avaient pratiquement grandi ensemble, se fréquentant depuis le collège, et leurs mots doux étaient plus moqueurs que sentimentaux. Il l'appelait « petit bout ». Ou « tache de son », à cause de ses taches de rousseur. Mais cela n'avait pas d'importance, car leur amour était aussi solide qu'un roc. Ils allaient être ensemble pour la vie.

Jusqu'à ce que les choses tournent autrement...

L'ascenseur s'arrêta dans un sursaut et il y eut ce minuscule laps de temps, avant que les portes ne s'ouvrent, qui pouvait être le dernier instant que Jodie aurait en privé avec Eddie avant qu'ils soient repris dans le tourbillon de leur service. Il fallait qu'elle dise quelque chose, mais ses pensées étaient emmêlées comme jamais.

Ces souvenirs de Joel n'avaient certainement pas aidé, mais elle avait déjà été troublée par un niveau d'émotion qu'elle n'aurait jamais laissé affleurer, normalement.

Jamais.

Et elle n'allait pas laisser cet état de choses durer un instant de plus. Parce que, si elle le faisait, cela la ramènerait encore plus en arrière – dans un contexte dont elle s'était éloignée en luttant âprement, il y avait très longtemps. L'époque où sa vie était intacte.

Aussi parfaite qu'elle l'avait espérée.

— Je suis désolée.

Ce fut tout ce qu'elle dit quand la porte s'ouvrit sur le toit.

En fait, ce fut plus un marmonnement. Probablement parce qu'elle ne savait pas exactement de quoi elle s'excusait.

De l'accident dévastateur dont l'un de ses frères avait été victime ?

Pour s'être montrée... cruellement désinvolte, peut-être ?

Pour ne pas être capable d'exprimer, ou même de ressentir, la sollicitude dont Eddie était capable ?

Pour avoir décidé qu'elle allait demander à ne plus travailler avec lui ?

Non...

L'excuse valait pour toutes ces choses-là, mais c'était aussi parce qu'elle l'avait mal jugé. Et, si elle voulait être vraiment honnête avec elle-même, était-ce parce qu'elle regrettait de ne pas lui ressembler davantage ? De ne pas être quelqu'un qui avait des qualités admirables sur un plan personnel plus que professionnel. Des qualités attirantes, même ?

Il serait bien trop facile d'en vouloir à un homme qui lui avait tendu un miroir et montré quelque chose qu'elle n'aimait pas chez elle, mais elle ne se le permettrait pas. Elle était capable de travailler avec cet homme sans laisser quoi que ce soit de personnel affecter leur relation professionnelle.

Quand ils s'habitueraient à travailler ensemble, ils pourraient en fait former une équipe formidable avec la façon dont leurs compétences se complétaient. Et c'était une manière bien plus positive de voir ce qui s'était passé. Ce n'était pas comme si le refus d'Eddie de suivre ses instructions avait compromis les soins donnés à leur patiente. On pouvait même dire qu'elle était en partie à blâmer, quand elle lui avait demandé s'il « voulait bien » exécuter la procédure. Il avait eu de bonnes raisons de dire que non, alors elle devait juste passer là-dessus.

À partir du moment où cela ne se reproduisait pas.

Jodie courba la tête tandis qu'ils poussaient la civière vers Alex, qui attendait pour les aider sous les rotors de l'hélicoptère – lesquels prenaient déjà de la vitesse.

— Nous avons une autre mission à effectuer en rentrant, leur dit-il. Un transfert pédiatrique à partir d'un centre médical de Laurencekirk. Détresse respiratoire probablement due à une bronchiolite, mais on s'inquiète de savoir si l'enfant est assez stable pour être transporté par la route.

Jodie éprouva quelque chose qui ressemblait beaucoup à du soulagement lorsqu'elle put s'asseoir et s'attacher pour le vol. C'était l'un des meilleurs côtés de ce métier – il y avait toujours quelque chose en réserve qui pouvait vous distraire et vous empêcher de ressasser des préoccupations personnelles.

3

Eddie n'allait pas laisser cela le tracasser.

La réponse moins que compatissante de Jodie Sinclair quand il lui avait parlé de l'accident de Mick. Ou la distance soigneusement professionnelle qu'elle mettait entre eux depuis.

Qu'avait-il escompté ? Un véritable intérêt pour sa vie personnelle ? Un souci sincère pour les difficultés que son frère et toute sa famille traversaient ? Peut-être avait-il espéré que le lui dire pourrait briser la glace et leur permettre de mieux se connaître.

— Ce n'est pas qu'elle n'est pas aimable, dit-il à ses frères quand il alla voir Mick à la fin de son service. Simplement, je ne suis pas sûr qu'elle m'apprécie beaucoup.

C'était une expérience nouvelle pour Edward Grisham. Les gens avaient tendance à tout de suite bien l'aimer. En particulier les femmes...

Était-ce que Jodie n'appréciait réellement personne ? Qu'elle était l'une de ces rares femmes qui étaient des loups solitaires ?

Il avait en tout cas eu cette impression au regard qu'elle lui avait lancé quand il avait refusé de lâcher la tête de Caitlin pour pratiquer l'intubation. Il aurait aimé en discuter avec elle une fois leur mission terminée, pour une sorte de débriefing. Mais il s'était retrouvé à travailler avec Alex pour reconstituer le stock de matériel dans l'hélico et nettoyer celui-ci, pendant que Jodie disparaissait dans la réserve.

À la fin de leur service, il l'avait trouvée assise à la table de la salle du personnel, complétant le rapport sur le traitement de la patiente. Mais lorsqu'il avait commencé à parler, elle avait levé une main pour l'interrompre.

« Laissez-moi quelques minutes. Je ne veux pas me tromper dans ces dosages.

— Pas de souci, avait répondu Eddie. Ça peut attendre. Je dois y aller, de toute façon. Mon frère James est venu d'Édimbourg pour voir Mick et je dois les retrouver au centre de rééducation. »

Jodie avait visiblement cessé de se concentrer sur les données à entrer, les doigts planant au-dessus du clavier.

« Bien sûr. Allez-y, avait-elle répliqué, son regard effleurant celui d'Eddie. À demain. »

Se rappeler le sourire qu'elle lui avait décoché à ce moment-là suffit à lui faire se demander s'il ne réagissait pas trop vivement. Après tout, cela avait été son premier jour de travail avec Jodie et il avait peut-être mal interprété ce regard, comme le manque de sincérité de son excuse ?

À en juger par le petit rire amusé de son frère James, il n'était pas le seul à penser qu'il était possible que cette impression soit fausse.

— Peut-être que tu lui plais, suggéra-t-il. Tu sais, comme les filles à l'école primaire qui pouvaient être méchantes parce qu'elles ne voulaient pas que tu saches à quel point elles t'aimaient bien ?

— Elle ne me plaît pas, se défendit Eddie. En tout cas, pas de cette façon. Quand j'ai dit que je souhaitais la connaître mieux, je ne parlais pas de coucher avec elle.

James haussa un sourcil.

— Parce qu'elle fait partie de ton équipe ? Je comprends. Si elle voulait plus que quelque chose de léger, cela pourrait devenir un peu gênant dans un espace confiné comme une cabine d'hélicoptère. Au moins, moi, je dispose de tout un service si je veux mettre de la distance.

James n'avait-il pas écouté l'autre jour, quand Eddie avait dit que pour lui tout avait changé depuis l'accident de Mick ? Que ce qui était important dans la vie semblait soudain être quelque chose de beaucoup plus profond que leur façon d'être égocentriques – tout faire pour avoir une carrière excitante durant les heures de travail, et s'amuser frénétiquement en dehors avec autant de femmes superbes que possible ?

— Tu as dû remarquer combien elle est mignonne, reprit James. Magnifique, même. J'ai montré à Mick cet article en ligne sur elle, quand je suis arrivé cet après-midi. Celui avec sa photo à côté de l'hélico, son casque sous le bras. Est-elle célibataire ?

— Je n'en ai aucune idée. Et je ne vais pas chercher à le savoir.

Eddie secoua lentement la tête.

— Et ce n'est pas seulement parce qu'il y a des règles très strictes qui interdisent de sortir avec ses collègues. Tu ne trouves pas un peu... superficiel de se demander si chaque belle femme que tu rencontres pourrait avoir envie de s'amuser ? Tu ne te dis pas que tu risques d'en blesser certaines même si elles ne le montrent pas ? Ou que tu gaspilles ton temps alors que tu serais en mesure d'établir une vraie relation ?

James battit des cils.

— Pas si elles sont au courant que tu as juste envie de t'amuser un peu. Il y a plein de filles qui sont plus qu'heureuses de jouer, comme tu le sais très bien.

Oui, Eddie le savait. Et le savoir ne lui plaisait pas.

— À quoi ça sert de nouer une « vraie » relation, de toute façon ? demanda Mick d'un ton amer. Ça veut juste dire que c'est *toi* qui seras blessé, à la fin.

C'était toujours là, apparemment. Le souvenir de ce moment affreux, à l'église, quand il était devenu évident que la fiancée de Mick ne viendrait pas. La dévastation de Mick avait été contagieuse, et le lien entre les trois frères n'avait jamais été aussi fort.

Comme en ce moment. Eddie sentait combien James cherchait désespérément à changer de sujet.

— Ce n'était pas juste la photo, dit-il. Apparemment, ta Jodie est une tête. Elle semble déterminée à devenir la secouriste la plus qualifiée d'Écosse. Nous avons été impressionnés tous les deux, n'est-ce pas, Mick ?

— Oui...

Mais Mick ne paraissait pas particulièrement impressionné. Ou même intéressé. Il était allongé sur le dos dans son lit, dans sa chambre individuelle dont les larges portes-fenêtres donnaient sur un jardin accessible en fauteuil roulant, et il fixait le plafond – comme depuis qu'Eddie était arrivé. Son fauteuil roulant était rangé dans un coin, près de la porte de la salle de bains.

— Je suis désolé que tu aies à travailler avec quelqu'un que tu n'apprécies pas beaucoup, marmonna-t-il. Ou qui ne t'apprécie pas.

Il ferma les yeux.

— Tu n'avais pas besoin de quitter le job que tu aimais tant, tu sais. Je ne t'ai jamais demandé de rentrer pour me tenir compagnie.

— Je sais. Mais je l'ai fait parce que j'en avais envie. Il était temps que je revienne à la maison – je n'avais pas réalisé combien l'Écosse me manquait. Toute cette délicieuse pluie...

Eddie sourit.

— Et vous me manquiez aussi, les gars, que vous le croyiez ou non.

— C'est non.

Mais James souriait en consultant sa montre.

— Je vais devoir prendre la route bientôt si je veux rentrer à l'heure pour mon service de nuit. Si nous te sortions de ce lit, Mick, et que tu nous fasses faire une visite guidée de cet endroit ? D'après ce que j'ai pu voir en arrivant, il a l'air assez bling-bling.

— Excellente idée, agréa Eddie, soulagé que son nouveau job – et sa nouvelle partenaire – ne soit plus au centre de la conversation. J'aimerais voir le gymnase, la piscine et la salle de jeux. Y a-t-il une table de billard ?

Mick haussa les épaules, les yeux toujours fermés.

— Je n'en sais rien. Je n'ai pas pu rester assis dans le fauteuil assez longtemps pour aller quelque part. Ils sont encore en train de jongler avec mes antalgiques.

— Tu as ton programme pour les séances de kiné ? demanda Eddie. Ils nous ont dit qu'ils t'évalueraient à fond une fois que tu serais installé et que toute l'équipe se réunirait pour planifier des soins individualisés.

Mick ouvrit les yeux, ce qui le fit paraître encore plus lugubre.

— Apparemment, on perd beaucoup de force musculaire en restant allongé trop longtemps. Mes bras sont comme des spaghettis. Je ne peux même pas tourner les roues de ce fauteuil.

— Tu y arriveras.

— Arriver où, exactement ? Ce n'est pas comme si je pouvais retourner soigner des gens en Éthiopie ou me tenir prêt pour une catastrophe naturelle quelque part, hein ?

Le silence entre les trois frères confirma tout ce qui avait changé et Eddie parla avec douceur.

— Tiens bon, camarade. Et ne songe même pas à perdre espoir. Aucun de nous ne sait combien de fonctions tu vas récupérer. Et te connaissant, tu vas pulvériser ce défi comme tout ce que tu as toujours fait dans ta vie.

— Je reviendrai lors de mon prochain jour de repos, annonça James à Mick. Mais d'ici là je t'appellerai en vidéo.

Il prit son blouson de cuir et son casque de moto.

— Je surveille les possibilités de remplacement ici, aussi. Logan me dit que les urgences du Queen's sont un bon endroit où travailler. Hé… je pourrais m'installer dans ton appartement avec toi, Eddie. Ce serait marrant.

Eddie secoua la tête.

— Il n'a qu'une chambre. Nous avons peut-être partagé un ventre, par le passé, mais je ne partagerai pas mon lit avec toi.

Mick ne se joignit pas à leurs rires, mais au moins il sourit pour la première fois depuis que ses frères étaient là.

— Il garde peut-être ce côté du lit pour sa jolie collègue, dit-il.

Après tout, Ed, ce n'est pas comme si tu n'avais pas enfreint quelques règles, dans le temps.

Eddie secoua la tête.

— Je pense que c'est mon signal de départ. Avant que vous deux ne trouviez d'autres idées ridicules.

Il se leva.

— Et, juste pour information, je ne prévois pas de partager mon lit avec quiconque dans un proche avenir. Il se passe plus qu'assez de choses dans ma vie, pour le moment.

— On est deux, dit Mick qui avait refermé les yeux. Filez, vous deux. Je suis fatigué.

Eddie jeta un coup d'œil par-dessus son épaule en quittant la chambre, plus inquiet pour son frère maintenant qu'à son arrivée. Mick avait une main sur le front, protégeant ses yeux. D'une lumière trop crue qui n'existait pas ? Ou cachait-il le fait qu'il versait une larme ?

Le picotement derrière les paupières d'Eddie put être chassé assez facilement, mais la tristesse dans son cœur sembla grandir. Et vouloir s'installer un peu plus profondément.

Il ne fut pas étonnant qu'un écho de la voix de Mick hante son sommeil cette nuit-là. Toutefois c'était quelque chose que James avait dit qui était surtout présent à son esprit lorsqu'il arriva à la base le lendemain. Il trouva Jodie avec Gus et Alex. Ils se préparaient à sortir l'hélico du hangar, et il l'entendit rire à une remarque de Gus.

Il l'avait vue sourire, mais c'était la première fois qu'il entendait son rire, et les coins de sa bouche se relevèrent – comme s'il avait lui-même entendu la plaisanterie et qu'elle était particulièrement bonne. C'était la première fois aussi qu'il voyait comment une vraie gaieté pouvait illuminer le visage de Jodie, et il réalisa que James avait eu raison.

Elle était vraiment magnifique.

Ce n'était pas seulement son aspect. Il y avait autour d'elle une aura indéniablement attirante. Elle était le genre de personne vers qui tout le monde se tournerait dans une soirée, par exemple – hommes et femmes – et cela n'avait pas forcément à voir avec une attirance sexuelle.

Son rire ne s'était pas complètement éteint quand elle vit approcher Eddie, et ce fut une autre première de percevoir la façon dont ses yeux dansaient quand elle trouvait quelque chose amusant. Est-ce qu'ils dansaient aussi lorsqu'elle était heureuse ? Il serait impossible de ne pas se sentir heureux soi-même si on avait la chance d'être assez près pour voir ça.

Eddie se sentait mieux qu'un moment plus tôt, c'était sûr. Il souriait encore en se dirigeant vers l'escalier.

— Bonjour ! lança-t-il.

— Bonjour, mon gars, répondit Alex en forçant sur un accent australien.

Gus leva une main et Jodie hocha la tête en réponse à son salut. Mais si elle dit quelque chose, cela se perdit dans le vacarme de la porte géante qui se relevait pour ouvrir le hangar et signaler le début d'un nouveau service.

Un service comportant une mission qui les emmena le long de la côte, jusqu'à une plage au nord d'Aberdeen. La vue qu'Eddie avait de son hublot était spectaculaire : les vagues de la mer du Nord, des falaises impressionnantes couronnées parfois d'anciens châteaux en ruines, et des bandes de sable doré entre des reliefs rocheux. Un pêcheur avait glissé sur ces rochers et était blessé à la poitrine – assez gravement pour que l'ambulance locale ait appelé les secours aériens. L'homme avait de multiples côtes fracturées et éprouvait de plus en plus de difficultés à respirer.

Eddie avait deux pensées qui lui trottaient dans la tête tandis qu'il contemplait le paysage qui filait derrière eux. La première, c'était que, si Jodie lui demandait d'intuber ce patient, il faudrait qu'il ait une très bonne raison de refuser. Sinon, il pourrait dire adieu au genre de relation qu'il souhaitait avoir avec une collègue de travail très proche. La veille, il avait vu de l'incrédulité dans les yeux de Jodie. Après ça, elle avait évité de croiser son regard, ce qui lui avait indiqué qu'elle n'était pas contente, mais cela avait changé quand elle l'avait vu parler au neurochirurgien de Glasgow.

Quand il lui avait expliqué qui était Mick.

L'autre pensée qui sortait de nulle part était quelque chose qu'il avait dit à ses frères, la veille – qu'il n'avait pas réalisé combien l'Écosse lui avait manqué. Il sentait très fortement ce lien, en cet instant, avec le pays sauvage qui s'étendait au-dessous d'eux.

Ils eurent un défi à relever avant même de se poser. Les pêcheurs étaient descendus de la falaise par un sentier. Les ambulanciers locaux avaient utilisé un quad pour parcourir la longue distance sur la plage. La seule façon dont l'hélicoptère pouvait s'approcher était d'atterrir sur la bande de sable entre les falaises et les vagues.

— C'est une bonne chose que la marée soit basse, dit Gus. On peut se poser sur du sable ferme. Mais elle remonte, alors il faut faire aussi vite que possible.

Eddie savait qu'il ne devait pas offrir de porter ce que Jodie avait décidé de prendre, et de toute façon il n'en eut pas le temps. Elle avait déjà un pack sur le dos et sortit de l'hélico dès qu'Alex ouvrit la porte.

Lorsqu'ils atteignirent le groupe de gens au bout de la plage, il fut évident que, s'ils avaient mis plus longtemps à arriver, il aurait été trop tard. L'homme bataillait pour respirer, malgré le masque à oxygène qu'il portait. Il avait les lèvres bleues. Son souffle était trop rapide et son rythme cardiaque aussi. En outre, il était clair que son niveau de conscience chutait, mais qu'il savait combien son état était grave. Il paraissait terrifié.

Jodie s'accroupit à côté de lui et s'efforça de le rassurer. Eddie vit un peu de sa frayeur s'estomper dans ses yeux, mais la jeune femme ne le remarqua pas, le regard fixé sur son stéthoscope.

— Pas de respiration du côté gauche, dit-elle. Il y a une déviation de la trachée et une distension de la veine jugulaire. Ed, pouvez-vous préparer de la lidocaïne et de la kétamine, s'il vous plaît ?

— Tout de suite.

Il prit les ampoules et une seringue. Les premiers ambulanciers avaient déjà installé une intraveineuse, alors il faudrait très peu de temps pour fournir la sédation et l'anesthésie nécessaires à la création d'une ouverture sur le côté de la poitrine, une procédure qui sauverait la vie du pêcheur.

Eddie avait souvent vu pratiquer ce genre d'opération et savait combien il fallait être prudent. Si l'on n'allait pas assez loin, on ne pouvait pas relâcher l'air et le sang pris dans l'espace pleural, qui créaient une pression mortelle. Au contraire, aller trop loin risquait d'endommager le poumon ou le diaphragme.

Il pouvait voir la concentration farouche de Jodie et il s'aperçut du moment où elle sentit céder la couche extérieure de la plèvre attachée à la paroi thoracique. Elle retira les forceps et enfila son doigt dans l'ouverture. Avec beaucoup de précautions, à cause des côtes cassées.

Eddie n'avait jamais vu réaliser cette procédure aussi rapidement et aussi efficacement. Mais le seul geste de satisfaction de Jodie fut un hochement de tête.

— Je sens le poumon qui se gonfle, dit-elle. Pouvez-vous me donner un pansement, Ed ?

Il en avait déjà un à la main. Alex avait préparé la civière pour le patient, avec les moniteurs branchés. Ils seraient prêts à décoller dans quelques minutes.

Jodie observait les changements dans les constantes vitales qui confirmaient le succès de l'opération. Les rythmes cardiaque et respiratoire baissaient, et le niveau d'oxygène montait.

Mais, durant une fraction de seconde, Eddie n'eut d'yeux que pour Jodie. Ce n'était pas seulement son aspect qui était magnifique. Ce n'était même pas cette aura qui la rendait plus vivante que n'importe qui. La regarder agir comme elle venait de le faire était probablement la chose la plus sexy qu'il avait jamais vue.

Et, d'accord... il ne se passerait rien entre eux. Pas seulement parce qu'il avait été averti par Dion avant même de l'avoir rencontrée. Ou parce qu'il pensait toujours que Jodie ne l'appréciait pas tellement.

Non... Il y avait autre chose qui le retenait. Il ignorait ce que c'était, pour être honnête, mais c'était comme si quelque chose manquait. Une petite pièce du puzzle humain que représentait Jodie Sinclair. Ça ne comptait probablement pas, étant donné qu'il était hors de question qu'ils deviennent vraiment proches. Ce n'était rien qui l'empêcherait d'être un bon collègue pour cette femme. Un ami, même, si elle le laissait s'approcher un peu plus.

Et, curieusement, cela ne l'empêchait pas non plus de penser qu'il était légèrement amoureux d'elle. Mais il n'eut pas de mal à se convaincre qu'une première impression était souvent exagérée.

Ce sentiment disparaîtrait vite s'il l'ignorait.

Il y avait un punching-ball accroché à une poutre au fond du garage, dans la petite maison que Jodie avait héritée de son père. Il n'avait pas servi depuis longtemps car, pour faire de l'exercice, elle préférait courir ou manier des haltères.

Mais il servait ce soir-là, et il était remarquablement satisfaisant de taper dedans aussi fort qu'elle le pouvait, les mains protégées par les vieux gants de boxe de son père.

C'était de la frustration plus que de la colère qu'elle avait besoin d'évacuer.

Elle ne savait même pas très bien pourquoi elle se sentait dans cet état, mais c'était peut-être l'émotion qui s'était accumulée au cours des deux dernières semaines où elle avait travaillé avec son nouveau partenaire.

Edward Grisham.

Ed.

Eddie ?

Non, c'était trop familier. Trop... amical.

Voulait-elle être amie avec Ed ?

Non.

Oui.

Jodie cogna dans le sac, plus vite et plus fort. Gauche, droite, gauche, droite, gauche, droite… Elle sentait la sueur lui couler dans le dos.

Bien sûr qu'elle voulait être amie avec lui. Comme elle était amie avec Gus, Alex, Dion et plein d'autres gens sur la base qui étaient plus que des collègues de travail. Ils étaient sa famille.

Mais il y avait quelque chose de différent avec Edward Grisham.

Ce n'était pas qu'elle ne lui faisait pas confiance. D'un point de vue professionnel, elle ne pouvait mettre en cause ses compétences ou sa sincérité quand il s'occupait de ses patients. Il avait une passion pour son métier, et elle avait travaillé avec assez de personnes dans le secourisme pour savoir qu'il avait quelque chose de spécial.

Le premier cas sérieux sur lequel ils avaient travaillé ensemble, le sauvetage de cette malheureuse vététiste, en était un bon exemple. Jodie avait appelé l'unité spinale de l'hôpital de Glasgow ce jour-là pour savoir comment allait Caitlin, et elle avait été ravie de partager les bonnes nouvelles avec son équipe. La jeune femme avait été opérée avec succès pour stabiliser ses vertèbres cervicales C5 et C6, et le choc spinal s'estompait au point qu'elle avait de nouveau des sensations dans tous ses membres. Les spécialistes en charge de son cas prévoyaient pour elle un bien meilleur résultat que celui qui était attendu au départ. Elle pourrait peut-être même remonter seule l'allée de l'église pour son mariage l'an prochain.

Jodie avait observé Eddie pendant qu'elle donnait ces informations. Elle aurait compris que sa réaction soit mitigée. Qu'il ait été heureux pour sa patiente, mais un peu amer que son frère n'ait pas eu autant de chance. Néanmoins, elle n'avait détecté chez lui qu'un ravissement sincère devant les progrès de Caitlin.

Et qui savait dans quelle mesure ils étaient dus à la détermination d'Eddie d'assurer la stabilité spinale de la jeune femme ? Il avait fait en sorte qu'une blessure incomplète ne s'aggrave pas. Non pas qu'il veuille tirer un crédit quelconque du rôle qu'il avait joué. Eddie se comportait en membre d'une équipe.

Un garçon bien.

Un garçon bien, hautement compétent, intelligent et beau.

Vraiment, vraiment beau, avec ses épais cheveux noirs et des yeux qui seraient encore plus foncés sans cet éclat qu'ils contenaient. Était-ce de l'amusement ? De la malice ? Une certaine joie de vivre ?

Jodie frappa si fort le punching-ball qu'elle sentit une douleur lui remonter dans le bras jusqu'à l'épaule, ce qui la fit s'arrêter. Elle avait besoin de reprendre son souffle, de toute façon. Elle s'accroupit par terre et pressa les gants de boxe sur ses yeux.

Pas pour se ressaisir, mais pour s'arrêter de pleurer.

Parce que c'était pour ça qu'elle ne pouvait pas être amie avec Eddie.

Cette attitude – profiter au maximum de la vie – combinée au fait qu'il était quelqu'un de bien.

C'était ce qu'elle avait tant aimé en Joel, non ? Ce qui l'avait attirée vers lui dès le début. Et ce qui avait failli complètement détruire sa vie, à la fin.

Non...

Non, non, non...

Elle n'allait pas se laisser aspirer de nouveau dans cet espace. Elle s'était entraînée pendant des années pour s'assurer que ça n'arrive pas. Leçon numéro un : bouger son corps. Il ne fut pas facile pour elle de se remettre sur pied et de démarrer, mais c'est ce qu'elle fit. Puis elle arracha les gants et continua à bouger. Elle sortit du garage pour aller sur sa route favorite qui longeait la rivière Dee à travers bois, jusqu'au réservoir Inchgarth.

Les foulées de ses pieds sur le trottoir la calmaient et l'hypnotisaient. Être dans la nature, près de l'eau, de l'herbe et des arbres était exactement ce qu'il lui fallait pour se ressourcer. Leçon numéro deux : rester dans le présent.

Elle n'allait pas penser à quoi que ce soit qui avait trait au passé, comme Joel. Comme leur année sabbatique, quand ils avaient impulsivement décidé de se marier sur la plage d'une île tropicale. Comme le jour de leur mariage, quand Joel avait été entraîné au large par le courant. Comme cette attente interminable et terrible, le temps que son corps soit retrouvé et lui soit ramené pour qu'elle l'étreigne.

Elle n'allait pas penser non plus à l'avenir. Parce que, aussi perturbant que ce soit, il incluait Eddie, et qu'il y avait en lui quelque chose de dangereux – aussi solide soit sa croyance qu'elle ne redeviendrait jamais aussi proche de quelqu'un qu'elle l'avait été de Joel.

Elle ne reprendrait jamais le risque de subir de nouveau une perte pareille, une perte propre à détruire son existence. Mais elle était sûre de pouvoir maintenir en place les barrières de sécurité qu'elle avait érigées si difficilement et si lentement, pièce par pièce, en mettant un pied devant l'autre pour essayer de rebâtir sa vie – et finalement y parvenir.

Leçon numéro trois : prendre un jour après l'autre.

4

Cela aurait dû s'estomper, maintenant.

Cette attirance qu'Eddie avait ignorée si efficacement qu'il en était sûr : personne n'aurait pu deviner qu'il était aussi conscient de sa nouvelle collègue.

Enfin... pas si nouvelle, à présent. Depuis combien de temps avait-il rejoint le Triple A ?

Presque un mois.

Assez longtemps pour qu'ils aient trouvé une façon de travailler ensemble qui faisait de la section bleue une équipe soudée. La meilleure, même, si seulement cette hyper-attention à Jodie, tellement agaçante, voulait bien s'évaporer. S'il cessait de se trouver captivé par le son de sa voix au début de la journée, par exemple, ou par le soleil qui faisait briller comme une flamme une mèche de ses cheveux auburn. Même les mouvements agiles de ses mains quand elle cassait simplement une ampoule et emplissait une seringue pouvaient suffire à le déconcentrer.

Assez longtemps aussi pour se demander si le traitement prescrit à Mick allait faire effet et l'aider à dépasser cette inquiétante baisse de régime dans son chemin vers la guérison.

Mais c'était autre chose qui ne se passait pas comme Eddie l'aurait espéré. Le fait que la journée à la base soit si calme, jusque-là, sans un appel et avec beaucoup trop de temps pour penser – et lire – n'aidait pas.

Il ferma l'article du journal médical en ligne qu'il venait de consulter, parce que ça n'aidait pas non plus d'apprendre que les patients blessés à la moelle épinière avaient presque un double risque de développer des problèmes psychiques, comme la dépression ou l'anxiété ; vivre avec une douleur chronique était un facteur majeur, comme il fallait s'y attendre. Pouvait-il faire quelque chose de plus pour soutenir Mick ? C'était très bien de continuer à lui dire « Tiens bon » et « Les choses vont s'arranger », mais Eddie commençait à trouver que ses mots n'étaient que des platitudes.

Il avait eu un entretien à cœur ouvert à ce propos avec sa sœur aînée et son beau-frère, deux jours auparavant, lorsqu'il s'était rendu dans leur splendide grange restaurée en pleine campagne, à la sortie d'Aberdeen. Il avait fait assez chaud pour s'asseoir dehors pour un barbecue et regarder les canards flotter calmement sur la mare au fond du jardin, ce qui avait été un baume en soi. L'avis d'Ella et de Logan avait été exactement ce qu'il lui fallait, aussi – à savoir considérer cette période comme une phase de chagrin pour tous ceux concernés tandis qu'ils s'adaptaient aux changements et aux pertes inévitables que Mick aurait à subir.

« Parfois, lui avait dit Logan, tout ce que l'on peut faire est d'être là pour quelqu'un, et c'est tout ce dont la personne a besoin. C'est son parcours et elle doit le faire à son propre rythme. »

Quand Eddie s'était préparé à rentrer, Ella s'était hissée sur la pointe des pieds pour l'enlacer.

« Le Mick que nous connaissons et aimons est toujours là, je te l'assure. Nous le reverrons bientôt, j'en suis sûre. »

Alors c'était peut-être Eddie qui devait « tenir bon » et laisser aux choses le temps de se mettre en place dans sa nouvelle vie bien secouée.

Pour l'heure, il était seul dans la salle du personnel. Dion et des administrateurs participaient à une réunion avec des conseillers municipaux et autres officiels pour organiser une journée de bienfaisance devant financer la base de sauvetage aérien. Décidant qu'aller prendre l'air serait une bonne idée, Eddie descendit dans le hangar. Il put entendre Alex et Jodie qui faisaient l'inventaire de la réserve. Et quand il fut dehors, il trouva Gus en train de chouchouter son hélico bien-aimé. Là, il vaporisait du spray sur les hublots et le pare-brise.

— Besoin d'aide, Gus ?

— J'enlève des taches de poussière. Je suis sûr que tu as des choses plus intéressantes à faire que de laver des vitres.

— J'attends que Dion termine sa réunion. Ça pourrait être le bon moment pour lui parler des exercices d'hélitreuillage sur bateau qu'il a mentionnés l'autre jour.

— Oui, j'aimerais aussi en parler.

Gus secoua la tête.

— Attrape un de ces chiffons en microfibres, mouille-le dans ce seau d'eau savonneuse et tu pourras m'aider à finir ça avant qu'on reçoive un appel inévitable dans moins de dix minutes. Il faut le passer verticalement, d'accord ?

— Pas de problème.

— Que font les autres ?

— Ils vérifient des dates d'expiration sur des médicaments en stock. J'ai offert d'aider, mais on m'a dit que c'était un travail pour deux personnes.

— De toute façon, on est un peu serré dans cette réserve, à plus de deux.

— Oui…

Eddie souffla comme s'il était soulagé d'avoir échappé à une situation embarrassante, mais, sapristi, c'était de nouveau là. Ce picotement qui lui parcourait la peau à l'idée de se retrouver dans un espace restreint avec Jodie Sinclair.

C'était une bonne chose qu'il soit dehors avec un autre membre de son équipe, se dit-il. Que le bureau de Dion soit juste derrière lui, à l'étage. Quel meilleur moyen de traiter ce trouble inconfortable que de se rappeler les avertissements qu'on lui avait prodigués avant qu'il commence à travailler ici ?

— Je crois qu'il y a une règle ou deux à propos de ce genre de situation.

Il lança un coup d'œil de côté à Gus.

— Que s'est-il passé exactement pour que Dion m'avertisse qu'aucune amourette n'était tolérée entre des membres de l'équipe ?

Gus tenait un tuyau, prêt à rincer les traces savonneuses qu'Eddie laissait sur les vitres.

— C'était il y a deux ou trois ans. Dans la section rouge. Mark était l'homme d'équipage et Zoe une des secouristes. Ils sont tombés amoureux et personne n'y voyait d'inconvénient, au début, mais ça s'est mal fini. Apparemment, Mark l'a trompée et ils ont rompu, mais il leur fallait toujours travailler ensemble et l'air était à couper au couteau. Quand Mark est parti juste avant qu'ils doivent s'occuper d'un asthmatique en crise, ça aurait pu être un désastre. Heureusement, le patient a survécu, mais Mark a été viré et Zoe a démissionné. Ça a été le chaos pendant un moment, jusqu'à ce qu'on les remplace.

Eddie siffla doucement.

— Ça explique beaucoup de choses. Dion a bien fait de me prévenir.

— Au moins, tu n'as pas à t'inquiéter de possibles amourettes, en travaillant avec Jodie.

Eddie secoua la tête, feignant la déception.

— Et moi qui pensais qu'elle commençait à m'apprécier.

Gus rit.

— Je suis sûr qu'elle t'apprécie. C'est juste qu'elle aime son job plus que tout. Je suppose que, si elle le pouvait, elle convertirait un des bureaux en chambre et vivrait sur la base.

— Vraiment ?

Eddie passa à la bulle de verre qui formait l'avant de l'hélicoptère, et s'étira pour aller aussi haut que possible.

— Ça pourrait être assez déprimant, pour ce qui est de la vie sociale.

— Je ne pense pas que Jodie en ait une. Ou en veuille une. Je ne l'ai jamais vue sortir avec quelqu'un plus d'une fois ou deux. Elle a été mariée très jeune, je crois, et ça n'a pas duré. « J'y ai été, je l'ai fait, m'a-t-elle dit une fois. Je ne recommencerai jamais. » Elle est heureuse en étant célibataire et a l'intention de le rester.

Comme c'était intrigant... Apparemment, il était possible que Jodie Sinclair soit une version féminine de la personne qu'Eddie avait été de si nombreuses années. Une personne qu'il n'appréciait plus beaucoup. Elle avait peut-être une raison plus valide que lui d'éviter tout engagement après un mariage désastreux. Eddie, lui, s'orientait vers une vie plus rangée, mais les souvenirs de tant de bons moments pouvaient encore le faire sourire.

— Une fille selon mon cœur, dit-il.

— C'est aussi bien que Dion t'ait mis au parfum, alors. Les collègues de l'équipe sont terrain défendu.

— Pas de souci, assura Eddie. Tu n'as rien à craindre, camarade, ajouta-t-il avec un grand sourire.

Gus avait rebranché le tuyau, et il dut se baisser pour éviter un jet d'eau. Ils riaient encore quand leurs bipeurs se déclenchèrent. Gus secoua la tête.

— Ça faisait combien de temps ? Huit minutes ?

— À peu près, dit Eddie, souriant toujours.

Il savait que Gus était aussi content que lui d'être appelé. C'était pour ça qu'ils étaient là, tous. Les inventaires et les lavages de vitres, c'était juste pour passer le temps quand ils n'accomplissaient pas leur mission : procurer les meilleurs soins possibles aux malades et aux blessés durant un laps de temps vital, avant que ceux-ci soient transférés aux urgences d'un hôpital bien équipé.

Cette fois, le vol fut bref.

Un fermier de trente-quatre ans, Dylan McKenzie, avait

apparemment été attaqué et piétiné par ses vaches. Il se trouvait à quinze minutes de vol au nord d'Aberdeen. Les pompiers et la police étaient sur place, et s'efforçaient de contrôler une hémorragie artérielle.

Le bétail et les veaux avaient été chassés du champ, aussi Gus avait-il plein de place pour poser l'hélico. Ils étaient arrivés avant l'ambulance envoyée de la station la plus proche.

Les premiers secours faisaient de leur mieux, mais la compresse sur laquelle ils appuyaient était trempée de sang et la peau du jeune fermier était d'un vilain gris indiquant une hémorragie massive. Il était aussi agité, ce qui était un autre signe que son cerveau ne recevait pas assez d'oxygène.

— Il faut que quelqu'un s'occupe de ma femme...

Ce fut la première chose qu'il dit, entre des gémissements de douleur, quand Jodie s'accroupit près de lui.

— Debbie... Elle est enceinte...

Eddie avait déjà remarqué la jeune femme, qui semblait toucher à la fin de sa grossesse. Elle se tenait à côté de la voiture de police ; un petit garçon s'accrochait à ses jambes et elle sanglotait. Une policière avait passé un bras autour de ses épaules.

— On s'occupe d'elle, assura calmement Jodie. Mon travail, c'est de m'occuper de vous, et je suis avec Eddie et Alex. Je vais vous mettre un masque à oxygène.

Mais Dylan secouait la tête.

— Elles ne voulaient pas me faire de mal... Elles essayaient de protéger leurs veaux... Oh ! aidez-moi, s'il vous plaît...

Il paraissait beaucoup souffrir et était de plus en plus essoufflé. Eddie sortit le moniteur d'oxygénation, le mit au doigt de Dylan et fit un signe de tête au volontaire à la salopette de mécanicien qui se tenait près du blessé.

— Vous avez fait du bon travail, mon ami, dit-il. Est-ce que je peux prendre votre suite ?

— Allez-y...

Eddie souleva la compresse et trouva du sang qui pulsait. Il en prit une autre et appuya très fort avec son doigt sur l'artère qui saignait.

Alex découpait l'épais pull-over en laine et la chemise de Dylan pour exposer son torse. Jodie observait les mouvements thoraciques et écoutait les bruits de respiration avec son stéthoscope. Eddie avait vu le sévère hématome qui se formait sur le côté de la poitrine ; ils pouvaient probablement ajouter des côtes cassées à la liste des blessures.

Il fallait faire tant de choses en un temps minimal pour essayer de stabiliser le patient avant de pouvoir le bouger !

— Alex, tu peux me passer un garrot, s'il te plaît ?

— Bien sûr.

Jodie leva les yeux vers Eddie.

— La respiration paraît égale. Rythme respiratoire trente-six. Rythme cardiaque cent quarante environ.

Il hocha la tête. Ces valeurs élevées correspondaient à un choc hémorragique, et s'ils voulaient sauver ce patient, ils devaient essayer de stopper l'hémorragie et de remplacer le sang perdu. Il mit le garrot en place et serra fort, puis il en tourna le bâtonnet en plastique jusqu'à ce que le saignement du bras s'arrête.

Jodie était du côté du bras indemne et tenait le poignet de Dylan, mais elle secoua la tête : il n'y avait pas de pouls palpable. Il était impératif de faire vite pour fournir au blessé des antalgiques, remplacer le volume de fluide et perfuser les produits sanguins qu'Alex était allé chercher dans l'hélicoptère. Il y avait aussi des médicaments qui devaient être administrés par intraveineuse, comme du TXA, un coagulant, et d'autres qui provoquaient le resserrement des veines pour aider à garder le sang dans les organes vitaux.

— Je vais mettre une canule dans la jugulaire externe, dit Jodie à Eddie. Et il faudrait prévoir une deuxième voie intra-osseuse.

Une ambulance s'arrêta dans le champ comme Eddie examinait rapidement le corps de Dylan pour s'assurer qu'ils ne manquaient pas d'autres blessures contribuant à la perte de sang. Quelqu'un, peut-être un parent, arriva pour emmener le petit garçon. Eddie passa les mains sur les côtés de Dylan, sous sa cambrure et le long de chaque jambe. Il n'y avait pas de sang sur ses gants, mais ce qu'il découvrit fit sombrer son cœur. Le cri de douleur de Dylan lorsqu'il toucha ses hanches et le bas de son dos l'amena à palper doucement les crêtes iliaques.

— Instabilité pelvienne, dit-il à Jodie.

Elle leva les yeux une fraction de seconde. Le contact visuel fut très bref, mais il suffit pour entériner le défi qu'ils avaient à relever. Si Dylan avait une hémorragie interne à cause d'une fracture pelvienne, en plus de tout le sang qu'il avait déjà perdu, ils pouvaient bien livrer une bataille perdue d'avance.

Le savoir les fit se battre encore plus durement. C'était un jeune fermier. Un mari. Un père. Sa femme en plein désarroi observait les efforts pour le sauver, mais elle ne devait pas voir grand-chose avec tous les autres ambulanciers et secouristes qui s'affairaient autour de lui. C'était probablement aussi bien, car Dylan glissa dans l'inconscience et fit un arrêt cardiaque. Toutefois, Eddie apprécia que Jodie la tienne informée par le biais d'un secouriste.

L'habileté de Jodie à diriger une grande équipe était une chose à laquelle il n'avait pas encore assisté, et elle se montrait aussi capable dans ce scénario tendu que dans tout ce qu'elle accomplissait. Malheureusement, à la fin, ils ne purent plus rien faire. Dylan perdait du sang plus vite qu'ils n'étaient en mesure de le remplacer et il n'y avait plus assez de sang pour que le cœur puisse fonctionner. En tant que secouriste en chef, c'était à Jodie de mettre fin à la tentative de réanimation, et sa voix fut d'un calme remarquable quand elle en prit la décision.

— Je déclare que c'est fini, dit-elle.

Elle consulta sa montre.

— Heure de la mort 15 h 43.

Son visage était impassible lorsqu'elle se leva, se détourna du patient sur lequel ils s'étaient acharnés pendant ce qui semblait être une éternité et marcha vers Debbie qui se trouvait toujours près d'une des voitures de police. Eddie ne put détourner son regard des deux femmes – Jodie se tenant si droite, mais Debbie s'effondrant en apprenant la nouvelle. Il vit Jodie tendre la main, mais il y avait d'autres gens plus près qui pouvaient attraper l'épouse dévastée et s'occuper d'elle.

Peut-être fut-il le seul à voir que Jodie serrait le poing en s'éloignant. Que son visage était rigide. Puis elle sembla prendre une grande inspiration et se ressaisir. Le temps qu'elle remarque qu'Eddie l'observait, elle était déjà concentrée sur ce qui devait suivre.

— Il y a une procédure standard, post-réanimation, pour tous les décès inattendus d'adultes dans la communauté. Vous n'avez peut-être pas encore vu ça ?

— Non, désolé.

— Le principal, c'est de savoir que, lorsque des tentatives ont été faites pour réanimer le patient et que la mort a été confirmée sur les lieux de la réanimation, il faut laisser en place tout ce qui a servi aux soins. C'est à la police et au Bureau écossais d'investigation des décès d'organiser les étapes suivantes et de faire enlever le corps. Pourriez-vous expliquer ça à la famille, s'il vous plaît, Ed ? L'épouse risque d'être choquée de nous voir disparaître comme ça.

— Bien sûr.

Eddie observait toujours Jodie comme un faucon, mais il ne put déceler de signes indiquant qu'elle ne contrôlait pas tout parfaitement. En fait, il pouvait presque *sentir* les barrières qui s'étaient élevées et la distance qui s'était créée en entendant appeler un homme avec un nom « le corps » et la mère dévastée de ses enfants, qui devait avoir l'âge de Jodie, simplement « l'épouse ».

Mais il avait vu derrière le masque.

L'espace d'un bref instant, cependant cela avait suffi pour qu'il comprenne ce qui le tracassait. Ce qu'était ce « quelque chose » qui semblait manquer.

De l'empathie ?

Une connexion émotionnelle avec ses patients ?

Ce n'était pas que c'était absent. C'était que Jodie choisissait de ne pas le montrer. Ou peut-être qu'elle ne voulait même pas le reconnaître.

Et Eddie souhaitait savoir pourquoi.

Elle ne voulait pas.

Elle essaya de s'en empêcher.

Mais Jodie ne put retenir ce coup d'œil par le hublot tandis que l'hélicoptère décollait de la scène de l'accident. Elle savait ce qu'elle verrait. Toutes les personnes inutiles avaient été évacuées et la police plaçait des bandes de protection pour sécuriser les lieux.

Ils avaient protégé autant que possible la dignité de Dylan, passant un oreiller sous sa tête et le recouvrant d'une couverture. Sa femme était la seule personne près de lui. Elle était agenouillée et se penchait sur Dylan autant que son ventre le lui permettait. Et peut-être était-ce l'imagination de Jodie mais, même de cette hauteur, elle crut voir les épaules de Debbie secouées de sanglots.

Comme elle s'était penchée sur le corps de Joel ce jour-là ? pensa-t-elle. Debbie essaierait-elle aussi de tenir son mari comme elle avait tenu Joel – comme si sa propre chaleur pouvait le ramener à la vie ?

Ooh… Cette douleur ne refaisait pas souvent surface, maintenant, mais quand elle le faisait, elle était encore suffisamment acérée pour causer une vraie souffrance.

Jodie détourna son regard, prenant soin de ne pas tourner les yeux dans la direction d'Eddie, ni de dire quoi que ce soit qui pourrait susciter une conversation entre les membres de l'équipe. Elle saisit sa tablette et l'alluma. Pour n'importe quel patient, les papiers devaient être détaillés, mais dans un cas comme celui-ci, qui ferait automatiquement partie d'une enquête plus large, le rapport devait être impeccable. Elle ne voulait pas être distraite par quelqu'un qui lui parlerait. Ou qui la regarderait.

En particulier Eddie.

Parce qu'elle avait le sentiment horrible qu'il avait remarqué sa façon de se cramponner à son contrôle un peu plus fortement que d'habitude. Cela, après avoir dû ôter tout espoir à Debbie, qui avait compté sur eux pour sauver son mari, le père de son enfant et de son bébé à naître. Elle savait aussi ce que la jeune mère allait devoir affronter et combien ce serait dur de survivre à ce tsunami de chagrin.

Plus tôt cette mission serait terminée, mieux ce serait. Heureusement, une fois qu'ils auraient trié leur matériel en désordre et reconstitué les kits, ce serait la fin de leur service et elle serait en mesure de rentrer chez elle. Et là, elle pourrait courir, courir, courir, jusqu'à ce que le sol – et les fondements de sa vie – lui paraissent de nouveau complètement stables.

Lorsqu'ils furent de retour à la base, Alex et Gus se concentrèrent sur ce qui devait être fait dans l'hélicoptère. Eddie et Jodie ouvrirent leurs kits sur le sol de la réserve et trouvèrent tout ce qu'il leur fallait pour les regarnir. La liste des médicaments était la dernière tâche à accomplir. Gus et Alex avaient déjà ramené l'hélico dans le hangar. Ils passèrent la tête dans la réserve.

— Besoin d'un coup de main ? demanda Alex.

— Non, c'est bon, répondit Eddie. On a bientôt fini.

— On va au Cochon et Chardon pour prendre une bière en vitesse avant de rentrer, dit Gus en se tournant pour partir. Vous voudriez vous joindre à nous ?

Eddie connaissait déjà bien le pub le plus proche de la base, qui se trouvait également tout près de son appartement. Il aimait beaucoup, aussi, les débriefings informels qui permettaient de gérer les suites émotionnelles d'un cas comme celui qu'ils venaient de traiter. Mais il secoua la tête à regret.

— Je vais voir mon frère. Je lui ai promis d'arriver avec un fish and chips pour son dîner. C'était toujours son repas favori du vendredi soir, quand on était petits.

Mick ne ferait probablement qu'y goûter, mais il tenait à honorer sa promesse.

— Une autre fois, alors, dit Alex. Jodie ?

— Je verrai où j'en serai quand j'aurai fini les papiers.

— D'accord... pas de pression.

Il leur fallut encore un quart d'heure pour lister les médicaments qu'ils avaient utilisés pour réanimer Dylan. Tout devait être soigneusement enregistré dans le registre.

— Les dernières, dit Eddie en brandissant deux ampoules en verre. TXA, solution injectable, date d'expiration l'an prochain.

Il rangea les ampoules dans le kit et ils signèrent tous les deux le registre des médicaments, comme il convenait.

— Alors... vous allez au pub avec les autres, finalement ?

Curieusement, Eddie et Jodie ne se tutoyaient pas, alors qu'ils le faisaient avec le reste de l'équipe.

— Je ne pense pas.

Jodie prit le livre et le rangea sur une étagère.

— Comment ça se fait ?

La question échappa à Eddie. Il sut aussitôt qu'il avait commis une erreur quand Jodie se tourna et lui lança un coup d'œil acéré. Son ton fut tout aussi coupant.

— Peut-être que je n'en ai pas envie. Ça vous regarde ?

Ouh là...

Eddie soutint son regard. Il pouvait prendre ça en mauvaise part et faire marche arrière, mais il savait que, s'il laissait passer cet instant soudain intense, il n'aurait jamais l'occasion de découvrir pourquoi Jodie était si douée pour se cacher.

Ce qu'elle faisait maintenant. Elle se cachait de sa question. Elle se cachait de lui. Elle se cachait des gens avec qui elle travaillait depuis assez longtemps pour qu'ils sachent qu'ils ne devaient pas lui mettre la pression.

Eddie le comprenait. Et peut-être qu'il en comprenait plus

que ce que Jodie imaginait. Parce qu'il pouvait regarder la façon dont il avait mené sa vie comme une manière de se cacher des choses qui comptaient vraiment. S'engager dans des relations qui signifiaient quelque chose, par exemple.

Il n'allait pas lui mettre la pression, lui non plus, mais il voulait qu'elle sache que, s'il avait vu derrière son masque, jamais il ne l'utiliserait contre elle, ni même ne le mentionnerait.

Qu'elle pouvait se fier à lui.

Peut-être que les coins de la bouche d'Eddie s'incurvèrent légèrement, mais c'étaient surtout ses yeux qui souriaient, et Jodie se mordilla soudain la lèvre inférieure.

— Désolée, marmonna-t-elle. Je ne voulais pas que ça paraisse si...

— Je sais.

Eddie soutenait toujours son regard. Ou peut-être Jodie soutenait-elle le sien. Ça n'importait guère, en fait, car ils étaient pris tous les deux dans quelque chose qui les dépassait. L'air dans la petite pièce, avec ses étagères remplies de fournitures médicales et sa lourde porte blindée bien fermée, semblait devenir plus lourd. Leur pesant dessus.

Les poussant l'un vers l'autre.

Aucun d'eux ne dit un mot. Ils ne semblaient pas en avoir besoin. Que ce soit par le langage corporel ou par télépathie, le désir était exprimé, la permission demandée – et accordée.

Jodie se mit lentement sur la pointe des pieds. Eddie baissa la tête tout aussi lentement. Il ferma les paupières. Ses lèvres avaient l'angle parfait pour couvrir celles de Jodie avec douceur, en s'attardant.

Lorsqu'il releva la tête, les yeux de Jodie étaient ouverts. Peut-être ne les avait-elle pas fermés ? Il vit que ses pupilles s'élargissaient, assez vite pour lui indiquer qu'elle avait aimé ce baiser autant que lui. Elle inspira vivement, ce qui suggéra qu'elle désirait davantage.

Eddie avait assez souvent joué à ce jeu pour être un expert. Il n'ignorait pas qu'il y avait un moyen facile de le savoir.

Cette fois, le baiser ne fut pas aussi doux et les lèvres de Jodie s'entrouvrirent sous les siennes, sa langue rencontrant la sienne.

Oh ! oui...

Elle voulait davantage.

Eddie aussi. Mais pas ici. Pas maintenant. Et pas seulement parce qu'ils enfreindraient toutes sortes de règles et que c'était une mauvaise idée. Non... Il avait une promesse à tenir envers quelqu'un, et Edward Grisham ne rompait jamais une promesse.

Alors il interrompit le baiser.

— Je dois partir, dit-il.

Le regard de Jodie se détourna du sien.

— Moi aussi. Nous en avons fini, ici.

Mais Eddie souriait en se tournant. Il parla doucement, en sachant que Jodie l'entendrait parfaitement bien.

— Je n'en suis pas si sûr, déclara-t-il.

5

Il était toujours là.

Le souvenir de ce baiser.

Depuis combien de temps Jodie n'avait-elle pas expérimenté un baiser qui avait la capacité d'arrêter le temps ? Un baiser dont même un simple écho provoquait au fond de son ventre cette espèce de sensation délicieuse – comme l'attente de vivre quelque chose qu'elle désirait plus que tout au monde ?

Y avait-il trop longtemps, ou pas assez longtemps ?

Peut-être que la pensée vraiment perturbante, en fait, était que ce souvenir portait surtout sur ce qui avait conduit à ce baiser.

Le cas terrible où un homme jeune, mari et père, avait été arraché au monde et où malgré le meilleur des entraînements, le meilleur matériel, et assez d'expérience pour savoir exactement ce qu'ils devaient faire, Eddie et elle n'avaient pu l'empêcher. Garder assez de distance émotionnelle par rapport à ce drame qui la touchait de beaucoup trop près avait été tellement plus difficile que d'habitude. Elle avait dû batailler dur et s'était demandé si Eddie avait pu déceler cette lutte cachée.

C'était la dernière chose qu'elle aurait voulu voir arriver, mais au moins, s'il l'avait fait, il avait aussi établi clairement qu'il n'allait pas s'immiscer trop loin dans sa vie personnelle. Elle l'avait vertement tancé quand il avait demandé pourquoi elle ne voulait pas aller au pub, mais il n'en avait pas été offensé.

Le regard qu'il lui avait jeté la laissait penser qu'il comprenait peut-être bien plus de choses qu'elle ne l'aurait aimé, mais il lui avait aussi fait sentir, très profondément, qu'elle pouvait lui accorder sa confiance.

Ce sentiment avait été assez fort pour que, combiné au stress qu'ils avaient subi ce jour-là, il ait probablement rendu ce baiser inévitable. De son côté, en tout cas.

Qu'Eddie ait réagi comme il l'avait fait – presque comme s'il avait attendu que l'occasion se présente – avait déclenché quelque chose que Jodie n'était pas prête à reconnaître. Et il n'y avait même pas lieu d'y penser. Ils avaient beau se trouver attirants, tous les deux, aller plus loin dans cette voie n'arriverait pas.

On n'avait pas d'amourette avec ses collègues, voilà tout.

Fin de l'histoire.

Sauf que ce qui les avait liés était toujours là.

Personne d'autre ne le savait, bien sûr. Eddie était si bon pour le cacher que Jodie aurait pu se demander si c'était bien réel durant les jours qui suivirent cette malheureuse erreur de jugement dans la réserve, ce soir-là.

Mais lorsque leurs regards se rencontraient un peu trop longtemps, ce qui lui causait un frisson qu'elle préférait ne pas analyser trop profondément, l'évidence était là. Comme dans ces contacts physiques inévitables quand vous travailliez de si près avec quelqu'un.

Peut-être qu'Eddie ne ressentait pas cela autant qu'elle, et que c'était pourquoi il lui était si facile de se conduire comme si rien n'était arrivé ?

Tandis que les jours passaient et que Jodie se détendait assez pour s'écarter de ce qui, après tout, n'avait été qu'un incident passager dans ce qui devenait une bonne relation professionnelle, elle pouvait voir dans les yeux d'Eddie, de temps en temps, un éclat qui confirmait qu'ils avaient mis brièvement le pied dans un espace très différent. Quelque chose qui, ils le savaient tous les deux, n'était pas acceptable entre collègues et pouvait leur créer beaucoup d'ennuis. Mais cet éclat suggérait aussi qu'Eddie n'avait pas de regrets. Et que, peut-être, il aimait le fait que ce soit un secret entre eux ?

Quoi qu'il en soit, ce qui l'avait impressionnée, c'était qu'il soit si bon pour garder ce secret. Son instinct lui disait qu'elle pouvait se fier à lui pour continuer à le faire, ce qui renforçait l'impression qu'elle avait toutes les raisons de lui accorder sa confiance sur le plan personnel comme sur le plan professionnel. Et n'était-ce pas la base d'une amitié qui pouvait devenir le genre de lien qu'elle avait avec les autres personnes de la base, qu'elle considérait comme sa famille ? En outre, si elle était vraiment honnête avec elle-même, cette sensation bourdonnante qui provenait d'une attirance sexuelle inhabituellement forte n'était pas une chose désagréable à éprouver de temps en temps.

Cela la faisait se sentir définitivement plus vivante – quand tous les sens devenaient exacerbés. Les couleurs paraissaient plus vives, la nourriture avait meilleur goût, on ressentait les choses avec plus d'acuité. Cela rappelait la décharge d'adrénaline associée aux défis les plus dangereux que l'on pouvait affronter en faisant partie d'une équipe de sauvetage aérien.

Aujourd'hui, Jodie et ses collègues s'étaient rassemblés dans la salle de réunion de la base, de bonne heure, bien qu'ils ne soient pas de service. Était-ce pour cela qu'apparemment Eddie ne s'était pas soucié de se raser ce matin-là ? Jodie devait cesser de regarder la barbe qui ombrait sa mâchoire, pour ne pas être distraite en se demandant quelle sensation donnerait ce léger duvet sous des doigts.

Ou contre sa peau… ?

Elle se concentra sur l'image que Dion projetait sur un tableau blanc. Il exposait les conditions d'un hélitreuillage en mer, pour lequel ils devaient s'entraîner.

— Les gardes-côtes nous attendent sur zone dans quarante minutes, alors vous feriez bien de mettre vos combinaisons. Vous accomplirez les premiers exercices avec leur équipe de secours, mais ils resteront en retrait quand vous jouerez le rôle de la personne dans l'eau.

Dion leur sourit.

— Soyez prudents et amusez-vous bien.

Oh... *grands dieux...*

Voir Jodie Sinclair sanglée dans cette combinaison noire qui collait à la peau et permettait d'imaginer sans peine chaque courbe de son corps était sans doute le spectacle le plus sexy qu'Eddie avait jamais contemplé. Il dut prendre une grande inspiration et s'arrêter de la regarder. À la place, il observa la mer du Nord au-dessous d'eux. Mais fixer l'eau ne suffit pas à empêcher son esprit d'aller où il avait envie d'aller.

De retourner à ce baiser, de nouveau...

Il savait qu'il ne se répéterait pas. Il n'aurait pas dû se produire, pour commencer, et la dernière chose qu'Eddie souhaitait était d'enfreindre des règles – ce qui pouvait se terminer par des sanctions disciplinaires contre Jodie et, pire, son transfert à lui dans une autre équipe, s'il n'était pas licencié. Mais savoir tout cela ne suffisait pas à lui faire oublier ce baiser.

Au contraire, l'idée d'une liaison secrète et *illicite* avec Jodie portait le désir qu'il éprouvait à un niveau incroyable. Ce qui, en un sens, était une bonne chose car il avait conscience que la réalité ne pourrait jamais être à la hauteur d'une telle attente, sauf dans des fantasmes. Et des fantasmes sexuels n'empliraient jamais son esprit durant les heures de travail. Jamais.

Il savait qu'il ne serait pas du tout surprenant, toutefois, qu'il pense à Jodie dans cette combinaison lorsqu'il serait seul dans son lit ce soir-là...

Puis les manœuvres commencèrent et il chassa aisément toute pensée personnelle de son esprit. Les exercices se déroulèrent sans incident. Il retint son souffle quand Jodie fut hélitreuillée sur le bateau orange des gardes-côtes. Puis on la ramena à l'hélicoptère. Ensuite, ce fut son tour d'être descendu et cela se passa aussi bien qu'il s'y était attendu. C'était même trop facile, comparé à des missions qu'il avait faites en Australie, mais il était toujours bon de rafraîchir ses compétences.

Puis ce fut le moment pour Jodie et Eddie de mettre des palmes, des masques et des tubas en plus de leur gilet de sauvetage.

— Qui va être notre victime, pour commencer ? demanda-t-il. Jodie ?

— Ça me va. Je veux bien faire trempette.

Les conditions étaient peut-être idéales, avec un bateau de sauvetage à proximité, mais il restait un peu effrayant d'être largué dans l'océan. Le crochet du treuil fut fixé au harnais de Jodie et la porte fut ouverte. Bientôt, elle se retrouva en train de descendre au-dessous de l'hélico, avec la mer grise qui se rapprochait rapidement d'elle. Lorsqu'elle entra dans l'eau, elle ne regarda pas en l'air. Elle savait qu'Alex serait penché dehors, bien arrimé, surveillant chacun de ses mouvements. Elle détacha le crochet et le vit remonter.

Eddie allait se préparer à être descendu à son tour, avec un harnais supplémentaire pour elle. Le travail de Jodie consistait à flotter dans l'eau en étant la patiente. Quelqu'un qui avait été déporté au large par un courant, par exemple. Ou un survivant d'un yacht qui avait brûlé ou sombré à la suite d'une collision ou du mauvais temps. Elle appréciait toujours de jouer le rôle de la personne à sauver. Mais là, alors qu'elle se laissait porter par les vagues fraîches de l'océan, elle sentait quelque chose de plus.

Parce que c'était Eddie qui allait venir la chercher.

Elle était fermement ancrée dans la réalité et n'inventait jamais de situation fantaisiste, alors ce fut plus que déconcertant pour elle de se trouver à imaginer ce que ce serait d'être vraiment en danger, avec Edward Grisham descendant sur elle comme un chevalier dans son armure étincelante pour venir la sauver. De le sentir la tenir et la garder en sécurité pendant qu'ils étaient remontés ensemble.

Oh ! là, là...

Elle vit Eddie entrer dans l'eau non loin d'elle. Elle leva les deux bras pour appeler au secours et fut prête à être accrochée au crochet du treuil qui était toujours attaché à Eddie. Il leva un bras pour faire savoir à Alex qu'il pouvait les remonter et Jodie sentit la traction de l'eau tandis qu'elle était tirée hors de l'océan.

Maintenant, elle pouvait vraiment sentir ce que c'était d'être aussi près du corps de cet homme et cela lui coupait littéralement le souffle. Parce qu'elle savait déjà ce que c'était que d'être embrassée par lui ? Parce qu'il y avait véritablement un élément de danger dans ce qu'ils faisaient ? Ils subissaient la pression de l'air sous les rotors. C'était peut-être la combinaison de tous ces facteurs. En tout cas, en un rien de temps, elle se retrouva en sécurité dans la cabine et put de nouveau respirer, mais... quelque chose avait changé, non ?

Quelque chose – du trouble, du désir – s'était échappé de l'endroit où cela avait été si soigneusement confiné pendant très longtemps. Et elle ne savait pas du tout ce qu'elle pouvait y faire.

Tout ce qui avait été en contact avec l'eau de mer devait être parfaitement nettoyé une fois les exercices terminés. Eddie et Jodie étaient responsables du matériel qu'ils avaient utilisé. Ce qui prenait le plus de temps était de quitter leur combinaison, de prendre une douche brûlante pour se réchauffer et de laver leur équipement.

Il y avait une baignoire installée à l'extérieur du hangar, près de la réserve, et une corde pour étendre les combinaisons une fois celles-ci lavées. Eddie ouvrit tous les zips et retourna les combinaisons pendant que Jodie emplissait la baignoire d'eau fraîche et ajoutait le produit lavant.

Alex les rejoignit.

— On a fini avec l'hélico. Vous voulez un coup de main, les gars ?

— Non, ça va, merci, répondit Eddie. Merci pour aujourd'hui, camarade. Je pense que c'est mon tour de vous payer une tournée au Cochon et Chardon, à toi et à Gus, si ça ne vous ennuie pas d'attendre un peu que nous ayons fini notre lessive.

Alex secoua la tête.

— Gus emmène sa famille au restaurant, ce soir, pour un anniversaire et… j'ai un rencart.

— Ooh…

Jodie sourit largement.

— Amène-la donc ! Je te ferai savoir plus tard à quel degré elle te convient.

— Je ne suis pas sûr qu'elle soit prête à vous rencontrer, tous, mais si elle en a le courage, on passera. Non pas que je veuille tenir compte de ton score, Jodie.

Alex secoua la tête encore plus fermement en se tournant pour partir.

— Tu pourrais examiner ta propre vie amoureuse avant de commencer à donner des conseils aux autres, mon amie.

— Je suis parfaitement contente de ma vie amoureuse telle qu'elle est, merci.

Jodie prit les combinaisons à Eddie et les plongea dans l'eau.

— Pensez-vous qu'il va amener sa petite amie au pub ? demanda-t-il.

Jodie rit.

— J'en doute. Nous sommes probablement trop intimidants.

— Voulez-vous toujours y aller ?

Jodie se concentra sur la combinaison qu'elle frottait.

— Bien sûr… pourquoi pas ? Je pense que nous avons mérité un peu de distraction, pas vous ? Et le Cochon et Chardon fait des pommes de terre au four succulentes. Je ne sais pas vous, mais je meurs de faim après tout cet exercice et l'air de la mer.

La question de Jodie resta en suspens tandis qu'Eddie se dirigeait vers le placard où les combinaisons seraient rangées une fois sèches. Pourquoi pas, en effet ?

Parce que, si personne d'autre ne venait, ça aurait l'air d'un rendez-vous ?

Non. Il écarta cette idée. C'était, en fait, une parfaite opportunité de faire ce que des collègues devraient pouvoir faire sans broncher – partager un verre après une bonne journée de travail ou d'entraînement.

Ce pourrait même être un pas de plus vers l'amitié ?

Oh ! au secours... à quoi avait-elle pensé ?

Elle avait eu une chance d'échapper à ça quand ils avaient découvert que Gus était occupé et qu'Alex ne viendrait probablement pas avec sa nouvelle petite amie, mais elle avait dit qu'elle voulait bien y aller quand même. Parce qu'ils avaient mérité de se détendre et qu'elle adorait les pommes de terre au four.

Alors ils étaient là, un panier de pommes de terre devant eux, avec de grands verres de sa bière préférée... et Eddie était superbe dans son jean délavé et son pull marin noir. Il en avait retroussé les manches, ses cheveux étaient tout décoiffés et sa barbe avait poussé depuis ce matin...

Et tout à coup cela donnait l'impression d'un *rendez-vous*...

Ce qui était encore pire, c'était que cet agréable bourdonnement d'attirance sexuelle, qui se produisait de temps en temps, était devenu un ronflement régulier qui augmentait d'intensité et était impossible à ignorer. Peut-être que parler travail aiderait ?

— Avez-vous déjà fait un sauvetage en mer pour de bon ? demanda-t-elle.

Eddie hocha la tête.

— J'en ai fait pas mal, répondit-il en mordant dans une pomme de terre. Je travaillais sur la côte australienne. Il se passe beaucoup de choses, en mer.

Jodie prit une pomme de terre pour elle, et la trouva aussi délicieuse que toujours, mais elle observait Eddie du coin de l'œil. Il finit la sienne et se lécha les doigts. La sensation ronronnante qu'elle avait dans le ventre fut déchirée en deux par une flèche de pure concupiscence.

Grâce au ciel, il se mit à parler, alors, parce qu'elle aurait été incapable de dire quoi que ce soit. Il raconta un sauvetage particulièrement dangereux.

Elle en eut la mâchoire qui tombait, sa nourriture oubliée.

— Ça paraît terrifiant.

— Ça l'était, acquiesça-t-il sans chercher à se donner le rôle d'un héros. Finalement, j'ai su que je remontais un corps sans vie. Sa famille a été très reconnaissante que je l'aie ramené. Ils sont venus me voir après les funérailles, pour me remercier.

Jodie le vit déglutir péniblement. Comme s'il retenait des larmes ?

— Parfois, reprit-il doucement, il y a des moments dans ce métier qui vous font sentir très humble, non ?

Oui. Mais pour s'en rendre compte, il fallait un niveau de compassion et d'humanité qui n'était pas donné à tout le monde. Il était rare, aussi, de trouver un homme qui acceptait non seulement de ressentir, mais également de partager quelque chose d'aussi émotionnel.

Elle ne pouvait détacher les yeux d'Eddie.

Il ne détournait pas les siens d'elle, lui non plus.

Et ce fut comme cet instant dans la réserve, avant ce baiser, sauf que c'était dix fois plus intense.

Eddie brisa la bulle de silence dans laquelle ils étaient isolés, au milieu de ce pub bruyant.

— Je crois que j'ai envie de vous embrasser de nouveau, murmura-t-il.

À son tour, elle déglutit.

— Je crois que j'ai envie que vous le fassiez, dit-elle.

— Nous travaillons ensemble. Nous ne pouvons pas faire ça.

— Non...

Jodie éprouva le besoin d'humecter ses lèvres de sa langue

et elle put sentir l'intensité grimper d'un cran décisif quand le regard d'Eddie se posa sur sa bouche.

— Mais est-ce que vous avez jamais...

— Si.

— Quelqu'un s'en est rendu compte ?

— Non.

La façon dont il haussa un sourcil suggéra qu'une aventure pouvait être d'autant plus désirable qu'elle allait contre les règles. Jodie voulait bien le croire. Elle détacha les yeux de son visage. Elle voyait le panier de pommes de terre posé là, et qui refroidissait, mais elle n'avait plus faim. De nourriture, en tout cas.

— Je ne noue pas de relations, dit-elle à Eddie sans le regarder.

— Moi non plus.

Oui, elle voulait le croire aussi. Quelqu'un comme Eddie devait avoir quantité de femmes s'offrant à lui. Mener une vie de rencontres sans importance ou d'« amitiés et plus si affinités » correspondait à son impression initiale qu'il était un marginal, non conformiste. Elle s'était peut-être trompée là-dessus sur le plan professionnel, mais cela pouvait très bien s'appliquer à sa vie personnelle.

Et s'il n'y avait aucune des attentes liées à une relation, cela ne voudrait-il pas dire qu'il n'y aurait pas de possibilité de conflit ? Ce dont ils parlaient – en quelque sorte – n'était rien de plus qu'une brève aventure. Une décision mutuelle prise entre adultes qui ne blesseraient personne en cédant à l'alchimie sexuelle qu'ils avaient découverte entre eux.

Jodie relâcha sa lèvre inférieure prise entre ses dents. Elle parvint à garder un ton parfaitement décontracté. Détaché, même.

— C'est assez déconcentrant, de travailler avec quelqu'un que l'on trouve attirant, dit-elle.

— Oui, répondit Eddie qui se racla la gorge. Nous avons peut-être simplement besoin de nous en purger une bonne fois pour toutes ?

— Voulez-vous dire...

Elle ne put finir sa phrase. Elle avait la bouche sèche. Elle but une gorgée de bière. Puis elle releva les yeux vers ceux d'Eddie.

— Dites-vous que nous devrions faire quelque chose à ce sujet ?

— Je dis que c'est une option. Ça pourrait nous aider à dépasser cette obsession pour aller de l'avant.

L'idée qu'Eddie avait peut-être pensé autant qu'elle à ce baiser accrut une intensité qui menaçait de devenir incontrôlable. Jodie savait qu'elle jouait avec le feu, parce qu'il y avait des choses chez cet homme qui lui rappelaient Joel – l'amour de sa vie qu'elle n'avait pas l'intention d'essayer de remplacer. Jamais.

Mais, en un sens, c'était aussi son filet de sécurité. Parce que cela signifiait qu'elle ne tomberait jamais amoureuse d'Eddie. Ou de quelqu'un d'autre. Il s'agissait là purement d'une attirance sexuelle et il lui était arrivé de temps à autre de céder à ce qui était un besoin élémentaire, après tout. Et peut-être qu'une fois serait suffisante. Pour satisfaire sa curiosité.

Pour satisfaire un niveau de désir qui devenait presque insupportable…

Sa question ne fut qu'un murmure.

— Où ?

— J'habite juste au coin.

Jodie inspira lentement. Son regard se porta sur la nourriture et les boissons qu'ils avaient commandées.

— Vous ne voulez pas finir ça ?

— Non.

La chaise d'Eddie grinça sur le plancher. Il tendit la main pour l'aider à se lever, puis se pencha, ses lèvres frôlant son oreille.

— C'est vous que je veux, Jodie…

6

Son appartement.

Son lit.

Une… révélation ?

Qui eût cru que le sexe pouvait ressembler à ça ? Être un tel plaisir et, en même temps, quelque chose qui dépassait tellement un simple plaisir ?

Un incident vraiment drôle couvrit la gêne de se dénuder devant quelqu'un pour la première fois. Dans la hâte d'Eddie d'ôter son T-shirt à Jodie, le vêtement s'enroula sur lui-même et elle ne put sortir ses bras. Ils rirent à cœur joie jusqu'à ce qu'ils résolvent le problème.

Mais alors, tandis qu'Eddie laissait tomber le T-shirt par terre et restait là à contempler Jodie qui ne portait plus que son soutien-gorge et sa culotte, l'énormité de ce qu'il faisait le frappa : toucher le plus intimement possible quelqu'un de nouveau, pour la toute première fois. D'un geste qui était presque empreint de vénération, il releva le menton de Jodie de son index et courba la tête pour l'embrasser.

Avec douceur.

C'était comme s'il faisait la promesse de respecter ce qui se passait. De *la* respecter. Et de lui rappeler qu'elle pouvait se fier à lui.

Puis le pur désir prit le dessus et brisa toutes les barrières qui restaient – les barrières dues à l'embarras ou peut-être à la culpabilité de faire quelque chose qui serait tellement désapprouvé à leur travail. Et ce fut à ce moment-là qu'Eddie découvrit que le sexe passionné pouvait être à la fois exigeant et joueur. Et, oh... *tellement* satisfaisant...

Plus tard, lorsqu'ils ralentirent et savourèrent le plaisir de recommencer, Eddie réalisa que c'était vraiment quelque chose de spécial.

Quand il releva la tête du long baiser qu'ils partageaient et qu'ils eurent repris leur souffle, il imagina qu'il pouvait voir au-delà des barrières que Jodie utilisait pour se protéger. Et ce fut comme s'il aspirait vivement à quelque chose.

Comme s'il voulait plus de ce qu'ils venaient de découvrir l'un avec l'autre ?

Ce fut très rapide, et remplacé par de la malice.

— Tu n'es pas si mauvais, pour ça, lui déclara Jodie.

— C'est ce que j'allais te dire.

Ils rirent. Mais ils se regardaient toujours dans les yeux et, quand le rire s'estompa, Eddie détourna instinctivement son regard parce qu'il avait l'impression d'empiéter sur l'intimité de Jodie, et il savait qu'elle n'aimerait pas ça.

— Tu as faim ? demanda-t-il. Je peux t'offrir des toasts et j'ai même un pot de Végémite que j'ai rapporté d'Australie. Tu sais, un extrait de plante qui sert d'assaisonnement.

La façon dont Jodie plissa le nez fut la chose la plus mignonne qu'Eddie avait jamais vue. Mais elle secoua la tête.

— Je devrais y aller, dit-elle.

— Tu n'es pas obligée.

— Si.

Elle roula sur le côté du lit et attrapa son T-shirt.

— Dormir dans mon propre lit a toujours été quelque chose de non négociable.

Eddie se leva à son tour et enfila son jean pendant qu'elle s'habillait. Ainsi, Jodie n'avait jamais dormi avec quelqu'un après avoir fait l'amour ? Pourquoi ? Ne s'était-elle jamais sentie suffisamment en sécurité pour se rendre aussi vulnérable ? Ou était-ce pour elle la meilleure façon de garder ses distances ? De faire du sexe quelque chose d'insignifiant qui impliquait que rien de personnel n'entrait en jeu ?

Et qui était-il pour juger ? Il l'avait lui-même fait trop souvent par le passé. Il n'avait pas eu l'intention de recommencer, mais après tout il n'avait jamais rencontré quelqu'un comme Jodie Sinclair. Elle avait été partante, autant qu'il l'avait été. Et d'accord, l'accident de Mick avait été un signal d'alarme, et il voulait davantage dans sa vie, désormais, mais ce n'était pas pour autant qu'il devait se sevrer brutalement de sexe, non ?

Une dernière rencontre « juste pour s'amuser » avait été trop tentante pour la laisser passer.

Vêtu uniquement de son jean, Eddie ouvrit la porte pour laisser sortir Jodie dans la nuit.

— Tu veux que je t'accompagne jusqu'à ta voiture ?

— Je suis une grande fille, Eddie. Je peux veiller sur moi. Et ma voiture n'est qu'à deux minutes d'ici.

C'était la première fois qu'elle l'appelait Eddie, et non Ed. Cela donnait l'impression que quelque chose avait changé, ce qui n'était guère surprenant étant donné qu'ils se connaissaient diablement mieux que le matin. Son indépendance était autre chose qui lui plaisait chez elle et il sourit, appuyé au cadre de la porte.

— Alors... ? commença-t-il.

— Alors quoi ?

— Tu penses que ça a marché ?

Elle plissa les paupières.

— Qu'est-ce qui aurait marché, exactement ?

— Est-ce que nous nous sommes purgés ?

Il put presque voir la vitesse à laquelle allaient ses pensées, concernant les implications de ce qu'elle répondrait. Finalement, elle ne dit rien, mais quand elle se tourna pour partir, elle essayait de dissimuler un sourire.

— Bonne nuit, Eddie...

— Bonne nuit, Jodie...

Il resta là un long moment, à la regarder s'éloigner. Elle n'avait pas répondu à sa question, mais il réalisa que ce n'était pas la peine. Ils connaissaient tous les deux la réponse, non ?

Ils ne s'étaient pas purgés de ce désir. Ce qu'ils avaient fait l'avait probablement rendu encore plus envahissant. Et puissant. Mais cela importait-il ? S'ils étaient tous les deux sur la même longueur d'onde, et si l'un ou l'autre pouvait arrêter les choses n'importe quand sans qu'ils s'en veuillent, il n'y avait pas de vraie raison qu'ils ne recommencent pas.

Il était bien dommage qu'Eddie ait décidé de passer à autre chose que des arrangements occasionnels, car il n'avait jamais rencontré quelqu'un comme Jodie – si déterminée à ne s'intéresser qu'au sexe.

Elle était, ou avait été, la femme parfaite pour lui.

Une semaine s'écoula avant que Jodie décide qu'elle pouvait apporter une réponse à la question d'Eddie : savoir si céder une fois avait été suffisant pour les purger de cette attirance sexuelle qu'ils avaient l'un pour l'autre. Elle aurait pu répondre sans hésitation lorsqu'il l'avait interrogée, mais elle avait attendu pour s'assurer qu'elle contrôlait les choses.

Et bien sûr qu'elle les contrôlait. D'accord... peut-être avait-elle été tentée une seconde de passer le reste de la nuit avec Eddie, mais elle n'avait pas enfreint cette règle et n'allait pas le faire. Dormir avec quelqu'un était très différent de coucher avec cette personne. Elle avait toujours pensé que c'était encore plus intime. Un pas supplémentaire vers un espace qu'elle ne partagerait plus jamais.

Elle fut contente de découvrir qu'elle n'était pas la seule à contrôler les choses au travail, aussi. Comme après ce baiser qui était maintenant de l'histoire ancienne, Eddie ne livra pas le moindre indice sur le fait qu'il se passait quelque chose entre eux – quelque chose qui enfreignait une règle devenue une loi non écrite sur la base.

Ce fut une semaine bien occupée qui inclut un service de quatre jours pleins pour la section bleue. Quatre jours comprenant des situations médicales d'urgence variées, comme d'habitude.

Alors qu'ils s'occupaient d'un homme qui avait été précipité dans des rapides en faisant du rafting, et qui était en hypothermie, un de ses amis avait fait une blague, disant que personne n'avait envie de se mettre nu avec lui pour le réchauffer. Et cette plaisanterie – ou peut-être la façon dont Eddie avait accroché son regard tandis qu'ils souriaient tous les deux – semblait avoir provoqué une décision définitive.

Le soulagement que Jodie éprouva lorsque leur service fut fini et qu'elle trouva Eddie, seul, en train de pendre sa tenue de vol dans le vestiaire suffit pour lui faire réaliser à quel point elle avait désiré lui donner cette réponse. À ce soulagement se mêlait la pensée grisante que dans très peu de temps elle pourrait peut-être ressentir de nouveau cette délicieuse anticipation. Une sensation qui serait probablement d'autant plus intense qu'ils savaient tous les deux ce qui les attendait, et qu'ils avaient dû patienter pour le vivre de nouveau.

— Tu te souviens de ces pommes de terre au four que nous avons laissées l'autre soir au Cochon et Chardon ? demanda-t-elle.

— Je ne suis pas près de les oublier, répondit Eddie. Dommage que nous ne les ayons pas finies.

— Tu crois qu'ils ont pu nous les garder ?

— Ils y ont sûrement pensé, mais il y a sans doute des règles d'hygiène qui empêchent de conserver de la nourriture pendant huit jours.

— Mmm… je suppose que nous pourrions en racheter des fraîches, dit Jodie, que cette conversation en guise de préliminaires amusait beaucoup.

Elle savait parfaitement qu'Eddie comprenait que sa suggestion n'avait rien à voir avec le fait de manger, et elle était certaine qu'il allait dire que ce n'était pas une mauvaise idée. Mais la porte du vestiaire s'ouvrit et Alex entra.

— Bon...

Jodie referma son casier, ravalant sa déception.

— Je vais faire de l'escalade libre. Ça te dirait d'essayer, Ed ?

— L'escalade libre, c'est quand tu grimpes sans harnais ni cordes ?

— Oui, répondit-elle avec un grand sourire. Le risque est minimal. Ça se passe à l'intérieur du gymnase et il y a des matelas par terre. Alex, tu as envie de faire un autre essai ?

L'homme d'équipage secoua la tête.

— Une fois m'a suffi, merci. En plus, je suis pris ce soir. Je vais au cinéma.

— Ah oui ? dit Eddie, lui lançant un regard direct. Il serait temps que nous connaissions son nom, tu ne crois pas ?

Alex haussa les épaules.

— Georgia.

— Et que fait Georgia ? demanda Jodie.

— Elle est infirmière urgentiste au Queen's.

Alex enfila son anorak et ferma son casier.

— Et je ne répondrai pas à d'autres questions. À demain, les gars. Passez une bonne soirée.

En atteignant la porte du vestiaire, il se retourna.

— Tu devrais essayer cette escalade libre, dit-il à Eddie. Ça pourrait te plaire plus qu'à moi. Et tu verras : les jours suivants, on se découvre des muscles qu'on ignorait avoir.

Jodie regardait Eddie. Alex venait de leur fournir la parfaite excuse pour être vus ensemble en dehors du travail – sans que personne suspecte qu'il se passait autre chose.

— Tu es partant ?

Il soutint son regard.

— Je suis né pour ça.

Il n'eut pas besoin de dire qu'il parlait d'autre chose que d'un défi physique.

Jodie sourit. Ce qui était encore mieux, c'était qu'elle était toujours aux commandes et qu'elle allait faire durer ce jeu de patience un peu plus longtemps.

— Allons-y, alors. Tu pourras louer des chaussures au gymnase.

Le soulagement submergeait presque Eddie.

En partie parce qu'il avait réussi à grimper au mur du gymnase sans se ridiculiser complètement.

Mais il était surtout soulagé de constater que Jodie souhaitait de nouveau passer du temps avec lui – et qu'elle en avait pris l'initiative – quand ils savaient tous les deux exactement comment cela allait se terminer. Serait-ce dans son lit à elle ou chez lui ? Aucune importance. Il était peut-être curieux de découvrir où elle vivait, mais il avait le temps. En outre, il savait que, dès qu'ils se toucheraient, le reste du monde disparaîtrait, de toute façon.

Il aurait dû être frustrant de passer une heure dans ce gymnase bruyant, mais, d'une certaine manière, cela ajoutait à la tension qui s'était accrue toute la semaine sans qu'Eddie ne s'en rende compte. La faire durer un peu plus ne contribuerait qu'à en rendre la fin encore meilleure. Peut-être meilleure que tout ce qu'il avait eu la chance de vivre dans sa vie.

Pendant que Jodie escaladait le mur en tendant les bras et les jambes pour atteindre des prises, ressemblant à une étoile de mer humaine très sexy, Eddie regarda la grande horloge ; la session devait se terminer dans cinq minutes environ.

Et il ne pouvait attendre.

Il allait s'assurer de faire de cette soirée une soirée que Jodie n'oublierait pas de longtemps. Et il espérait qu'elle ne désirerait pas attendre toute une semaine avant de la répéter.

— Garder la chose secrète la rend encore meilleure.

Eddie avait bataillé pour trouver un sujet de conversation qui pourrait intéresser Mick, ou au moins le faire sourire. Il n'avait pas vu sourire son frère une seule fois ces quinze derniers jours, alors quand Mick lui avait demandé comment ça se passait au travail, il s'était retrouvé en train de confesser sa liaison avec Jodie Sinclair.

— Ça a commencé il y a quelques semaines, quand on a fait cet entraînement au sauvetage en mer, tu te souviens ?

— Oui. Apparemment, ç'avait été très sympa.

— Ce qui a été plus sympa encore, c'est que Jodie et moi avons fini au pub, tous les deux. Nous mourions de faim, mais nous n'avons même pas terminé ce que nous avions commandé. Nous sommes allés chez moi et – ça va te faire rire – j'étais tellement pressé de lui ôter ses habits que je l'ai emberlificotée dans son T-shirt.

— Et elle a persévéré quand même ?

Eddie sentit la douce chaleur qui prenait naissance au fond de ses entrailles se répandre jusqu'au bout de ses doigts et de ses orteils.

— Oui...

Ce fut presque un soupir, et il se rendit compte que son visage s'adoucissait sous l'effet de la gratitude. Celle liée au fait que non seulement Jodie était revenue à la charge, mais aussi qu'ils ne semblaient enclins ni l'un ni l'autre à arrêter les choses. Dans ce soupir se glissait également la stupéfaction d'avoir trouvé quelqu'un qui lui ressemblait autant. Quelqu'un en compagnie de qui il était aussi à l'aise. Ils aimaient le même genre de nourriture. Ils riaient aux mêmes plaisanteries. Ils appréciaient de relever des défis, physiques ou mentaux. Ils se passionnaient pour le même travail.

Mick fixait Eddie.

— Les gens ont dû deviner qu'il y a quelque chose entre vous, dit-il. Surtout si tu te promènes avec cet air de chiot amoureux, comme en ce moment.

Eddie corrigea aussitôt son expression.

— Nous nous aimons bien, admit-il. Mais nous ne sommes pas amoureux. Nous sommes amis, c'est tout.

Meilleurs amis, suggéra une petite voix à l'arrière de son esprit. *Amants...*

S'il avait cru à l'existence d'une âme sœur, Jodie aurait été en tête de liste.

Mais il ne croyait pas en l'idée de « l'élue », de « l'unique », et même s'il l'avait fait, Jodie avait établi très clairement que ce ne serait pas elle. Alors il étouffa cette voix malvenue qui surgissait de nulle part.

— Les gens savent que nous sommes amis, dit-il à Mick. Et ils savent que nous passons du temps ensemble hors du travail, une idée d'Alex.

— Votre homme d'équipage ? releva Mick, sidéré. Il vous a poussés à sortir ensemble, et tu crois toujours que personne ne sait que vous enfreignez les règles ? Ou le secret s'étend-il à tous vos collègues ?

Eddie secoua la tête.

— Ils s'attendent à ce qu'on passe du temps ensemble une soirée par semaine. En outre, s'entraîner à l'escalade libre et à la descente en rappel fournit un prétexte pour sortir lors de nos jours de congé – faire de la randonnée et chercher des rochers pour s'amuser.

— Je ne crois pas que vous parviendrez à garder le secret, marmonna Mick.

— On y arrive, jusqu'à présent.

Ils étaient si bons pour ne pas montrer de connexion personnelle au travail, en fait, que pour Gus et Alex ils avaient simplement réussi à former une équipe soudée. Et ce qu'il y avait entre eux améliorait leur relation professionnelle. Chacun déchiffrait si bien le langage corporel de l'autre que cela revenait presque à de la télépathie.

— Tu ferais bien d'en profiter au maximum tant que ça dure, dit Mick sur le ton de l'avertissement.

— J'en ai bien l'intention. Jimmy avait tort : il existe des filles qui veulent juste s'amuser. Et pour moi, avec Jodie, c'est parfait.

— Tu as de la chance.

Mick secoua la tête.

— Mais j'espère que tu fais attention à autre chose qu'à garder votre liaison secrète. Que feras-tu si elle tombe enceinte ?

— Cela n'arrivera pas. Elle est passionnée par sa carrière et une relation à long terme ne l'intéresse pas. Avoir un enfant est la dernière chose qu'elle voudrait. En outre, tu m'as bien éduqué. Je suis toujours prudent.

— J'aurais dû suivre mes propres conseils, dit Mick avec un sourire ironique qui n'avait rien de positif. Et être un peu plus prudent moi-même.

Le cœur d'Eddie se serra. Il détestait que son frère ait à vivre ça. Et maintenant, il se sentait coupable de lui avoir dit combien sa vie sexuelle était formidable. Mais il ne lui aurait pas semblé juste de lui cacher ce qui lui arrivait. Et peut-être que continuer à prendre des gants avec Mick, à ne lui dire que des choses encourageantes et à le laisser remonter la pente à son propre rythme n'aiderait pas, à long terme.

Il coopérait à tout ce qu'on lui demandait. Il avait retrouvé de la force dans le haut du corps et pouvait manier son fauteuil. Bientôt, il serait capable de passer tout seul de son lit au fauteuil, ce qui serait un grand pas vers l'indépendance. Mais il semblait voir ça comme un échec, l'admission qu'il ne marcherait plus jamais. Il avait retrouvé des sensations presque normales dans ses jambes depuis quelque temps, mais l'espoir qu'il puisse les bouger de nouveau commençait à s'estomper. Personne ne serait surpris que Mick baisse les bras.

Le laisser se lamenter sur ce qui était arrivé par le passé n'aiderait certainement pas non plus. Mais Eddie choisit de croire que, en disant qu'il aurait dû être plus prudent, Mick se référait à son mariage raté – et au fait qu'il avait cru devenir père. Soudain, il lui sembla trop tentant d'aborder le sujet, pour savoir comment Mick envisageait son avenir. Il prit un ton amusé.

— Plus prudent, plus prudent... Tu n'aimais déjà plus Juliana à la fin de cette fête que nous avons organisée le jour de ton non-mariage. Si je me souviens bien, c'est toi qui as déclaré que nous n'aurions jamais besoin que de nos deux frères ?

Mick détourna les yeux.

— Pardon, marmonna-t-il. Je sais que je suis un rabat-joie. Je suis content que tu passes du bon temps avec Jodie.

Eddie eut un grand sourire.

— J'essaie juste d'imiter tes exploits. J'ai perdu le compte de toutes les femmes que tu as eues après Juliana. C'était comme si tu essayais de prouver que tu étais le gagnant du « trio terrible », comme nous appelait Ella.

— Mes oreilles sifflent...

Ella entra à cet instant dans la chambre de Mick. Elle avait un ordinateur portable en bandoulière et avait l'air d'une femme en mission.

— Vous avez eu le texto de Jimmy ? demanda-t-elle.

— Je n'ai plus de batterie, dit Mick. Mais je sais par Eddie qu'il s'agit du remplacement à Aberdeen. Il va prendre le poste le mois prochain ?

— Oui.

— Est-ce qu'il sera logé ?

— C'est possible. Mais nous lui avons suggéré de venir chez nous pour garder la maison.

— Garder la maison ? Où allez-vous ? Logan et toi ne prenez jamais de vacances !

— Exactement.

Ella se percha au bout du lit.

— Nous n'avons jamais eu de lune de miel, alors nous avons décidé de partir en voyage de noces en Nouvelle-Zélande.

— En Nouvelle-Zélande ? s'exclama Mick. C'est un endroit que j'ai toujours rêvé de visiter. J'aurais dû le faire quand tu étais en Australie, Eddie. J'ai raté ma chance.

— C'est drôle que tu dises ça...

Ella sortit son ordinateur de sa housse.

— Parce que, quand Logan et moi cherchions des destinations, nous sommes tombés sur quelque chose qui pourrait t'intéresser.

Elle cliqua sur un lien et posa l'ordinateur sur les genoux de Mick.

— Ne dis rien. Regarde, simplement.

— Qu'est-ce que c'est ?

Eddie se leva pour jeter un œil par-dessus l'épaule de son frère. Il vit défiler des images de splendides paysages de montagnes, de plages, de forêts. De gens heureux et souriants. D'un gymnase dernier cri. Et... de fauteuils roulants ? Oui, il y avait des personnes qui portaient des uniformes de soignants. Très chics. Et parmi elles une superbe jeune femme aux longs cheveux blonds et au sourire éblouissant.

— C'est un centre de rééducation de grande classe, dit Ella, qui semblait vouloir cacher son enthousiasme. Sur la péninsule de Coromandel, qui n'est pas loin d'Auckland, et semble être l'un des plus beaux endroits de ce pays magnifique.

— J'y suis allé, dit Eddie. Deux jours seulement, mais c'était incroyable. J'y retournerais bien tout de suite.

— Désolée, ce n'est pas toi que nous invitons, répliqua Ella en souriant. Nous avons pensé que Mick méritait un break. Mick, nous aimerions que tu viennes avec nous.

— En Nouvelle-Zélande ? Pour vous tenir la chandelle pendant votre lune de miel ? Tu plaisantes !

Mick laissa échapper un rire sec.

— Pas du tout. Tu ne viendrais pas partout avec nous, mais nous ferions le voyage avec toi et nous resterions le temps que tu t'installes pour tes propres vacances. Ensuite, nous prendrons un camping-car pour descendre jusque dans l'île du Sud et retour. Le tout devrait durer un mois. Alors tu pourrais rentrer avec nous, Mick, ou rester plus longtemps si l'endroit te plaît. Ce sera l'été, là-bas, et il pourrait être bien d'échapper à l'hiver écossais. Ils ont également une excellente réputation pour le traitement des patients blessés à la colonne vertébrale.

Ella se leva.

— Je ne peux pas rester. Je suis de service ce soir aux urgences obstétriques. Je suis juste passée pour te parler de ça.

— Tu aurais pu simplement m'envoyer un mail.

— Tu aurais pu l'effacer.

Quelque chose dans le ton d'Ella fit penser à Eddie qu'elle trouvait elle aussi nécessaire de secouer un peu Mick. Le laisser s'enfoncer dans son refus du monde extérieur n'était pas une solution.

Mick prit l'ordinateur pour le rendre à Ella et il dut toucher un bouton, car les images cessèrent de défiler et celle de la jeune femme blonde s'afficha, avec ses yeux bleus qui dansaient et son grand sourire.

Eddie vit que Mick la fixait en plissant un peu les paupières. Il croisa le regard d'Ella et secoua légèrement la tête. À son avis, il y avait peu de chances que Mick accepte de se rendre dans un autre centre de rééducation, même magnifique, et avec des thérapeutes hors pair. C'était un endroit fantasmatique.

Trop beau pour être vrai ?

À ce moment-là, Eddie sentit une sorte de prémonition se couler le long de son échine. Ce que Jodie et lui avaient trouvé l'un avec l'autre était-il aussi trop beau pour être vrai ?

Est-ce que ça allait s'effondrer ?

Non...

— Je dois y aller aussi, dit-il à Mick. J'ai une séance d'escalade au gymnase, ce soir, et je vais finalement dépasser le niveau débutant.

— Ne te casse rien, l'avertit Mick. Et agite le drapeau pour le « trio terrible ».

— Je ferai de mon mieux.

Eddie frappa de son poing le poing de son frère, qui ne put échapper au baiser de leur sœur.

Il suivit Ella hors de la chambre, certain qu'il ne casserait rien dans un proche avenir – y compris la relation fantastique qu'il avait la chance d'entretenir avec Jodie Sinclair.

7

C'était la journée annuelle de levée de fonds pour les ambulances de l'air d'Aberdeen, et il y avait beaucoup de monde car le temps était clément. La star du spectacle, l'étincelant hélicoptère noir H145 que Gus et Alex avaient astiqué à la perfection ce matin-là, planait au-dessus de la foule en attendant de faire la démonstration d'hélitreuillage qui donnerait aux spectateurs un aperçu de ce que pouvaient faire les secours aériens lorsqu'ils recevaient un appel d'urgence.

L'équipe de la section bleue était plus qu'heureuse de se trouver bien au-dessus du terrain de football et de laisser monter l'anticipation.

— C'est un événement bien plus important que ce que je pensais, dit Eddie. Entre une fête foraine et des jeux traditionnels des Highlands. Ce sont des joueurs de cornemuse, sur cette scène ?

— Oui, répondit Alex avec un grand sourire. Tout à l'heure, Gus et moi irons lancer un tronc.

Jodie rit.

— Non. Vous deux, vous devez rester avec l'hélico et distraire le peuple.

— Je n'irai nulle part, marmonna Gus. Je serai trop occupé à éloigner tous ces doigts poisseux de ma peinture.

Eddie tordit le cou pour regarder au-dessous d'eux.

— Je vois des ambulances, ce qui est normal pour couvrir

un événement de cette taille, mais que fabrique là le camion de pompiers ?

— Nous faisons appel à tous les services de secours, répondit Jodie. Il y a aussi une voiture de police, quelque part, mais les enfants adorent monter sur le camion de pompiers.

— Notre public est en place ? demanda Gus.

— Apparemment, la moitié de la foule est massée derrière les cordes, l'informa Eddie. Je pense que le reste suivra le spectacle de là où ils se trouvent.

— Oui, dit Alex. Moi, je ne laisserais pas ma place dans la queue pour les kebabs pour vous regarder vous balancer dans les airs, Jodie et toi.

— C'est parce que tu nous vois faire tout le temps, déclara Jodie. Tu es trop gâté.

Eddie garda son sérieux.

— J'espère que ce château gonflable est bien arrimé.

— J'en suis sûre, répondit Jodie. Il faudra juste s'assurer qu'il n'y ait personne dedans quand nous atterrirons.

Lorsqu'elle tourna la tête, le regard d'Eddie était si sombre que son cœur manqua un battement.

— Tu n'as pas assisté à ce terrible accident en Tasmanie il y a quelques années, n'est-ce pas ?

— Non. Mais une très bonne amie à moi est arrivée sur les lieux avec l'un des premiers hélicoptères de secours. Elle en a été traumatisée au point d'abandonner sa carrière.

« Une très bonne amie ». Quelqu'un avec qui il était toujours en contact ? Une flèche de jalousie prit Jodie complètement de court, ce qui était ridicule. Comme si Eddie et elle entretenaient une relation profonde, importante…

Mais c'était peut-être autre chose qui la perturbait. La douleur dans la voix d'Eddie ? La façon dont il se souciait des autres, et qu'elle ressentait jusque dans ses tripes ? Cette secouriste qu'il connaissait, les enfants tués dans cet accident…

— J'ai lu qu'il s'était agi d'une mini-tornade, dit-elle.

— Moi aussi, renchérit Alex. Le château a été soulevé de dix mètres. Cinq enfants sont morts, c'est ça ?

— Six, précisa doucement Eddie. Un autre est mort plus tard à l'hôpital.

— C'est tout bon ici, déclara Gus, très calme. Ils ont déjà fermé la zone qui contient le château et les ballons géants. Ils ne la rouvriront que lorsque nous nous serons posés, et la refermeront avant qu'on décolle.

— Nous avons le temps, commenta Alex. Ce n'est pas super, de passer notre jour de repos ensemble ?

— Si, répondit Jodie en riant.

Elle était heureuse de voir qu'Eddie souriait de nouveau. Lorsqu'elle croisa son regard, elle sut qu'il n'était pas mécontent de cette compagnie. Il était aisé de voir qu'il avait envie d'être avec elle, et ce temps passé en démonstration, sans patients à sauver, était un vrai bonus. Pas autant que leurs rencontres secrètes en privé, mais c'était bien quand même. Pour tous les deux.

— Dans deux minutes, on commence, annonça Gus, très concentré sur la raison de leur présence : montrer l'équipement et les compétences dont ils disposaient pour sauver des vies – et encourager les gens à donner leur argent. Je vais faire un tour du terrain, puis je descendrai un peu, ajouta-t-il. Nous effectuerons l'hélitreuillage, et ensuite nous nous poserons en plein au milieu. Vous êtes prêts ?

La démonstration se déroula parfaitement bien. Jodie fut descendue sur le terrain de foot. Elle se décrocha, après quoi Eddie descendit, la mit dans un harnais, et Alex les remonta jusqu'à l'hélicoptère. Lentement, pour captiver la foule. Si lentement qu'ils avaient l'impression d'être suspendus dans l'air sans bouger.

Non pas que Jodie y vît un inconvénient. Au contraire. Elle aimait sentir ses hanches entre les jambes d'Eddie, et le fait que son corps était en contact avec son bas-ventre. Elle appréciait sa compagnie autant qu'il semblait apprécier la sienne. Elle l'aimait beaucoup. Cette journée ensemble était vraiment un plaisir et elle avait l'intention d'en profiter pleinement. Et quand celle-ci prendrait fin, Jodie savait qu'Eddie aurait autant envie qu'elle de la prolonger de la façon qui commençait à hanter ses nuits quand elle était seule chez elle.

En se retrouvant tous les deux dans l'appartement d'Eddie. Dans son lit...

Elle adorait aussi anticiper ces moments, comme elle adorait presque tout chez Eddie. Elle aimait que les choses soient si simples. Que le sexe soit aussi incroyablement bon. Qu'il soit aussi facile de garder le secret, apparemment.

Leur histoire durait depuis bien plus longtemps qu'elle ne s'y était attendue. Et elle espérait que leur amitié continuerait lorsqu'ils auraient eu finalement assez de sexe et que leur incroyable attirance l'un pour l'autre aurait disparu. Ce qui arriverait bientôt, elle en était sûre. Mais... pas tout de suite.

De retour dans la cabine de l'hélicoptère, ils gardèrent la porte ouverte et firent des signes de main à la foule pendant que Gus posait l'appareil dans l'herbe. Les organisateurs allaient laisser les gens s'approcher pour parler à l'équipe, regarder dans l'hélico et poser des questions sans fin. Ce qui pouvait être vu comme une corvée, mais paraissait plutôt un privilège à Jodie tant elle était fière d'appartenir à ce service.

En attendant, elle repensa de nouveau à Eddie. Ils n'avaient jamais passé une nuit ensemble, mais comment feraient-ils lorsqu'ils partiraient tous les deux en week-end ? Qu'ils partageraient une chambre dans un motel, par exemple ? Briserait-elle son principe d'airain de ne pas dormir dans le même lit – et encore moins dans les bras – d'un partenaire sexuel ?

Une telle occasion allait bientôt se produire, avec un stage de descente en rappel dans les Cairngorms. Ironiquement, c'était Dion qui en avait entendu parler et qui les avait persuadés de s'inscrire. Ce serait un week-end tous frais payés pour améliorer des compétences utiles comme secouristes. Et il leur offrirait un prétexte formidable pour passer du temps ensemble dès ce soir-là. Ils auraient l'excuse de vouloir discuter de ce projet et du matériel dont ils auraient besoin.

Ils durent se plier aux questions du public. En voyant Eddie répondre gentiment à un petit garçon intimidé, Jodie sentit fondre quelque chose en elle. Cela la fit penser à la façon dont il se comporterait avec ses propres enfants, un jour. Ce qui n'aurait pas dû la tracasser, car elle avait accepté depuis longtemps qu'il n'y aurait pas d'enfants dans son propre avenir – que ce soit avec le père ou en tant que mère célibataire. Et, d'accord, certaines choses lui manqueraient, mais il y avait quantité de personnes qui étaient heureuses et épanouies sans avoir d'enfants, et elle en faisait partie.

C'était le cas de la sœur aînée d'Eddie, par exemple. Après avoir passé tant d'années à materner ses jeunes frères, Ella avait déclaré qu'elle ne voulait pas d'enfants à elle. Si les choses avaient été différentes, Jodie aurait aimé la rencontrer. Et connaître toute sa famille, même.

Mais les choses étaient ce qu'elles étaient, et elle tempéra de son mieux sa réaction émotionnelle à la pensée d'Eddie ayant un enfant avec une femme inconnue qu'il rencontrerait un jour. Lorsqu'elle tourna la tête, elle vit un adolescent qui tendait la main vers le défibrillateur fixé à la paroi.

— Ne touche pas à ça ! lança-t-elle d'un ton plus coupant qu'elle ne l'aurait voulu.

Jodie sut qu'Eddie regardait dans sa direction, sans doute parce qu'il l'avait entendue remettre vertement le garçon à sa place.

Elle se calma et donna à l'adolescent toutes les explications qu'il désirait. Elle offrit même de lui prendre sa tension et remarqua qu'Eddie observait la scène. Il y avait à côté de lui une femme qui portait un bébé devant elle et Jodie ne put s'empêcher de l'imaginer avec un nouveau-né dans les bras. Et cela toucha de nouveau cette corde sensible, dans sa poitrine. Cette fois, ce fut assez fort pour lui faire mal. Ce n'était pas seulement le fait d'imaginer cette femme sans visage qui serait la mère de ses enfants. Il était trop facile d'imaginer aussi ce que ce serait de faire assez confiance à cet homme pour songer à bâtir un avenir avec lui.

À fonder une famille.

À avoir son bébé…

Elle *avait envie* de faire partie de tout ça.

C'était seulement le germe microscopique d'un sentiment incongru, mais Jodie savait que c'était une aspiration qui pouvait devenir si puissante et si dangereuse qu'elle en retint son souffle. Seigneur… Elle n'avait jamais été aussi près de perdre le contrôle de ses émotions, et en public, en plus. Elle pouvait presque sentir des larmes lui piquer les yeux. Elle les combattit en clignant des paupières et se concentra sur ce qu'elle faisait.

— Voilà, dit-elle à l'adolescent. Tu as une tension de treize, ce qui est normal pour ton âge, et ton taux d'oxygénation est parfait.

Elle lui ôta le brassard.

— Quelqu'un d'autre veut que je lui prenne sa tension ?

Les réponses furent si enthousiastes que Jodie sut qu'elle serait occupée pour le reste de la journée. Et c'était exactement ce qu'il lui fallait.

Eddie était tout aussi occupé. Il montrait à quelqu'un comment enfiler un harnais pour être hélitreuillé. Jodie regarda au-delà de lui pour voir si Gus et Alex revenaient vers eux. Elle brûlait de rentrer chez elle et d'aller courir très, très longtemps.

De faire un peu de boxe, aussi.

Ce qu'il faudrait pour chasser cette nouvelle tension dans son corps, parce que sinon celle-ci pourrait se changer en panique, et Jodie ne le permettrait pas. Par bonheur, la première démarche à faire pour ça était claire comme de l'eau de roche. Elle était devenue trop proche d'Edward Grisham et elle devait faire machine arrière avant que les choses n'empirent.

Elle avait su que les aspects de leur relation qui dépassaient les limites acceptables de l'amitié devraient prendre fin bientôt.

Mais n'était-ce pas en venant à cette fête qu'elle avait pensé que leur aventure pouvait se poursuivre encore un peu ?

À quel point s'était-elle trompée ?

Les choses avaient duré déjà bien trop longtemps. Elle avait glissé dans une zone de confort interdite et n'avait même pas remarqué que ses barrières de sécurité s'étaient abaissées. Et avaient été sérieusement endommagées. Elle avait été séduite par le fait de pouvoir faire confiance autant que par l'irrésistible attirance physique qu'elle éprouvait pour Eddie.

Elle aurait dû mettre fin depuis longtemps à leur liaison illicite.

Non. Elle n'aurait jamais dû la laisser commencer, en vérité, mais elle l'avait fait. De son plein gré. Maintenant, il fallait qu'elle s'en sorte.

Pour se remettre en sécurité.

8

Eddie ne l'avait pas vu arriver.

Enfin... ce n'était pas tout à fait vrai. Il avait su dès le début que ce qu'il y avait entre Jodie et lui ne durerait pas. Il ne s'était simplement pas attendu à ce que ce soit si soudain. Il n'avait certainement pas prévu que ce serait la note finale d'une journée très agréable passée à participer à la levée de fonds pour la base de secours aérien.

Dès qu'ils avaient décollé du terrain de football, en fait, avec la foule qui saluait leur départ. Il n'y avait que quelques minutes de vol pour rentrer à la base, mais cela avait suffi à Jodie pour lâcher sa bombe – et faire paraître ça comme une conclusion ordinaire.

C'était Eddie qui avait suggéré de prendre un pot au Cochon et Chardon, et peut-être d'y dîner.

— C'est samedi soir, après tout. Et je ne sais pas vous, les gars, mais j'ai été assez déçu de ne pas pouvoir acheter un kebab ou des frites, aujourd'hui.

— J'ai des plans pour plus tard, mais je veux bien prendre une bière en vitesse, dit Gus.

— Je suis partant, annonça Alex. Georgia est de service de nuit.

— Ne comptez pas sur moi, cette fois, déclara Jodie d'un ton étrangement désinvolte qui frappa Eddie. J'ai d'autres plans pour ce soir.

Elle ne lui avait même pas jeté un coup d'œil, et il s'efforçait de ne pas la fixer. Ou de ne pas réagir à ce qui lui faisait l'effet d'une claque, pour être honnête.

Réagissait-il trop vivement ? Il attendit un peu, mais il savait qu'il avait un bon moyen d'en savoir plus.

— Veux-tu qu'on aille acheter cet équipement pour la descente en rappel ? Je pourrais te retrouver au magasin, dit-il d'un ton tout aussi détaché.

Gus faisait déjà descendre l'hélicoptère pour le poser.

— J'aurai tout le temps de m'en occuper la semaine prochaine, répondit Jodie. Et tu n'as pas besoin que je te tienne la main pour aller acheter ce qu'il te faut, Eddie, ajouta-t-elle avec un sourire taquin.

Son regard ne fit qu'effleurer celui d'Eddie, mais cela suffit pour faire passer le message qu'elle n'avait pas l'intention de passer du temps avec lui ce soir-là. Et peut-être pas le lendemain non plus. Avait-elle même décidé, pour une raison incompréhensible, de s'arrêter là pour de bon ?

Bon sang. Ça faisait mal.

Pourquoi ne lui en avait-elle pas parlé quand ils étaient seuls ? Ils auraient pu se mettre d'accord pour rester amis. Il aurait respecté sa décision.

Mais l'aurait-il fait ? Peut-être que Jodie lui faisait passer ce message devant leurs collègues pour lui rappeler qu'ils avaient eu de la chance de ne pas être pris avant. Et elle savait sans doute que, s'ils étaient seuls, il essaierait de la persuader que cela pouvait continuer encore un peu.

Une nuit de plus ?

Pourquoi pas ? Ce qui tracassait vraiment Eddie, c'était qu'il ne comprenait pas pourquoi cela se passait ainsi. Ce n'était pas comme si les autres étaient au courant. Et il n'avait jamais laissé entendre qu'il voulait plus que ce que Jodie était prête à donner.

D'accord… c'était peut-être son karma, se dit-il. Il avait rompu avec tant de femmes qu'il n'avait pas le droit de se plaindre que la situation soit inversée. Jodie avait le droit de se retirer de leur relation intime quand elle le choisirait et il devait le respecter, même si c'était la dernière chose qu'il souhaitait.

Gus coupa les moteurs et les rotors ralentirent. Le bruit des ceintures de sécurité que l'on défaisait fut comme un point final à davantage que ce bref vol de retour.

Eddie ouvrit la porte. Il avait supposé que Jodie s'occuperait du défibrillateur dont elle s'était servie cet après-midi. Il fallait sûrement le recharger. Mais quand elle sortit et s'éloigna sans le faire, il fronça les sourcils. Quelque chose n'allait pas.

— Hé !

Le défibrillateur à la main, il la rattrapa avant qu'elle entre dans le hangar. Était-ce son imagination, ou avait-elle tressailli en entendant sa voix ?

Non... Lorsqu'elle leva son regard vers lui, il aperçut dans ses yeux quelque chose qu'il n'y avait jamais vu.

De la peur... ?

Il eut soudain la bouche sèche.

— Que se passe-t-il ? demanda-t-il. Jodie, tu vas bien ?

Ce qu'il pensait avoir vu dans son expression avait disparu et il sentit s'apaiser la tension qui l'empêchait de respirer. Peut-être que ce qui se passait n'avait rien à voir avec lui ? Avec *eux* ?

— Oui, ça va.

Elle prit la parole lorsqu'ils furent au milieu du hangar, entre la réserve et le vestiaire.

— C'est juste que... j'ai réalisé que ce qu'il y a entre nous est devenu une sorte d'habitude, Eddie. Et plus les habitudes durent, plus elles sont difficiles à briser. Et quand on le fait, il y a des dommages collatéraux.

Il n'eut pas besoin de lui demander ce qu'elle voulait dire. Elle parlait d'eux. Du sexe entre eux. Le meilleur sexe qu'il avait eu le privilège de connaître. Il ne savait pas si Jodie pensait que le fait qu'il devienne une habitude les rendrait moins prudents et que leur secret risquerait d'être découvert. Ou si elle considérait que les dommages collatéraux incluraient de la souffrance émotionnelle pour eux deux. Mais si les choses se passaient mal, ils savaient tous les deux que cela pourrait signifier qu'ils ne travailleraient plus ensemble. Et si quelqu'un devait quitter la base, ce serait lui, car il n'était pas là depuis longtemps.

Il ne voulait pas que cela arrive.

Cela expliquait-il ce qu'il pensait avoir lu dans ses yeux ? Avait-elle eu peur de lui parler ? S'inquiétait-elle qu'il puisse être blessé ? Ou qu'elle puisse l'être s'ils continuaient ?

Il ne voulait pas non plus que cela advienne.

— C'est bon, Jodie, dit-il. C'est ta décision. Nous savions tous les deux que notre histoire avait une date de péremption.

Elle hocha la tête, mais baissa les yeux.

— Je devrais m'occuper du défibrillateur, répliqua-t-elle. C'est moi qui m'en suis servie tout l'après-midi.

Eddie parvint à sourire.

— Je gère. Nous sommes une équipe, tu te souviens ?

Il attendit de pouvoir accrocher son regard pour lui faire savoir qu'il essayait de la rassurer ; qu'il allait s'appliquer à rendre la transition d'amants à amis la moins douloureuse possible.

— Nous *avons ça*, ajouta-t-il. Et tu sais quoi ? Je te promets de ne pas acheter de pantalons rose fluo pour la descente en rappel.

Jodie riait en se dirigeant vers le vestiaire, et le sourire d'Eddie était sincère, à présent. Il venait peut-être de perdre quelque chose qui était devenu important dans sa vie, mais en aucun cas il ne laisserait disparaître leur amitié.

Il allait rendre aisé ce changement dans leur relation. Il fallait espérer qu'ils pourraient toujours travailler ensemble sans problème. Passer du temps avec toute l'équipe. Peut-être même seraient-ils capables de chérir les souvenirs de ce qu'ils avaient – brièvement – vécu ensemble, et qui avait été si bon.

Le samedi suivant était le dernier jour de travail de la section bleue sur le tableau de service, et Jodie commençait à sentir qu'elle pouvait se détendre. Elle n'avait pas besoin de s'occuper à faire du rangement ou autre corvée, raison pour laquelle elle se trouvait dans la salle du personnel, à boire un café avec son équipe.

Eddie compris.

En un sens, rien n'avait changé puisque personne ne s'était rendu compte de ce qui se passait entre eux. Mais en réalité, Jodie était encore très sensible à sa présence. Être seule avec lui lui manquait, et cela ne faisait que renforcer sa résolution de garder ses distances. L'étrange sentiment de panique qui l'avait saisie lors de la journée de bienfaisance s'était estompé, Dieu merci, mais cela avait été un douloureux avertissement. Elle n'était pas aussi inatteignable qu'elle l'avait cru.

Depuis, elle s'était rappelé avec encore plus de détermination que sa carrière était la seule chose qui la passionnait dans sa vie. Elle ne voulait pas de relation suivie et encore moins d'enfants avec Eddie ou n'importe qui d'autre. Elle avait fermement arraché cette minuscule aspiration, si malvenue. Elle était constamment restée sur ses gardes, mais elle réalisait à présent que ce n'était pas la peine.

Eddie respectait sa promesse et il rendait les choses faciles. Leur capacité à si bien travailler ensemble n'avait pas changé. Il ne semblait pas affecté par la fin de leur liaison. Il paraissait toujours apprécier sa compagnie et vouloir garder leur amitié intacte.

Jodie le souhaitait aussi. Et dès qu'elle aurait rangé ces souvenirs dans un casier qu'elle pourrait choisir d'ouvrir ou non, la vie normale reprendrait et tout irait bien de nouveau.

Mieux que bien. Elle n'avait jamais eu un collègue auquel elle pouvait se fier autant qu'elle se fiait à Eddie. Cela faisait une énorme différence lorsqu'ils recevaient un appel pour quelque chose de grave.

Ce qui se produisit cet après-midi-là. Il s'agissait d'un accident de la route, une voiture contre un camion. L'accident avait provoqué des collisions en chaîne et les blessés étaient nombreux. Il y avait même un décès.

L'équipe se mit en mouvement aussitôt. Gus décida qu'ils se poseraient sur la route. Alors qu'elle descendait de l'hélicoptère, le cœur de Jodie sombra. Parmi les véhicules accidentés, il y avait la voiture de jeunes mariés et elle se demanda si c'était l'un des deux qui était mort. Elle ne voulait pas intervenir. Cela lui rappelait trop ce qui lui était arrivé avec Joel.

Mais elle savait qu'elle devait se ressaisir. Il y avait des patients en état critique qui pourraient ne pas survivre sans l'aide de personnes absolument concentrées sur les secours à apporter. Elle *devait* intervenir, mais cela allait être la chose la plus difficile qu'elle avait jamais faite.

Elle croisa le regard d'Eddie et elle sut qu'il comprenait sa supplique silencieuse.

« Reste près de moi. J'ai besoin de toi... »

Eddie et Jodie durent s'introduire dans la voiture de la mariée, qui avait été heurtée sur le côté par le camion. Elle était grièvement blessée à la poitrine et souffrait de multiples fractures. Jodie se chargea de découper sa robe avec des ciseaux, puis ils lui firent une intubation. Ils eurent de l'aide en quantité pour la transférer sur la civière qu'Alex avait placée le plus près possible du véhicule. Elle était toujours vivante, mais Eddie pouvait sentir sur eux les yeux de la foule qui observait la scène en silence. Un silence rompu par un cri de détresse, venant d'une femme d'un certain âge. Elle pouvait être la mère de la mariée ou du marié.

Le chagrin collectif de tous ces gens était palpable et Eddie remarqua la façon dont Jodie détourna son regard lorsqu'ils passèrent près du corps du jeune marié, recouvert d'un drap et protégé par un policier. Il pouvait voir son visage tendu ; il était possible que ce soit dû à l'état critique de leur patiente, mais il savait, au fond, qu'il y avait plus que ça. Et elle était très pâle, ce qui l'inquiétait. La pensée qu'elle avait peut-être un problème lui serra le cœur.

Mais il ne pouvait se permettre de penser à ça maintenant. Ils devaient garder cette patiente en vie assez longtemps pour la remettre à l'équipe de traumatologie qui les attendait dans le service de réanimation de l'hôpital d'Aberdeen. Le temps qu'ils l'accompagnent et attendent qu'elle soit transférée en salle d'opération, puis qu'ils rentrent à la base et s'occupent de nettoyer et de reconstituer le stock de matériel utilisé, leur service était terminé depuis longtemps.

Eddie, qui avait aidé Alex, mit un moment à réaliser qu'il n'avait pas revu Jodie depuis qu'elle était allée porter le respirateur artificiel et le défibrillateur dans la cabine de l'hélicoptère. Mais il n'allait pas rentrer chez lui avant d'avoir pu lui parler. Parce qu'il avait toujours cette impression que quelque chose n'allait pas.

Il monta remplir ses papiers et fut rejoint par Dion, qui lui transmit les remerciements de la police pour leur rôle dans un des pires accidents qu'ils avaient jamais vus.

Eddie déglutit péniblement.

— C'était corsé.

Dion posa une main sur l'épaule d'Eddie, mais son regard se porta sur le bas de l'escalier.

— Est-ce que Jodie va bien ?

Eddie regarda dans la même direction et vit Jodie assise au niveau de la porte ouverte de l'hélicoptère, qui avait été ramené dans le hangar pour la nuit.

Elle était juste assise, la tête penchée et les épaules basses.

— Je n'en suis pas sûr, répondit-il franchement. Elle m'inquiète un peu.

— Dites-lui que votre patiente a bien supporté l'opération. Elle est en soins intensifs. Vous avez fait du bon boulot. Tous les deux.

Dion pressa l'épaule d'Eddie.

— Et prenez soin d'elle, hein ? Vous pourrez le faire mieux

que moi. Emmenez-la prendre un pot, peut-être ? Pour parler de ce qui est arrivé ?

Eddie descendit l'escalier, conscient de l'ironie de la situation. On venait de lui donner l'autorisation de passer du temps avec Jodie en dehors du travail, alors qu'elle ne le voulait plus. Mais, en tant que collègue et ami, il n'allait pas la laisser seule maintenant.

Il marcha jusqu'à elle, qui se tenait immobile.

— Hé... Dion m'a dit que notre jeune mariée était en soins intensifs. Elle a survécu à l'opération.

Mais cette nouvelle ne sembla pas être la bienvenue. Eddie, horrifié, vit que des larmes brillaient dans les yeux de Jodie avant qu'elle détourne son regard. Lorsqu'elle parla, ce ne fut qu'un murmure.

— Il aurait peut-être mieux valu qu'elle ne survive pas.

Eddie ne l'avait jamais vue aussi près de pleurer. Il ne lui avait jamais entendu un ton aussi lugubre.

— Tu vas venir avec moi, décréta-t-il.

Elle secoua la tête.

— Je rentre chez moi. J'irai peut-être courir.

Il plaça un doigt sous son menton pour l'obliger à croiser son regard.

— Ce n'était pas une simple proposition, dit-il doucement. Dion pense que nous avons besoin de faire un débriefing et je suis d'accord avec lui.

Il soutint son regard.

— Tu es en sécurité, Jodie, et je vais m'assurer que tu le restes.

Il laissa glisser sa main le long de son bras, prit la sienne, l'aida à se mettre debout et l'étreignit. Peu importait si Dion les observait. Il avait les lèvres près de son oreille.

— J'ai peut-être besoin de ça autant que toi. Alors tu vas venir avec moi, d'accord ?

Elle hocha lentement la tête contre son épaule.

D'accord...

Levant les yeux alors qu'il la guidait hors du hangar, Eddie vit que Dion hochait lui aussi la tête. Le chef des opérations pensait sans doute qu'ils se rendaient au Cochon et Chardon – peut-être avec Gus et Alex pour un débriefing de l'équipe – mais Eddie était certain qu'il fallait à Jodie un endroit beaucoup plus privé.

Elle avait besoin d'être protégée, et rien ni personne ne l'empêcherait de le faire.

9

Il ne faisait pas si froid, ce soir-là, mais Jodie semblait gelée au point d'avoir du mal à parler. Alors Eddie ne posa pas de questions.

Il alluma le poêle à gaz dans sa petite salle de séjour-cuisine et, comme cela ne semblait pas suffire, il alla chercher sa couette pour en envelopper Jodie qui était assise sur son canapé, tassée sur elle-même.

Il lui prépara un mug de thé brûlant et, comme cela ne suffisait toujours pas, il y ajouta une rasade de whisky. Il s'en fit un aussi et s'installa à côté d'elle.

Ce fut Jodie qui brisa le silence.

— On est samedi soir. Tu n'as rien de mieux à faire que de rester à la maison ?

— Non.

Eddie secoua la tête.

— Je serais sans doute allé voir Mick, mais je sais que mon frère James est arrivé aujourd'hui, alors je les verrai demain.

— Comment va-t-il ? Mick, je veux dire...

Eddie vida son mug.

— Pas fort. Il ne mange pas bien et perd du poids. Il fait mine de suivre sa thérapie, mais il n'y met pas du sien et il n'y a pas de progrès. C'est comme s'il avait perdu dans cet accident beaucoup plus que la faculté de marcher. Ma sœur Ella pense que la famille devrait intervenir.

— Comment ?

— Elle et son mari ont trouvé un centre de rééducation qui paraît idyllique en Nouvelle-Zélande. Ils voudraient aller là-bas pour une lune de miel tardive et emmener Mick afin qu'il reste un mois ou deux dans cet endroit sublime. Il refuse, prétextant qu'il serait un fardeau pour eux, mais Ella pense qu'ils devraient l'emmener de force.

— A-t-il une femme ? Ou une partenaire ?

— Non. Il a failli se marier il y a quelques années avec une superbe Brésilienne qui lui avait dit qu'elle était enceinte de lui. James et moi avons attendu avec lui à l'autel, mais sa fiancée n'est jamais venue. Le vrai père du bébé s'était manifesté et ils étaient repartis pour le Brésil. Mick a été très durement et très publiquement abandonné. Il a juré après ça qu'il ne s'engagerait jamais plus avec une femme et il nous a persuadés, James et moi, de nous joindre à ce pacte. Nous ne devons pas essayer de nous marier. D'après lui, la vie est trop courte et il faut vivre à fond. Mais je n'ai jamais eu envie de me jeter du haut d'une falaise avec un parapente, comme lui.

Eddie s'arrêta, se rappelant que, lorsqu'il avait rencontré Jodie, elle déclarait qu'il n'y avait rien de mieux que de sauter d'une montagne avec juste un petit parachute.

— Tu reveux du thé ? demanda-t-il.

— Oui, s'il te plaît.

Il s'affaira quelques minutes dans la cuisine. Quand il revint, Jodie était toujours emmitouflée dans la couette, mais elle n'avait plus ce visage figé. Et ses lèvres avaient une meilleure couleur.

Ils trinquèrent et elle prit une longue gorgée de son thé.

— Je comprends, dit-elle au bout d'un moment. Je sais ce que Mick retire de ces activités dangereuses.

— La décharge d'adrénaline ?

— C'est plus que ça, quand tu as perdu quelque chose de vraiment important. Pour moi, ça a commencé quand je me moquais de survivre ou non au saut. C'était comme me remettre entre les mains du destin. Si je survivais, cela voulait peut-être dire qu'il y avait une raison de continuer.

Le souffle d'Eddie se bloqua dans sa poitrine.

— Qu'est-ce que tu as perdu ? demanda-t-il doucement.

— L'amour de ma vie.

Waouh... Eddie ne trouva rien à répondre. Pas étonnant qu'il ait été si certain que Jodie ne pouvait pas être « l'unique » pour lui, et qu'il n'était pas son âme sœur. Elle en avait déjà eu une. Au moins, il pouvait passer son bras autour d'elle, en ami, et elle parut l'apprécier car elle s'appuya contre lui.

— J'ai rencontré Joel au collège, dit-elle à voix basse. Nous avons commencé à sortir ensemble à quatorze ans. Nous n'avons jamais songé à sortir avec quelqu'un d'autre. À la fin du lycée, nous avons pris une année sabbatique parce que nous voulions voyager le plus possible avant de nous poser, d'entrer à l'université, de trouver un bon travail et de commencer à avoir des enfants.

Jodie ne regardait pas Eddie, alors il resserra un peu son emprise et émit un son pour lui indiquer qu'il écoutait chacun de ses mots. Il avait l'impression qu'il avait *besoin* d'entendre ce qu'elle avait à dire.

— Nous sommes allés jusqu'à Bali, poursuivit-elle. Et c'était si beau et nous étions si heureux que nous avons décidé de nous marier. Sur la plage. J'ai acheté une jolie robe blanche sur un marché et j'ai fait peindre de petites pâquerettes sur mes ongles. Le plus coûteux a été le bouquet de gardénias que je devais tenir. Joel portait une chemise blanche pas chère et un bermuda bleu vif – aussi bleu que la mer et le ciel le jour de notre mariage. Il est parti nager avec ce soir-là, au crépuscule. Je suis entrée dans l'eau aussi loin que je pouvais aller sans abîmer ma robe, car je voulais la garder et la remettre à chaque anniversaire...

Le silence fut lourd, cette fois. Jodie avait fermé les yeux.

— Elle a été abîmée quand même, dit-elle finalement dans un murmure, la voix brisée. J'étais agenouillée sur la plage dans le noir, des heures plus tard, quand ils ont fini par trouver son corps et le ramener pour me le mettre dans les bras. Je ne pouvais pas bouger, malgré les vagues qui venaient s'écraser autour de nous.

Des larmes roulaient sur ses joues, à présent, et le cœur d'Eddie se serra douloureusement. Il comprenait ses mots, maintenant, quand elle avait dit qu'il aurait peut-être mieux valu que la jeune mariée ne survive pas après avoir perdu l'homme qu'elle venait d'épouser. Jodie savait quelle souffrance l'attendait.

Il avait dû être terriblement dur pour elle de se remettre.

Il fut instinctif pour Eddie de l'enlacer et de la serrer fort. D'essuyer ses larmes et de la presser contre sa poitrine tandis qu'elle pleurait. Il pleurait lui-même, mais une partie de cette émotion venait du fait qu'il avait conscience de tenir dans ses bras la femme la plus extraordinaire qu'il ait jamais rencontrée. Quelqu'un d'assez courageux pour ramasser les morceaux de sa vie brisée et en faire quelque chose de formidable.

Quelqu'un qui avait été confronté ce jour-là à une situation qui avait dû réveiller ses pires souvenirs, ce qui ne l'avait pas empêchée de les mettre de côté pour aider les autres.

Quelqu'un qui méritait tout l'amour et le bonheur dont elle avait rêvé.

Dans sa tristesse, Jodie lui semblait plus petite qu'il ne s'en souvenait. Et vulnérable. Eddie baissa la tête et pressa un baiser sur ses cheveux emmêlés. Il la sentit bouger sous ses lèvres, mais il ne se serait pas attendu à ce qu'elle lève son visage pour poser sa bouche sur la sienne.

Et alors ils s'embrassèrent, Eddie percevant que le besoin de Jodie était presque désespéré. Était-ce le besoin de lui ? Ou éprouvait-elle simplement la nécessité d'un contact humain, pour réaffirmer le pouvoir de la vie ?

Cela n'avait pas d'importance.

Jodie avait envie de ça, il pouvait le lui donner, et c'était la seule chose qui comptait. Il saisit la couette avec elle dedans et la porta jusqu'à son lit.

C'était la dernière chose que Jodie aurait pensé voir arriver après une journée difficile au travail. La dernière chose qu'elle aurait cru souhaiter.

Mais il s'avéra que c'était exactement ce qu'il lui fallait.

Être tenue de cette façon. Ne pas être seule sous cette couette réconfortante. Être nue pour pouvoir sentir la chaleur de la peau d'Eddie contre la sienne, ainsi que les caresses de ses doigts et de ses mains qui parcouraient son corps.

Qui la rendaient si consciente d'être encore en vie.

Avec assez de douceur pour qu'elle se sente bien traitée. Chérie, même.

Ce fut elle qui exigea quelque chose de plus violent, de plus rapide, de plus provocateur – qui ressemblait presque à une bataille.

Pour qu'elle ait l'impression de gagner ? Pour se rappeler qu'elle était toujours capable d'être aux commandes ?

Pour se rappeler qu'elle était une survivante.

Qu'elle avait la chance de pouvoir apprécier les bonnes choses que la vie avait à offrir. Comme ceci… le bonheur de se toucher. Ce désir aigu et le délicieux plongeon dans l'extase qui faisait disparaître le reste du monde aussi longtemps qu'il durait.

Elle continuerait à survivre, se dit-elle alors qu'elle était allongée dans les bras d'Eddie, avec seulement le bruit de son souffle dans l'air et les battements de son cœur sous sa joue. Elle continuerait également ce qui était devenu sa passion dans la vie. Elle ne gagnerait peut-être pas à chaque fois. Personne n'aurait pu sauver le jeune marié, ce jour-là. Personne ne pourrait éviter à la jeune mariée la lutte qu'elle aurait à fournir si elle s'en sortait, mais Jodie avait conscience qu'elle avait fait une différence, et qui savait combien d'autres vies elle serait en mesure de sauver dans l'avenir ?

Elle se redressa sur un coude.

— Je ne suis pas sûre que Dion approuverait ce débriefing, dit-elle.

Un côté de la bouche d'Eddie se releva.

— Il n'en saura rien.

— Non.

— La seule chose qu'il veut savoir, c'est si tu vas bien.

Jodie hocha la tête. Grâce à Eddie, elle allait bien. Puis elle prit sa lèvre inférieure entre ses dents.

— Je ne veux pas que quelqu'un d'autre apprenne ce que je t'ai dit à propos de Joel. Je ne veux pas qu'on se demande si je vais tenir le coup dans un cas difficile. Ou qu'on m'empêche de faire mon métier.

— Je ne trahirais jamais une confidence, déclara Eddie. Et personne ne t'empêchera jamais de faire ton métier. Tu t'en es sortie aussi bien que n'importe qui aurait pu le faire, aujourd'hui. Mieux que la plupart, même. J'avais compris que quelque chose te tracassait, mais j'ai vu l'instant où tu l'as mis de côté pour continuer.

Il caressa doucement son visage.

— Et savoir ce que je sais maintenant me fait réaliser à quel point tu es forte. Tu es incroyable, Jodie.

Elle s'écarta de lui, s'assit et se pencha pour ramasser ses habits.

— Je dois y aller, dit-elle en enfilant son T-shirt sans se soucier de remettre son soutien-gorge.

Comme elle allait se lever du lit, elle s'arrêta et se tourna pour accrocher le regard d'Eddie.

— Je suis contente que tu saches, dit-elle. Parce que, ainsi, tu peux comprendre pourquoi je ne peux pas recommencer. Pourquoi *nous* ne pouvons pas faire ça. Pourquoi je ne noue pas de relations. Je t'aime vraiment beaucoup, Eddie, mais je ne me laisserai pas tomber amoureuse de toi, et le moyen le plus facile de l'éviter est d'arrêter *ceci*.

L'expression d'Eddie s'adoucit.

— Je comprends, dit-il calmement. Tu as subi une perte tellement dévastatrice que tu ne veux jamais revivre ça.

Elle secoua la tête.

— Ce n'est pas que je ne *veux* pas. À t'entendre, on dirait que j'ai le choix. Je ne *peux pas* revivre ça. C'est une perte qui a fait que le monde s'est arrêté de tourner, pour moi, et si cela se reproduisait, je ne serais pas capable de le faire repartir une deuxième fois.

Ce coup-ci, elle quitta le lit et acheva de se rhabiller.

— Toi, tu ne noues pas de relations parce que tu as fait une sorte de pacte avec tes frères alors que l'un de vous s'était brûlé les ailes et que vous aviez probablement trop bu.

Eddie fit une grimace.

— Ce n'est pas complètement faux.

— Ce n'est pas une raison suffisamment bonne.

Jodie sentit son cœur se briser un peu tandis qu'elle regardait en arrière.

— Je t'aime *vraiment* beaucoup, Eddie, et tu mérites mieux que de patiner à la surface de la vie, d'avoir des relations sexuelles qui ne signifient rien.

Sa voix trembla.

— Tu mérites quelqu'un qui puisse te donner beaucoup plus que moi. Tu mérites de découvrir le véritable amour… et ça ne sera jamais avec moi, c'est pourquoi ceci ne se reproduira plus jamais. D'accord ?

Ce n'était pas une question. Et Jodie ne resta pas assez longtemps dans la chambre d'Eddie pour lui permettre de répondre. Peut-être qu'elle tenait trop à lui, aussi. Comme il tenait à elle. Énormément.

Et c'était sans doute pourquoi cette rupture était bien plus dure qu'il ne s'y était attendu.

Probablement était-ce une bonne chose que cela ne doive plus jamais se reproduire.

Parce que cette dernière fois avec Jodie hantait déjà Eddie. Il pensait à elle lorsqu'il s'était finalement endormi juste avant l'aube, et elle fut sa première pensée quand il se réveilla. Il n'allait pas franchir des limites qu'elle ne voulait pas qu'il franchisse en lui envoyant un texto, n'est-ce pas ? Mais en même temps, c'était quelque chose que les amis pouvaient faire, non ?

Tu vas bien ?

Il envoya le message avant d'avoir le temps de changer d'avis. La réponse fut immédiate.

Oui, ça va. Je pars courir. J'irai peut-être marcher dans les Cairngorms demain pour voir où nous allons faire ce stage de descente en rappel.

Oh… Le fait qu'elle pense au temps qu'ils passeraient ensemble lors de ce stage fit qu'Eddie poussa un soupir de soulagement. Il eut envie de suggérer d'aller avec elle, mais il savait que ce ne serait pas une bonne idée – ni pour l'un, ni pour l'autre. À la place, il écrivit :

Prends garde à la neige. Il me faudra peut-être une paire de ces pantalons roses.

Il reçut un émoji « pouce levé », mais le texto arriva en même temps qu'un message d'Ella. En lisant ce dernier, il réalisa qu'il n'aurait pas pu quitter la ville pour la journée, de toute façon, car apparemment il y avait une crise du côté de Mick. Leur frère avait carrément cessé de manger et faisait semblant de dormir pour ne parler à personne.

Alors qu'Eddie se rendait en voiture au centre de rééducation, tout de suite après s'être levé et habillé, il pensait toujours à Jodie. À la nuit dernière.

Bien sûr que cela avait été différent, se dit-il. Ils avaient eu une journée vraiment difficile, avec l'horreur d'un mariage qui avait tourné à la tragédie. Et Jodie, avec l'écho de son propre drame, avait traversé un maelström émotionnel qui avait fait paraître ce moment ensemble beaucoup plus important qu'il ne l'avait été en réalité. Pas étonnant que le sexe ait atteint un autre niveau.

Un niveau qui avait donné l'impression que c'était leurs âmes qui se touchaient, et pas seulement leurs corps.

Était-ce le genre de connexion que Jodie avait eue avec Joel ? L'amour de sa vie, qu'elle n'avait pas l'intention d'essayer de remplacer ? Eddie se demanda ce que ce serait d'être aimé si fort par quelqu'un que le monde s'arrêterait de tourner s'il lui arrivait quelque chose.

Les seules personnes avec qui il avait éprouvé un tel lien étaient ses frères et sa sœur. Surtout ses frères. Parfois, ils avaient l'impression d'être un seul être partagé en trois.

En attendant, il devait laisser partir Jodie.

La laisser sortir de sa vie personnelle ? Pour toujours ?

Non. Cela n'arriverait pas. Il n'oublierait jamais ce que c'était que d'être aussi proche de Jodie Sinclair, et il savait qu'il ne retrouverait jamais quelqu'un comme elle. Elle avait dit qu'elle ne se laisserait pas tomber amoureuse de lui – comme si c'était quelque chose qu'il était possible de contrôler ? Il n'en était pas si sûr.

Parce qu'il commençait à se demander s'il n'était pas déjà tombé amoureux d'elle.

Ce qu'il pouvait faire, cependant, c'était cesser de penser autant à elle. Pour le moment, en tout cas. Il savait qu'elle allait bien et qu'elle faisait face à sa façon, avec sa passion pour les activités physiques. Et lui avait à se concentrer sur des questions plus urgentes, qui pourraient bien remplir ses journées de congé jusqu'à ce qu'il soit de nouveau avec Jodie.

La famille Grisham et Logan se rassemblèrent autour de Mick, passant du temps avec lui ensemble et séparément, avec ou sans le soutien des psychologues et des thérapeutes du centre. Ce fut une nouvelle série de hauts et de bas émotionnels pour Eddie, mais du coup il put cesser de penser à Jodie durant ses journées. Et le soir il était si épuisé qu'il s'endormait tout de suite.

La crise avec Mick était assez importante – et assez personnelle – pour qu'il cesse d'envier un fantôme. Mais lorsqu'il regardait sa sœur dans les bras de son mari, la force de leur amour mutuel lui mettait une boule dans la gorge.

Il voulait connaître ça lui-même, un jour.

Et même s'il comprenait pourquoi, il se sentait triste pour Jodie qu'elle ne veuille plus ressentir ça pour personne.

D'accord… il se sentait triste pour lui-même, aussi. De ne pas pouvoir être celui qui comblerait ce vide dans sa vie. Mais cela devrait rester un secret. Son secret.

Quand Mick répondit à la vive inquiétude des gens qui l'aimaient le plus et accepta de se plier au plan de sa famille, les journées d'Eddie devinrent bien trop remplies pour qu'il pense à quelque chose ou à quelqu'un d'autre. Il y eut soudain un million de choses à organiser.

Lors de son dernier jour de congé, il emmena tout le monde à l'aéroport, avec leur énorme quantité de bagages. En plus, il avait aidé James à déménager d'Édimbourg, car il allait prendre son poste de remplaçant à Aberdeen. Cela faisait une drôle d'impression à Eddie : d'un côté, il aidait l'un de ses frères à se rapprocher de lui, et de l'autre, il envoyait le second à l'autre bout du monde. C'était comme si sa vie était tiraillée dans tous les sens. Comme si les pièces du puzzle n'étaient plus à leur place et qu'il fallait essayer quelque chose de nouveau. Pour eux tous.

Heureusement, son retour au travail se passa bien. L'embarras potentiel d'être dans la même équipe que quelqu'un avec qui il avait eu une relation sexuelle défendue semblait avoir été effacé par la surcharge émotionnelle que Jodie et lui avaient connue les derniers jours.

Une période qui avait été assez intense pour avoir généré des pensées et des sentiments excessifs. Comme l'idée qu'il était tombé amoureux de Jodie ?

L'amitié entre Jodie et lui, maintenant, semblait véritable. Et solide comme un roc, parce qu'ils partageaient un secret qu'ils étaient seuls à connaître.

Deux secrets, en fait.

Eddie ne songerait jamais à briser la confiance de Jodie en révélant la tragédie qu'elle avait vécue par le passé. Et il savait qu'elle n'avouerait à personne combien ils étaient devenus proches l'un de l'autre.

Cela faisait partie du passé, aussi.

Il fallait espérer que Jodie ressentait la même chose que lui et ne regrettait rien. Parce que tout cela avait fait naître un niveau de confiance personnelle qui aurait mis des années à se construire dans une amitié ordinaire. Et si l'on y ajoutait le niveau de confiance professionnelle qu'ils avaient éprouvé dès le début de leur collaboration, cela donnait quelque chose de très spécial. S'il n'était peut-être pas tombé amoureux de Jodie, Eddie tenait beaucoup à elle et c'était une forme d'affection plus qu'acceptable entre de bons amis.

Une affection qui durerait sans doute beaucoup plus longtemps que n'importe quelle autre sorte d'amitié ?

De bonnes nouvelles arrivèrent trois jours plus tard. Mick était bien arrivé dans son nouveau centre de rééducation, et le long voyage s'était passé sans problème. Ella avait envoyé à Eddie une photo de lui rencontrant sa thérapeute personnelle, qui n'était autre que la jeune femme blonde au magnifique sourire qu'ils avaient vue sur la page web du centre.

Eddie sourit et envoya la photo à James.

« Il est verni », commenta-t-il.

Mais lui-même avait encore plus de chance, non ?

Il était en forme et en bonne santé. Il adorait son travail et son équipe était la meilleure qui soit. Il jouissait d'une amitié qui durerait toute sa vie, s'il avait son mot à dire. Et, bonus supplémentaire, il allait passer deux jours à la montagne avec cette amie, à faire quelque chose de nouveau et d'excitant. Il avait terriblement hâte.

10

Était-ce cela, le vrai bonheur ? se demanda Jodie.

Être dans la nature, dans un endroit si magnifique que cela lui rappelait constamment quelle chance elle avait d'être en vie ?

Les hautes baies de ce superbe chalet offraient une vue époustouflante des montagnes qui se découpaient sur un clair ciel bleu. On apercevait même une cascade au-dessus des forêts qui entouraient la rivière et ce centre d'activités en plein air.

Eddie capta le coup d'œil de Jodie et sourit. Puis il se pencha pour qu'elle soit la seule à l'entendre.

— Pour moi, c'est un rêve devenu réalité, chuchota-t-il. J'ai toujours désiré me coltiner à une cascade.

La première session de descente en rappel se déroula à l'intérieur.

— Mis à part votre équipement de protection comme un casque et des gants, dit Declan, l'instructeur, il y a deux éléments vitaux sans lesquels vous ne pourriez pas descendre en rappel : une corde et un harnais.

Il prit un harnais pour le leur décrire.

— C'est un harnais de base. Désolé, Eddie et Jodie, il n'est pas à la hauteur de ce que vous avez d'habitude, mais nous n'avons pas besoin de plus. Une boucle passe autour de la taille et les deux autres autour de vos jambes. Votre système d'assurage sera attaché à la boucle de devant. Nous voulons que votre harnais vous aille bien et soit confortable. Nous allons vous aider.

Peut-être qu'Eddie et Jodie pourront vous donner un coup de main lorsqu'ils auront mis le leur.

Deux minutes plus tard, Jodie vit du coin de l'œil Eddie qui ajustait les boucles d'un harnais sur les jambes d'une jeune femme. C'était comme si elle pouvait *sentir* le frôlement de ses doigts sur ses propres jambes. Une vive sensation s'accumula dans son ventre, mais ce n'était pas du désir, se rappela-t-elle. C'était un souvenir qu'elle pouvait dominer.

D'accord... si elle était honnête, la partie intime de ce qu'ils avaient connu ensemble lui manquait vraiment. Mais si c'était le prix à payer pour garder son monde sous contrôle et en sûreté, elle était prête à le payer. Non. Comme elle l'avait dit à Eddie lors de leur dernière nuit, si poignante, ce n'était pas un choix. C'était quelque chose qu'elle devait faire pour survivre.

Cette spirale de sensations était un autre rappel qu'elle était en vie et pouvait retirer du plaisir de son corps, à partir du moment où elle était capable de rester à l'intérieur des barrières de sécurité qu'elle reconstituait lentement.

Eddie, béni soit-il, rendait toujours cette transition facile. Et apparemment, ils pourraient peut-être être assez chanceux pour rester amis – sans la gêne qui s'installait quand deux personnes poussaient une amitié trop loin, puis essayaient de faire machine arrière.

Alors oui... Ceci ressemblait à un niveau de bonheur qui était le plus élevé qu'elle pouvait attendre – ou permettre – si elle voulait se garder en sécurité, et elle allait profiter au maximum de ce week-end.

Elle ne put s'empêcher de lancer un autre coup d'œil à Eddie, cependant, et comme s'il l'avait senti, il la regarda en haussant un sourcil interrogateur.

« Tu vas bien ? Tu prends du plaisir ? »

Jodie lui sourit. Soutenir son regard paraissait si naturel. Elle lui faisait entièrement confiance et elle savait qu'il se souciait assez d'elle pour vouloir qu'elle soit en sûreté. Et heureuse.

Elle sentit son sourire s'élargir, lui transmettant un message qu'il ne pourrait pas manquer.

« J'adore ça... »

Elle paraissait... heureuse. Être en compagnie de Jodie et partager avec elle un bon moment qui la rendait si heureuse, c'était le mieux qu'Eddie pouvait espérer, non ? Et il devrait être aussi heureux que Jodie de la façon dont les choses se passaient. Il le serait, se dit-il fermement, dès qu'il se serait habitué à cette nouvelle situation.

Quand tout le monde fut muni d'un harnais, ils passèrent aux cordes. Declan leur expliqua qu'elles étaient très épaisses, afin de coulisser plus lentement dans le système d'assurage et leur permettre de contrôler leur vitesse. Il fallait qu'ils s'entraînent à faire des nœuds, en particulier un nœud de friction qui serait leur mécanisme de sécurité et les empêcherait de tomber.

— Quand vous aurez maîtrisé ça, acheva-t-il, nous pourrons aller dehors et vous pourrez vous amuser sur de vrais rochers.

Cela prit un moment, car la plupart des gens bataillaient avec les nœuds, mais avec un sourire par-ci et un rapide coup d'œil par-là, Eddie et Jodie se retrouvèrent en train de faire la course, ce qui était très amusant.

Était-ce son propre mécanisme de sécurité pour être avec Jodie ? se demanda Eddie. Relever un défi qui demandait de la concentration ? Ne serait-il pas bon de savourer du temps ensemble en dehors du travail de cette manière-là, sans être pris de court par un accès de douleur – ou de tristesse ? – en pensant que quelque chose d'énorme avait été perdu pour toujours ?

Oui... le défi et l'amusement des heures passées dehors durant le reste de la journée rendirent Eddie confiant à ce sujet ; cette nouvelle normalité pouvait marcher. Le fait que Declan divise le groupe pour que Jodie et lui puissent s'entraîner plus intensément aida.

— Nous allons mettre au point un programme pour effectuer tous les niveaux d'accréditation demain, et peut-être que vous pourrez revenir plus tard, dit l'instructeur.

— Ce plan me convient, répondit Jodie en hochant la tête. Et toi, Eddie ?

Il y avait presque une supplication dans son regard. Pouvaient-ils faire ça ? se demanda-t-il. Ensemble ? Avoir une vraie amitié et rester pour toujours dans la vie l'un de l'autre ? Eddie doutait fort de parvenir à dépasser un jour le stade de vouloir être avec Jodie. Mais il s'assura de paraître enthousiaste. Faire semblant jusqu'à ce qu'on y arrive, se dit-il.

— Compte sur moi, agréa-t-il.

C'était probablement parce qu'il était physiquement fatigué à la fin des sessions de l'après-midi qu'Eddie trouvait plus difficile d'être avec Jodie. Peut-être que son appréhension prenait le dessus. Ou peut-être que c'était la pensée, alors que le soir tombait, qu'ils allaient dormir sous le même toit mais dans des lits différents.

Quelle qu'en soit la cause, une fois le dîner terminé, il se sentait beaucoup moins heureux qu'il l'avait été. Le réseau téléphonique n'était pas bon, dans ces montagnes, et il ne pouvait se distraire en appelant sa famille. Il ne voulait pas rejoindre Jodie qui aidait des membres du groupe à réaliser des nœuds, parce que cela ne ferait certainement pas taire cette pensée agaçante, à l'arrière de son esprit, qu'il ne faisait qu'aggraver les choses en essayant de se convaincre qu'une amitié avec elle serait suffisante.

Que l'attitude raisonnable à avoir serait de mettre des distances entre eux. Pas seulement ce soir-là, mais au travail aussi. Il pourrait demander à Dion de le muter dans une autre équipe. Par le passé, dans une situation semblable, il aurait changé de job. Serait parti dans un autre pays. Il aurait pris un nouveau départ et, il avait un peu honte de l'admettre, mais c'était la vérité, il aurait trouvé une nouvelle amitié avec le genre d'avantages qui l'auraient distrait. Mais il était impossible de le faire cette fois. Il n'était pas question de quitter Aberdeen, à cause de James et de Mick dont l'absence était temporaire. Il faudrait qu'il soit là pour soutenir son frère.

Seulement que pourrait-il dire à Dion ? Qu'il était désolé d'avoir enfreint les règles ? Qu'il avait été assez stupide pour penser qu'avoir une histoire superficielle avec une femme superbe ne serait pas un problème, et que cela ne se reproduirait pas ?

Non. Il ne pouvait pas faire ça, parce que cela mettrait Jodie dans de gros ennuis. Et il ne parviendrait sans doute même pas à paraître convaincant, alors qu'il n'y croyait pas lui-même.

Et qu'en était-il de cette appréhension qui grandissait en lui ? Comment diable pourrait-il trouver la personne avec qui il voudrait être pour le reste de sa vie, quand il était encore aussi proche de Jodie ? Quand, au fond de lui, il savait qu'il serait impossible de trouver quelqu'un avec qui il désirerait autant être ?

Sapristi... Il avait besoin de s'éclaircir les idées.

Il attrapa son anorak et alla trouver Declan qui prenait un café avec les autres instructeurs.

— Je vais prendre l'air, leur dit-il.

— Tu as une torche ? La lune ne sera peut-être pas toujours là.

— Oui.

Eddie mit sur sa tête le bandeau qui supportait sa torche frontale.

— Tiens-t'en aux sentiers, lui conseilla Declan. Et ne va pas trop loin. Tu as besoin d'une bonne nuit de sommeil pour affronter les défis de demain.

Eddie sourit et hocha la tête, mais il allongea le pas dès qu'il sortit du chalet. S'il voulait dormir cette nuit-là, il fallait qu'il règle le conflit qui lui agitait le cerveau, et cela demanderait manifestement plus qu'une courte promenade.

Jodie perçut l'absence d'Eddie avant de voir qu'il n'était plus dans la salle de séjour ou la salle à manger du chalet.

— Eddie est-il allé se coucher ? demanda-t-elle à Declan, qui s'apprêtait à passer un documentaire sur la descente en rappel.

— Non. Il est sorti prendre l'air. Il devrait revenir bientôt – je lui ai dit de ne pas aller trop loin.

Il n'y avait pas de raison que Jodie sorte pour voir si Eddie revenait. Mais il lui fut impossible de se concentrer sur le documentaire, malgré la beauté des paysages et des photos.

Quelque chose semblait ne pas aller, et… c'était quelque chose d'assez important pour que cela paraisse urgent.

Elle se glissa hors de la pièce, trouva sa doudoune, sa torche et sortit pour prendre le sentier qu'ils avaient gravi dans la journée. Elle s'attendait sans arrêt à voir Eddie apparaître à un détour du chemin, mais au bout d'un moment elle se demanda s'il était bien passé par là. Et puis, alors qu'elle avait dépassé la bande de forêt qui laissait place à des rochers nus, au pied de falaises, elle aperçut une lumière qui devait être la torche d'Eddie.

Elle pouvait aussi entendre le vacarme de la rivière, et elle se rappela ce qu'il lui avait chuchoté ce matin-là : « J'ai toujours eu envie de me coltiner à une cascade. »

Il devait savoir que s'aventurer seul dehors à cette heure de la nuit était loin d'être raisonnable. Cela ne lui ressemblait pas de prendre ce genre de risque, aussi confiant dans ses capacités qu'il puisse être. Dès qu'elle le rejoindrait, Jodie allait lui dire vertement ce qu'elle pensait de son comportement, complètement stupide.

Du coup, elle se sentit de plus en plus inquiète et elle se força à accélérer le pas. Lorsqu'elle aperçut finalement une petite lumière, elle était beaucoup plus près.

— *Eddie…*

Elle devait hurler pour se faire entendre par-dessus le bruit de l'eau qui s'écrasait sur les rochers.

— *Arrête-toi…* Attends-moi.

La lumière devint plus vive, comme s'il avait tourné la tête en l'entendant. Puis elle entendit sa voix. Elle était faible, mais Jodie se rendit compte qu'il ne l'appelait pas. Qu'il ne prononçait pas de mots.

On aurait dit un cri de surprise. Ou de peur… ?

Puis la lumière s'éteignit d'un coup.

Il était tombé. Jodie le savait.

Simplement, elle ne savait pas à quel point c'était grave. Peut-être allait-elle l'entendre appeler à l'aide – ou mieux, revoir briller sa lampe quand il se relèverait et continuerait à descendre le sentier.

Mais la peur lui glaçait le sang dans les veines.

Eddie avait pu tomber trop près du bord de la cascade et être emporté. Il avait pu être projeté contre des rochers et avoir perdu connaissance. Ou encore, il pouvait être piégé sous la surface par la force de l'eau qui tombait dans un profond bassin.

Oh ! Seigneur… il pouvait être en train de *se noyer*…

Un sanglot haché s'échappa de la gorge de Jodie. Mais en fait, ce son douloureux venait de son cœur… De son âme.

Toutes ces barrières de protection qu'elle avait échafaudées avec tant de soin au fil des années étaient totalement inutiles. Elles avaient été balayées si facilement ! Elle s'était crue faussement en sécurité, tout ce temps-là, simplement parce qu'elle n'avait pas rencontré la personne qui pouvait tout changer.

Elle ne l'avait pas vu arriver ou reconnu, sur le moment, mais elle n'avait jamais été en sûreté dès l'instant où elle avait rencontré Edward Grisham.

Elle l'aimait. Autant qu'elle avait aimé Joel. Plus, peut-être, parce que cet amour était assez fort pour faire disparaître ces barrières. Lors de la journée de bienfaisance, quand elle avait éprouvé ce désir de faire partie de l'avenir d'Eddie – et même de tenir son bébé dans ses bras –, cela avait été le signe indubitable qu'elle avait perdu toute protection qu'elle avait cru avoir. Pas étonnant qu'elle ait paniqué et reculé. Mais comment avait-elle pu croire qu'elle avait repris le contrôle de sa vie ? Qu'elle ne se retrouverait plus jamais dans cette situation ?

— *Bon sang*, Eddie...

Les mots de Jodie étaient étranglés par une émotion insupportable et le fait qu'elle était hors d'haleine. Son corps lui semblait en feu. Elle fut forcée de s'arrêter et de se plier en deux, les mains sur ses genoux, pour inhaler assez d'oxygène.

Elle se redressa et s'approcha plus près de la rivière qui grondait. Elle découvrit un bassin obscur et profond entouré d'énormes rochers. Une petite cascade tombait de cinq mètres environ au-dessus d'elle. Ce n'était pas celle qu'ils voyaient du chalet, et qui était beaucoup plus haute. Et c'est sans doute vers cette dernière qu'Eddie se dirigeait, n'est-ce pas ? Il ne faisait jamais les choses à moitié.

Sauf que...

Jodie regardait toujours vers le haut de la petite cascade et elle vit quelque chose dans les arbres, sur le côté. Un point lumineux. Une forme humaine.

— *Eddie...*

Elle dut s'éclaircir la gorge et recommencer.

— *Eddie...* Tu m'entends ?

— *Jodie...*

Le point brillant bougea. Disparut et reparut juste à côté de l'endroit où l'eau cascadait. Il faisait trop sombre pour distinguer le visage d'Eddie sous l'éclairage de sa torche, mais Jodie sentait chacun de ses traits. Ces yeux sombres, ce nez fort, ces lèvres qui pouvaient dessiner le sourire le plus délicieux de la terre...

Le soulagement qu'il soit non seulement vivant, mais conscient et mobile, suffit pour que des larmes ruissellent sur le visage de Jodie.

— Oh ! mon Dieu, Eddie... Es-tu blessé ? demanda-t-elle d'une voix enrouée.

— Je ne crois pas. Peut-être un peu... J'ai trébuché, glissé et heurté quelques rochers. J'ai atterri dans l'eau, mais j'ai réussi à attraper une branche d'arbre avant de passer par-dessus bord. Je ne peux pas m'approcher assez pour voir. Est-ce que je peux descendre jusqu'à toi ?

— Non ! cria-t-elle. Même monter serait un défi. Si tu tombais et n'atterrissais pas dans le bassin, tu te tuerais. Je préférerais que tu ne le fasses pas.

C'était peu dire. Mais Jodie bataillait encore avec sa prise de conscience qu'elle était follement amoureuse d'Eddie, qu'elle l'aimait de tout son cœur et de toute son âme, et c'était trop énorme pour songer à le mettre en mots. Elle sortit son téléphone, mais elle vit, impuissante, que le peu de réseau disparaissait avant qu'elle puisse appeler à l'aide.

— Je vais essayer de remonter sur le sentier, alors, cria Eddie.

La lumière de sa torche bougea et frappa de nouveau les arbres. Puis, à la vive horreur de Jodie, elle faiblit, tremblota et s'éteignit.

Elle entendit le grognement frustré d'Eddie.

— Je pense que mes piles sont à plat. Mais peut-être que je peux... que je pourrais...

Après un bref silence, il y eut de nouveau un grognement. Jodie retint son souffle.

— Qu'est-ce qui ne va pas ?

— Je... j'ai un peu le tournis, c'est tout.

— Tu t'es cogné la tête, en tombant ?

— Je ne sais pas. Je ne me souviens pas.

Jodie vit disparaître la forme noire de la tête d'Eddie. Est-ce qu'il s'allongeait ? Qu'il perdait connaissance ? Était-il assez confus pour penser qu'il pouvait remonter jusqu'au sentier sans lumière pour le guider ?

— *Eddie ?*

Pas de réponse.

— Ne bouge pas, cria Jodie. Je monte !

Elle n'avait pas le choix. Oui, elle avait conscience que c'était dangereux, mais elle ne pouvait pas rester là sans savoir si Eddie allait bien. Le besoin d'être près de lui – de pouvoir le *toucher* – était la seule chose qu'elle avait à l'esprit.

Elle savait ce qu'elle faisait et les premiers mètres furent faciles. Il y avait plein de prises pour les mains et les pieds. Mais alors ses doigts commencèrent à se refroidir et il devint plus dur de distinguer les fissures dans les rochers. L'obscurité qui bordait la lumière de sa torche empirait les choses. Elle ne pouvait voir de combien elle était montée, mais il lui semblait qu'un gouffre prêt à l'engloutir s'ouvrait sous ses pieds. Elle ne pouvait pas voir non plus si le sommet était loin et, à un moment donné, elle se figea – collée à la paroi comme une araignée, incapable de voir comment monter plus haut et sachant qu'il était impossible de rebrousser chemin. Elle ne pouvait aller que dans une direction, malgré ses pieds qui lui faisaient horriblement mal et ses doigts qui commençaient à s'engourdir.

Elle ne pouvait aller que vers Eddie…

Et soudain, alors qu'elle levait le bras pour essayer de trouver une prise, elle se sentit attrapée fortement par le poignet. Eddie se penchait par-dessus bord. Il ferma les yeux quand elle l'éblouit avec sa torche en levant la tête, mais sa voix fut aussi forte que son emprise.

— Je te tiens, petit chou. Tu peux y arriver.

Petit chou…

Il l'appelait ainsi pour la première fois – et il était le premier à le faire. Les mots doux emplirent le cœur de Jodie, puis enveloppèrent son corps tout entier comme un câlin, tandis qu'elle s'agrippait à Eddie et se hissait vers lui.

Et alors elle fut dans ses bras et elle put l'entendre lui dire qu'elle était sauvée et que tout irait bien, mais elle sanglotait. Et elle était en colère.

Tellement en colère.

Elle le repoussa et se moqua de l'éblouir avec sa torche.

— Tout est de ta faute, cria-t-elle à travers ses larmes. Cela n'aurait pas dû arriver.

— Je sais, je suis désolé…

Eddie voulut l'enlacer, mais elle le combattit avec ses poings.

— Mais ça va aller, poursuivit-il. Je le promets. Je ne suis pas blessé. Toi non plus. Declan sait que je suis par là, et ils sont probablement déjà en route pour venir nous chercher.

Jodie secouait la tête avec virulence.

— Je ne parle pas de ça. Je parle d'être tombée amoureuse de toi. Je t'ai dit que je ne pouvais pas recommencer… que je ne pouvais plus me permettre d'aimer quelqu'un si fort que le perdre serait la fin du monde… Et maintenant c'est arrivé, et… et je suis terrifiée parce que je n'ai aucune idée de ce qu'il faut faire…

Soudain, elle cessa de se débattre et elle ferma les yeux, sentant son corps devenir complètement flasque. Elle se laissa aller dans les bras d'Eddie, serrée contre son torse.

Il émettait de petits bruits pour la rassurer, et lorsqu'il parla, sa voix fut très claire car sa bouche était tout près de son oreille, si près que Jodie pouvait sentir la chaleur de son haleine.

— Ce n'est pas un problème, dit-il. Je te le promets. Parce que *moi* je sais exactement ce qu'il faut faire.

Elle leva les yeux.

— Quoi ? Comment ?

Eddie éteignit sa torche. Pendant une seconde ou deux, Jodie ne put rien voir, puis elle se rendit compte qu'elle parvenait à distinguer le visage d'Eddie au clair de lune. Elle pouvait voir ses yeux. Et son sourire.

— Parce que je t'aime tout aussi fort, lui dit-il. Et je sais combien ça fait peur. Si je te perdais, j'aurais l'impression que le monde s'arrêterait pour moi, également. C'est pourquoi j'ai dû essayer de me contenter d'être ton ami, même si je savais que cela ne suffirait jamais.

— Alors que sommes-nous censés faire ? Je pensais que je pourrais me protéger pour que ça ne se reproduise jamais, mais ça n'a pas très bien marché, n'est-ce pas ?

— Nous allons nous protéger l'un l'autre, dit simplement Eddie.

— Comment ?

— En nous aimant. Pour aussi longtemps que nous aurons la chance d'être ensemble.

— Tu fais paraître ça si facile.

— Ça l'est peut-être quand on n'a pas le choix. Quand on veut que le monde continue à tourner, tu sais ?

La dernière pensée cohérente de Jodie, quand les lèvres d'Eddie couvrirent les siennes en un baiser extraordinaire, fut qu'il avait peut-être raison.

Quelqu'un n'avait-il pas dit ça, une fois ? Que l'amour faisait tourner le monde ?

Le baiser ne put durer, bien sûr, mais ça n'avait pas d'importance parce que Jodie savait qu'il y avait un nombre infini de baisers à venir. Et entendre les appels des gens qui venaient les chercher fut le premier pas vers le retour à la sécurité. Le retour au point où sa vie allait recommencer.

Avec Eddie.

Il ralluma sa torche et ils entendirent les cris ravis de ceux qui les cherchaient.

— Tu es là, Eddie ! Es-tu blessé ?

— Non ! répondit-il.

Il baissa la voix pour murmurer à Jodie :

— Je ne me suis jamais senti mieux, pour être honnête.

Il lui sourit et elle lui rendit son sourire. Elle ne s'était jamais sentie mieux non plus. Ses yeux s'emplissaient de larmes, de nouveau, mais c'était des larmes de la joie la plus pure.

— Je t'aime, Eddie...

— Je t'aime aussi, petit chou.

Les bruits de voix et les rayons des torches se rapprochaient, mais... ils avaient encore le temps de s'embrasser une fois de plus, avant que quelqu'un ne fasse éclater leur bulle, non ?

Eddie répondit aussitôt à la question muette de Jodie, sans dire un mot.

Bien sûr qu'ils avaient le temps...

Épilogue

Trois jours plus tard...

Le briefing quotidien des ambulances de l'air d'Aberdeen venait de se terminer. La section rouge sortit de la salle de réunion, mais Dion qui ramassait son ordinateur s'aperçut que la section bleue ne bougeait pas.

— Vous faites grève ou quoi, les gars ?

— Jodie nous a demandé de rester une minute, répondit Gus. Je crois qu'elle veut dire quelque chose.

— Oui, confirma Jodie.

— Moi aussi, ajouta Eddie.

Dion surprit le regard entre les deux secouristes et grogna.

— J'espère que ce n'est pas ce que je pense, grommela-t-il. J'ai été très clair avant que vous commenciez à travailler ici, n'est-ce pas, Eddie ?

— Oui, reconnut Eddie. Désolé, Dion...

Alex fixait Eddie.

— De quoi es-tu désolé ?

Gus regardait aussi Eddie, plus calmement. Et il arborait un grand sourire.

— Non... Est-ce qu'il s'agirait d'une amourette ?

— C'était tout ce que c'était censé être, déclara Eddie. Et dans ce cas nous n'aurions pas eu besoin d'avouer quoi que ce soit. Mais...

Il jeta un coup d'œil à Jodie et ne put réprimer son propre sourire.

— Il s'avère que c'est du sérieux. Le *vrai* truc.

Jodie sourit aussi.

— Oui, confirma-t-elle. Définitivement pas une amourette.

— Je ne le crois pas ! lança Gus. Et moi qui pensais que le travail de Jodie était plus important pour elle que n'importe quelle relation ! Tu m'avais bien dit : « J'y ai été, je l'ai fait et je ne recommencerai plus jamais » ?

— Les choses peuvent changer..., murmura Jodie, sans pouvoir réprimer son grand sourire.

Dion secouait la tête.

— Je ne le crois pas non plus. Et la suite ? Vous allez prendre des vacances ensemble et sauter tous les deux du haut de montagnes ? Il était déjà pas mal de s'inquiéter de savoir si Jodie allait revenir entière !

— Vous n'avez pas à vous inquiéter pour moi, répliqua Jodie.

— C'est mon job, maintenant, déclara Eddie. Je vais garder cette femme formidable saine et sauve. Ou mourir en essayant...

— C'est bien ce que je disais, grommela Dion. Maintenant, je dois m'inquiéter de perdre d'un coup mes deux meilleurs secouristes.

Il se passa une main sur les yeux.

— C'est ma faute, n'est-ce pas ? J'ai peut-être dit que ce n'était pas autorisé, mais je vous ai poussés dans les bras l'un de l'autre, pas vrai ? Après l'horrible accident du mariage, je vous ai suggéré d'emmener Jodie boire un verre. De lui parler. De faire en sorte qu'elle se sente mieux...

— Il l'a fait, affirma Jodie.

— Mais ce n'est pas là que ça a commencé, assura Eddie.

— Je n'en avais aucune idée, dit Alex. Je pensais juste que vous aimiez travailler ensemble.

— C'est vrai, déclarèrent-ils d'une même voix.

Jodie regarda Dion bien en face.

— Mais je suppose que c'est votre faute quand même. C'est vous qui nous avez convaincus de faire ce stage de descente en rappel, le week-end dernier, et sans le petit incident qu'Eddie a connu près de la cascade, nous aurions pu ignorer ce que nous éprouvions réellement l'un pour l'autre.

Dion pâlit légèrement.

— Un *incident* ? Dois-je savoir ce qui s'est passé ?

— Non, répondit fermement Eddie. Et nous avons des choses plus importantes à discuter. Nous allons commencer notre service dans quelques minutes et nous ne pouvons pas continuer à travailler ensemble, n'est-ce pas ? Pas quand vous avez établi les règles si clairement.

— Eh bien... ce n'est pas exactement une règle...

Le cœur de Dion sombrait. La dernière chose qu'il souhaitait entendre, c'était que Jodie ou Eddie donnent leur démission et aillent travailler ailleurs.

— Nous vivons ensemble, maintenant, intervint Jodie. Ce n'est pas comme si nous avions besoin de passer chaque minute de chaque journée à travailler l'un avec l'autre, en plus.

Le regard qu'elle échangea avec Eddie disait le contraire, cependant. Ce fut un regard qui mit une boule dans la gorge de Dion. Ces deux-là s'aimaient. Avec une force dont la majorité des gens ne pouvaient que rêver.

— Tu t'es installée avec Eddie ? demanda Alex. Dans ce petit appartement ?

— Non, c'est moi qui me suis installé avec Jodie, dit Eddie. En rentrant de la montagne, nous avons décidé de nous mettre tout de suite ensemble, comme nous avons l'intention de passer le reste de notre vie.

Alex et Gus paraissaient ravis.

— C'est une nouvelle formidable, déclara Alex. Et je connais peut-être quelqu'un qui peut reprendre ton appartement.

— Ce n'est pas la peine, dit Eddie. Mon frère James garde la maison de ma sœur Ella, mais elle rentrera bien avant que son remplacement au Queen's se termine. Il aura besoin d'un endroit à lui, surtout s'il décide de rester un peu plus longtemps après le retour de Mick.

— On dirait que les choses s'arrangent bien, constata Gus.

— Pour certains, peut-être, marmonna Dion. Comment vais-je me débrouiller, moi ? En envoyant l'un de vous dans la section rouge ?

— Vous avez dit que ce n'était pas exactement une règle, lui rappela Gus. Et ce n'est pas comme si nous avions remarqué qu'il se passait quoi que ce soit. Pour autant que nous le sachions, ils forment une équipe parfaite. La meilleure... Je ne veux pas que ça change.

— Moi non plus, dit Alex.

Pour être honnête, Dion était du même avis.

— Bon, lâcha-t-il d'un ton coupant. Nous allons laisser les choses comme elles sont, alors. Vous séparer créera probablement plus de problèmes que de vous laisser continuer à travailler ensemble.

Le coup d'œil qu'échangèrent Eddie et Jodie fut comme un rayon de soleil éclairant les coins les plus sombres.

Ils formaient bel et bien l'équipe parfaite.

Et Dion ne pouvait être plus heureux pour eux.

— C'est réglé, donc, dit-il d'une voix bourrue. Et maintenant on enchaîne, d'accord ?

ALISON ROBERTS

Le bébé d'un urgentiste

Traduction française de
MARIE-JOSE LAMORLETTE

BLANCHE

HARLEQUIN

Titre original :
REBEL DOCTOR'S BABY SURPRISE

1

— Il n'y a personne.

Sarah Harrison remonta dans sa voiture, refermant doucement la portière pour ne pas réveiller la passagère du siège arrière. Elle parla d'une voix basse, presque un murmure.

— Je ne sais pas pourquoi je suis surprise. Il est probablement de service de nuit aux urgences où il travaille maintenant.

Elle souffla, faisant un petit bruit désobligeant.

— Et sinon, il doit avoir un rendez-vous galant. Il n'a peut-être emménagé ici que depuis deux ou trois semaines, mais je suis certaine qu'il ne passe pas ses nuits seul. Chassez le naturel, il revient au galop, non ?

C'était la bonne adresse, d'après l'ami qui avait enfreint une règle ou deux pour lui obtenir l'information – dans un hôpital d'Édimbourg où l'homme qu'elle cherchait travaillait à l'époque. Mais cette vieille grange restaurée avec des murs de pierre et un toit en ardoise, qui se trouvait dans un chemin de campagne privé aux abords d'Aberdeen, semblait sortie d'un magazine de décoration.

Sarah l'avait imaginé vivant dans un appartement moderne du centre-ville. Un loft, peut-être, avec une piscine ou au moins un jacuzzi, comme en habitait tout beau play-boy de série B ?

Elle inclina la tête en arrière et ferma les yeux.

Elle n'avait jamais été aussi fatiguée de toute sa vie et, pour une infirmière qui avait passé plus de dix ans à travailler dans des services d'urgence souvent surchargés, ce n'était pas rien. Tous les nouveaux parents éprouvaient-ils ça ? Être si harassés qu'ils étaient au bord du malaise ?

Elle prit sa lèvre inférieure entre ses dents. Peu importait à quel point ceci était dur, parce qu'elle devait le faire. Elle l'avait promis.

Et Sarah Harrison n'avait jamais rompu une promesse de sa vie.

Mais il n'était pas chez lui, malgré la grosse moto noire garée devant la grange – une moto qui correspondait beaucoup plus à l'homme qu'elle était venue voir que la maison. Ou alors... peut-être prenait-il un bain et n'avait-il pas envie d'en sortir pour répondre à la porte ? Non. Ce n'était pas assez éclairé pour qu'il y ait quelqu'un. À moins qu'il ne soit couché ? Il était un peu tôt, mais peut-être n'était-il pas seul ?

— Je ne sais pas que faire, admit-elle à haute voix. Nous avons le temps, mais il nous faudra une demi-heure pour regagner l'autre bout de la ville et nous devons arriver au B&B avant minuit.

Il était plus que tentant de démarrer la voiture et de partir. Elle pourrait revenir le lendemain. Ou aller à l'hôpital Queen's Mother d'Aberdeen et faire appeler l'un de leurs urgentistes remplaçants à la réception.

Non... Il n'était pas question de faire ça. Il fallait que ceci reste privé.

Si elle démarrait et s'en allait, elle trouverait peut-être une excuse pour ne jamais revenir. Elle pourrait se convaincre qu'elle avait eu raison tout du long et que venir trouver cet homme était une très mauvaise idée – malgré les droits qui étaient les siens. Les droits d'une personne qui ignorait qu'elle était impliquée.

Elle avait fait de son mieux, après tout, en venant d'aussi loin que Leeds. Ce n'était pas sa faute s'il n'était pas là.

Mettre le contact aurait aussi un autre avantage : elle pourrait brancher le chauffage et l'augmenter. Même s'il faisait plus chaud qu'elle ne s'y était attendue en allant aussi loin dans le

Nord, en Écosse, Sarah sentait autour d'elle une fraîcheur qui menaçait de la pénétrer jusqu'aux os. Elle frissonna, ouvrit les yeux et se redressa.

Rester là dans l'indécision n'allait pas aider.

Elle prit son anorak plié sur le siège passager et l'enfila. Elle allait tourner la clé de contact de son SUV quand un bruit venant de la banquette arrière la figea.

Un faible bruit. Guère plus qu'un gémissement, mais Sarah sentit son cœur sombrer lorsqu'elle tourna la tête et vit une petite main sortir sur le côté du siège-auto installé à l'envers. C'était une main tendue, qui rappelait une minuscule étoile de mer en colère. Sarah consulta sa montre.

— Tu ne dois prendre ton biberon que dans quarante-trois minutes, dit-elle. Et j'ai changé ta couche il n'y a pas si longtemps...

Mais le gémissement devenait plus fort. Sarah dut sortir de la voiture, ouvrir la portière arrière et remonter à l'intérieur.

— Tu as froid aussi, chérie ? Non, tu es bien emmitouflée et tes mains sont chaudes. Qu'y a-t-il, petit bout ?

La plainte était maintenant ponctuée de hoquets et Sarah savait ce que cela signifiait : l'enfant rassemblait de la force afin de se mettre à crier pour de bon.

Elle défit le harnais qui tenait le bébé dans le siège-auto et sortit la petite fille avec sa couverture. Puis elle s'extirpa avec précaution de la voiture. Marcher quelques minutes en la berçant était la meilleure solution pour elles deux. Cela aiderait également Sarah.

Marcher ainsi d'un pas élastique l'avait sauvée durant les jours sombres des deux dernières semaines, depuis que la mère du bébé – et la personne qu'elle avait aimée le plus au monde – était morte.

Elle regarda les étoiles tandis qu'elle entendait un écho de la voix de Karly.

« Je veux que tu la prennes, Sass... Pour t'occuper d'elle.

— Je le ferai. Je le fais déjà, depuis que tu es tombée malade.

— Je sais… Mais je veux que tu l'adoptes pour de bon, sans être juste sa tutrice. Rends la chose officielle. Sois sa vraie maman…

— Je le ferai.

— Tu le promets ?

— Oui.

— Croix de bois, croix de fer ? »

Oh ! juste ciel… Le souvenir du serment qu'elles utilisaient pour sceller des promesses depuis le jour où elles s'étaient juré une amitié éternelle, en entrant à l'école, était trop poignant, maintenant. Et assez triste pour que les étoiles deviennent une lumière floue dans le ciel noir.

Sarah lutta pour se ressaisir. Ce n'était ni le moment ni l'endroit pour replonger dans son chagrin. Elle ne pouvait pas craquer. Pas au milieu de nulle part. Alors qu'elle était complètement seule.

Sauf qu'elle ne l'était plus, constata-t-elle un instant plus tard. Le bébé et elle n'étaient plus seules.

Il y avait des phares qui venaient vers elles dans le chemin et la forme du véhicule était très familière pour quelqu'un qui avait vécu si longtemps à Londres. Manifestement, Aberdeen avait aussi des taxis noirs.

Le chauffeur n'éteignit pas ses phares en s'arrêtant, même si Sarah se tenait directement devant la voiture.

Elle sentit un autre frisson lui passer dans le dos.

Elle était littéralement sous le feu des projecteurs, et dans quelques secondes maintenant elle devrait expliquer pourquoi elle était là. Toute chance de s'enfuir et d'éviter cette confrontation s'évaporait rapidement.

— Par tous les diables, qu'est-ce que… ?

James Grisham pouvait voir la femme avec un bébé dans les bras qui se tenait dans la lumière des phares.

Celle qui était assise à côté de lui à l'arrière du taxi se tordit le cou pour apercevoir ce qu'il fixait. Son ton suspicieux ne dépara pas son froncement de sourcils.

— Qui est-ce ? demanda-t-elle.

— Je ne l'ai jamais vue de ma vie, déclara James.

— Peut-être est-elle perdue, suggéra le chauffeur. Ou a-t-elle des problèmes de voiture. Vous voulez que je reste un moment ?

— Oui, merci.

James jeta un coup d'œil à sa compagne en tendant la main vers la portière.

— Reste ici une minute aussi, Janine. Jusqu'à ce que je voie ce qui se passe.

Il sortit de la voiture.

— Êtes-vous le docteur Grisham ? demanda l'inconnue par-dessus les pleurs du bébé. Le docteur James Grisham ?

— Oui.

Il était un peu perturbant que cette femme connaisse son nom.

— Et vous êtes... ?

— Sarah Harrison.

Elle faisait sauter doucement le bébé qu'elle tenait, en l'abritant de la lumière des phares.

— Et voici Ivy. Ivy Peters.

— Ivy ne paraît pas très contente, dit James en fronçant les sourcils. Il est un peu tard pour être dehors avec un nourrisson, non ?

Sarah hocha la tête.

— Je suis venue de Leeds pour vous voir. J'ai trouvé un endroit où loger en ville, mais ensuite j'ai pensé qu'il vaudrait peut-être mieux régler le plus tôt possible la question qui m'amène.

— Je ne vois pas du tout de quoi vous parlez.

James plissa les paupières pour mieux regarder cette femme. Elle avait probablement une trentaine d'années et était coiffée d'une manière banale – des cheveux mi-longs séparés par une raie au milieu. Elle avait de jolis traits, mais était assez ordinaire. Elle avait un peu l'air... d'une bibliothécaire ?

— Est-ce que je vous connais ?

Elle secoua la tête.

— Non, mais vous avez connu une amie à moi, Karly Peters.

James secoua la tête à son tour.

— Cela ne me dit rien.

Il entendit la portière du taxi s'ouvrir derrière lui. Et sentit le parfum entêtant de Janine comme elle venait se tenir près de lui. Elle fit passer ses longs cheveux blonds par-dessus son épaule.

— Que se passe-t-il ?

— Je n'en ai aucune idée, répondit lentement James.

Ce dont il s'agissait, cependant, devait être réglé au plus vite d'après cette inconnue, et il se doutait qu'il n'allait pas aimer la chose en question.

— Il vaudrait mieux que tu reprennes le taxi pour rentrer en ville, Janine, dit-il.

— Oh ! Jimmy…

Elle inclina la tête pour lui sourire avec une moue boudeuse.

— Mais tu allais me montrer la superbe maison de ta sœur. J'adore les granges restaurées…

— C'est la maison de votre sœur ?

Sarah fixait Janine avec une expression indéchiffrable, mais pas très amicale.

— On m'avait dit que c'était votre adresse.

— Qui vous a dit ça ?

— Quelqu'un de l'hôpital général d'Édimbourg. Manifestement, vous ne vous souvenez pas d'avoir rencontré Karly, mais vous lui aviez indiqué que vous travailliez là, à l'époque. Lors de ce congrès sur la médecine d'urgence et la gestion des catastrophes, à Paris, l'an dernier ?

Les derniers mots de Sarah furent presque recouverts par les hurlements du bébé, mais cela n'empêcha pas James de saisir rapidement la situation. Le nom de Karly lui disait quelque chose, finalement. Et c'était de plus en plus clair. Le congrès remontait à dix mois. Et ce bébé n'avait probablement que quelques semaines, et il portait le même nom que Karly.

Mais il devait s'agir d'une erreur. James ne pouvait pas nier que sa vie sexuelle était bien remplie, mais il avait toujours été très prudent. Toujours.

Toutefois, aucune protection n'était entièrement infaillible. Il le savait. Même s'il pensait n'avoir jamais fait partie du minuscule pourcentage d'échecs.

Les cris du bébé ne diminuèrent en rien la décharge d'adrénaline qui le parcourut en réponse aux informations que ces différents renseignements projetaient dans sa direction. Au contraire, ils l'accentuèrent. Il sentit son cœur manquer un battement, puis accélérer. Un nœud se forma dans son ventre. Il pouvait presque sentir ses poils se dresser sur sa nuque et ses bras.

— Tu es sûr de ne l'avoir jamais vue ? demanda Janine, suspicieuse. Il est plus probable que tu l'aies oubliée. Nous savons tous comment tu es...

— Tout à fait sûr, affirma James.

Posant les mains sur les épaules de Janine, il la tourna vers le taxi.

— Mais il y a manifestement quelque chose dont je dois parler avec cette personne. Merci de m'avoir appelé, Janine. J'ai vraiment été heureux de te revoir, mais là nous devons nous quitter.

Janine résistait à la douce pression qui la poussait vers la portière ouverte de la voiture. Elle ne paraissait pas contente du tout.

— Je ne peux pas croire que tu me fasses ça...

— Tu m'as dit que tu étais venue à Aberdeen pour voir ta grand-mère, lui rappela James. Je suis sûr qu'elle t'attend.

Il sortit son portefeuille et prit une liasse de billets qu'il tendit à travers la vitre avant du taxi.

— Je vais la ramener chez elle en toute sécurité, ne vous inquiétez pas, lui assura le chauffeur tandis que Janine montait à l'arrière et claquait la portière derrière elle. Bonne chance, monsieur, ajouta-t-il avec un grand sourire.

Bonté divine... James regarda disparaître dans le chemin les feux arrière de la voiture. Ce chauffeur de taxi avait-il tiré les mêmes conclusions que lui ?

Il frissonna.

— Vous feriez mieux de rentrer, dit-il avec réticence à sa visiteuse surprise. Il fait beaucoup trop froid dehors pour un bébé. Vous faut-il quelque chose dans votre voiture ?

Il ne faisait pas froid dans la grange, bien qu'elle soit composée d'un très grand espace ouvert. Un espace impressionnant avec des poutres anciennes au plafond et de beaux parquets cirés par terre. Il était divisé en plusieurs zones par la position des meubles et par ce qui devait être un mur en pierre d'origine ; un mur qui comportait une grande cheminée et était flanqué d'un escalier menant à une mezzanine.

Les couleurs chaudes de tapis persans et les étagères débordant de livres contribuaient à créer l'ambiance confortable de cette magnifique rénovation. Comme la chaleur se dégageant des tisons qui luisaient encore dans la cheminée.

Il faisait trop chaud, en fait. Sarah sentit de la sueur perler sur son front et se dit qu'elle devait quitter son anorak. Elle porta Ivy à l'intérieur, suivie par James qui transportait le siège-auto et le grand sac d'affaires pour bébé dont elle pourrait avoir besoin, même si elles ne restaient pas très longtemps.

— Mettez-vous à l'aise.

James passa près d'elle et posa le sac à côté d'un canapé installé devant le feu. Il mit une autre bûche sur les tisons.

— Puis-je vous offrir quelque chose à boire ?

Sarah se rendit compte qu'elle avait soif, mais la dernière chose qu'elle souhaitait était de prendre une tasse de thé comme s'il s'agissait d'une occasion mondaine.

— Non, merci.

Elle posa le bébé qui criait toujours sur le canapé pour pouvoir enlever son anorak. Elle garda un léger pull par-dessus sa chemise et son jean enfilé dans de hautes bottes.

— Mais si vous pouviez faire chauffer le biberon d'Ivy, je vous en serais reconnaissante. Il est dans le compartiment réfrigéré du sac, je l'ai préparé il y a peu. Trente secondes suffiront au micro-ondes. Normalement elle ne devrait pas le prendre avant vingt-cinq minutes, mais je vais voir si c'est la faim qui la fait pleurer.

Elle rendit à James le coup d'œil surpris qu'il lui lança. Était-il impressionné par sa bonne organisation, ou s'étonnait-il de tout ce qu'il fallait faire pour un bébé ? Peu importait, mais il était bien qu'Ivy montre que s'occuper d'un nourrisson ne consistait pas qu'en câlins et risettes.

Peut-être que son expression exprimait le choc, en fait. Il paraissait assez pâle - comme si son pire cauchemar l'avait rattrapé.

Ce pouvait être une bonne chose, après tout. Sarah avait le pouvoir d'éloigner ce cauchemar. De sauver complètement cet homme de ce qui le menaçait. Elle n'avait besoin que de son accord. Si Karly n'avait pas demandé à son notaire d'entériner sa déclaration concernant le père d'Ivy, elle n'aurait même pas eu besoin d'être là.

« On ne sait jamais, Sass... Ivy pourrait avoir besoin d'une greffe de moelle osseuse, un jour. Ou d'un rein. Ou elle pourrait vouloir savoir qui est son père, quand elle sera assez grande pour comprendre.

— Tu veux qu'elle sache qu'il ne voulait rien avoir à faire avec elle ? Qu'il a offert de payer pour "régler le problème" ?

— Tu trouveras quelque chose de plus agréable à dire. Tu pourrais lui expliquer que je n'ai pas réussi à le retrouver, et donc qu'il ne sait rien d'elle.

— Que se passera-t-il lorsqu'elle ira frapper chez lui et qu'elle entendra la vérité ? »

Mais Karly, à ce moment-là, avait glissé dans un sommeil profond, induit par les médicaments. De toute façon, ce ne serait pas son problème, n'est-ce pas ?

Les hurlements d'Ivy s'étaient réduits à des sanglots fatigués, des sanglots à fendre le cœur. Elle frottait son nez contre le bras de Sarah, ce qui signifiait qu'elle avait faim.

— Ça vient, chérie.

Sarah la serra plus contre elle et embrassa ses fins cheveux noirs, qui avaient été très drus à sa naissance et pointaient dans toutes les directions.

Les cheveux de son père... ?

Elle leva les yeux quand James revint avec le biberon. Il ne se contenta pas de le lui donner. Il fit couler quelques gouttes de lait sur l'intérieur de son poignet pour s'assurer qu'il n'était pas trop chaud. Puis il s'accroupit devant le canapé, la tête au même niveau que celle d'Ivy, le biberon à la portée de Sarah.

Elle testa de nouveau la température avant de donner la tétine à Ivy. Sa petite bouche s'ouvrit aussitôt et elle se mit à téter en grognant sous l'effort.

— On croirait entendre un porcelet.

Sarah entendit le sourire dans la voix de James et leva les yeux, découvrant qu'il la regardait. Il souriait bien et il y avait de petits plis aux coins de ses yeux. Des yeux très sombres.

Et, le ciel lui vienne en aide, elle comprit soudain complètement comment Karly avait pu être assez folle pour passer une nuit avec un étranger lors de ce congrès.

James Grisham était indéniablement superbe.

Par chance, elle put détourner son regard avant de révéler ce qu'elle pensait. Elle dut ajuster son emprise sur Ivy pour faire passer derrière son oreille une mèche de ses cheveux mi-longs qui la gênait. Curieusement, elle était humide. Pourtant, elle n'avait plus trop chaud, au contraire. Elle tremblait...

— Vous allez bien ?

— Oui, très bien.

La réponse fut automatique, mais le ton de Sarah avait été beaucoup plus coupant qu'elle n'en avait eu l'intention, parce que la sollicitude de James, si inattendue, lui avait causé un choc. Ou peut-être était-ce le sentiment qu'il était totalement sincère ?

Oh ! oui... N'importe quelle femme tomberait sous le charme de cet homme en un temps record. Non ?

Sarah se sentait presque y céder, ce qui était ridicule car les hommes comme James Grisham ne figuraient pas parmi les collègues ou amis potentiels qu'elle considérait comme souhaitables – sans parler de quelque chose de plus conséquent.

De mauvais garçons.

Des play-boys.

Des hommes à qui on ne pouvait confier son cœur, c'était sûr.

Des hommes à qui on ne pouvait se fier pour s'occuper d'un nourrisson vulnérable ou élever un précieux enfant.

— Donc...

Sarah s'éclaircit la gorge.

— Karly était la mère d'Ivy, comme vous l'avez sans doute deviné.

— *Était ?* releva James d'un ton choqué. Au passé ?

— Elle est morte la semaine dernière. Cancer du pancréas. Elle savait que c'était une possibilité, mais elle a repoussé un diagnostic et le début d'un traitement parce qu'elle était enceinte. Et, comme vous le savez certainement, on ne découvre parfois ce genre de cancer que beaucoup trop tard.

Sarah combattait de nouveau une vague de chagrin. Et les blâmes qu'elle s'attribuait. Si seulement elle avait remarqué quelque chose plus tôt. Si seulement elle avait accordé plus d'importance au fait que Karly ne mangeait pas bien et perdait du poids...

James se releva.

— C'est tragique. Je suis vraiment navré d'apprendre ça.

Il se frottait le front de ses doigts, puis Sarah l'entendit prendre une grande inspiration.

— Et Karly vous a dit que j'étais le père d'Ivy ?

— Elle a rédigé un testament après la naissance d'Ivy et m'a nommée sa tutrice, mais elle a également signé une déclaration comme quoi vous êtes le père. Non pas qu'elle ait voulu me dire quoi que ce soit sur vous quand elle a découvert qu'elle était enceinte.

Sarah sentit son front se plisser et elle regarda James d'un air dur.

— J'ai pu comprendre pourquoi elle ne voulait pas vous impliquer. Pensiez-vous vraiment qu'elle subirait un avortement simplement parce que vous aviez offert de le payer ?

— *Pardon ?* Au nom du ciel, qu'est-ce qui vous fait penser que je *savais* que Karly était enceinte ?

D'accord… Il arborait définitivement une expression choquée, mais ce choc semblait se changer en colère. Ou même en dégoût. Sarah ne s'était pas attendue à ça. Elle avait pensé qu'il dédaignerait simplement l'accusation, la réduisant à un simple fait. Pas de quoi être fier, mais pas de quoi avoir particulièrement honte non plus.

Or son visage n'exprimait pas du tout le dédain.

— Vous croyez que j'aurais seulement voulu m'impliquer en offrant *de l'argent* ?

Il paraissait profondément offensé, et l'instinct de Sarah lui soufflait que sa réaction était sincère. En y réfléchissant, si Karly avait parlé à James ou lui avait écrit, pourquoi n'avait-elle pas donné à Sarah son adresse mail et son numéro de téléphone, au lieu de lui dire simplement où il travaillait ? Mais cette pensée était perturbante. Karly et elle n'avaient jamais eu de secrets l'une pour l'autre.

Toutes ses idées préconçues concernant cet homme étaient remises en question, et cela ne pouvait que rendre l'issue de cette rencontre plus incertaine. Or Sarah n'aimait pas l'incertitude, sous quelque forme que ce soit.

L'anxiété, en plus de la chaleur qui régnait dans la pièce, lui donnait légèrement le tournis, comme si elle ne pouvait saisir une pensée cohérente. Et Ivy lâcha la tétine, lançant un regard outragé qui blâmait Sarah de l'avoir interrompue dans le plaisir de sa tétée, ce qui rendit encore plus difficile de réfléchir. Peut-être la petite fille avait-elle senti la tension qui s'accumulait dans son corps ?

James disait quelque chose, mais Sarah ne comprenait pas ses paroles. Ou peut-être qu'elle l'entendait mal à cause des cris d'Ivy, qui avaient repris, et de l'étrange grondement qui envahissait sa tête.

Oh ! *non...*

Elle savait ce qui était en train d'arriver, mais il était trop tard pour faire quoi que ce soit afin de l'éviter. Sa seule pensée était qu'elle devait mettre Ivy en sécurité, mais elle était dans l'incapacité de bouger. Elle eut vaguement conscience que James se penchait sur elle et lui enlevait la petite des bras.

Puis elle glissa dans le noir.

Le biberon tomba du canapé tandis que James cueillait le bébé qui avait failli échouer par terre, aussi, les bras qui le tenaient devenant inertes. Il put simplement observer, dérouté, comment Sarah s'effondrait et tombait en arrière sur les coussins, ayant manifestement perdu connaissance.

Plus déroutant encore, la capacité de James à contrôler calmement une situation potentiellement catastrophique semblait l'avoir brusquement déserté.

C'était comme si quelqu'un avait retiré le bouchon qui obturait sa vie et qu'il était en danger d'être entraîné dans le trou par le courant redoutable qui était arrivé de nulle part pour s'écraser comme un tsunami dans son existence.

Il était là, à contempler une totale inconnue qui pouvait bien être en train de mourir sous ses yeux.

Et il tenait un bébé hurlant qui était apparemment son enfant.

2

Cela prit une seconde. Peut-être deux. Mais alors, Dieu merci, James recouvra sa capacité à gérer cette nouvelle péripétie dans ce qui semblait déjà être une crise.

D'une manière ou d'une autre, il parvint à écarter tout ce qui était personnel. Une réaction émotionnelle à la bombe qui venait d'exploser dans sa vie était inévitable, mais elle devrait être repoussée jusqu'à nouvel ordre. C'était Sarah, qui gisait là si immobile et si silencieuse, qui requérait son attention.

Il mit le bébé dans son siège-auto capitonné et l'enveloppa dans sa couverture rose.

Il releva les jambes de Sarah afin qu'elle soit allongée sur le canapé, ôta un coussin et lui renversa la tête en arrière pour libérer ses voies respiratoires. Puis il posa les doigts d'une main sur son cou pour sentir son pouls, l'autre reposant sur le bas de sa cage thoracique pour discerner tout mouvement de son diaphragme.

Son rythme cardiaque était rapide, mais fort et assez régulier pour être rassurant. Elle respirait bien, ce qui signifiait qu'elle n'avait pas fait un arrêt cardiaque ou respiratoire – qui auraient posé problème si loin d'un hôpital. Sa peau était moite, mais chaude, et si pâle qu'elle avait l'air d'un fantôme. Mais il ignorait comment était son teint d'habitude.

Il inspecta son cou et ses poignets en quête d'un bracelet ou d'une médaille d'alerte médicale qui l'avertiraient d'un problème sérieux, mais ne trouva rien.

— Sarah ? M'entendez-vous ? Ouvrez les yeux...

Il frotta les articulations de ses doigts sur son sternum, mais même ce stimulus douloureux ne provoqua pas de réaction.

L'esprit de James envisageait automatiquement les causes possibles d'une perte de conscience.

Il élimina une blessure à la tête, une hémorragie ou une infection, car Sarah n'avait pas paru très mal au cours des quelques minutes où il lui avait parlé. Et elle aurait eu un violent mal de tête dans le cas d'un AVC. Il ne pouvait sentir aucune vapeur d'alcool et l'idée d'une overdose de drogue était improbable chez quelqu'un qui prenait ses responsabilités tellement au sérieux. Ne prévoyait-elle pas à la minute près l'heure du prochain biberon ?

Le bébé...

James se tourna rapidement en réalisant que les seuls sons qu'il entendait étaient les craquements de la bûche dans la cheminée et le souffle de Sarah. Il fut assez troublant de découvrir deux yeux sombres fixés sur lui. Le bébé se rendait-il compte que la situation était grave et que lui, James, était la seule personne qui pouvait aider ?

— Je reviens tout de suite, déclara-t-il à Ivy. Je dois aller chercher mon kit de premiers secours. Ne bouge pas, hein ?

Il eut beau courir et laisser la porte ouverte pour prendre le kit dans la malle de sa voiture, au garage, Ivy protestait contre son absence lorsqu'il revint une minute plus tard.

— Tu vas bien, lui dit-il fermement. Je dois m'occuper de ta maman.

Sauf que Sarah n'était pas sa maman. Elle était seulement l'amie de sa mère, qui était venue trouver l'homme identifié comme le père, et elle avait à faire quelque chose qu'elle devait régler le plus vite possible.

Comme laisser le bébé à son autre parent biologique, parce

qu'elle avait découvert qu'elle ne voulait pas de la responsabilité d'être la tutrice de cette enfant pendant au moins vingt ans ?

James écarta cette pensée effrayante, tout en réalisant que les barrières dont il se protégeait pour que personne ne dépende de lui pouvaient bien avoir subi en quelques minutes une brèche catastrophique. Mais il devait s'atteler à quelque chose de bien plus urgent.

Il ouvrit son kit par terre, sortit un bistouri et prit le majeur de Sarah pour le piquer. Puis il brancha le moniteur de glucose sanguin à la goutte de sang apparue au bout de son doigt. Il ne fallut que quelques secondes pour confirmer ses soupçons : le taux de glucose était trop faible pour s'enregistrer.

Sarah était en hypoglycémie. Comme elle était inconsciente, il ne pouvait rien lui donner oralement, que ce soit de la nourriture ou un gel de glucose. Et les effets d'une injection intramusculaire de glucagon seraient trop longs à se manifester. Heureusement, il avait de quoi faire une perfusion de dextrose. Si Sarah était diabétique, le temps risquait d'être un facteur critique. Sinon, booster son taux de sucre ne pourrait pas lui faire de mal.

Ivy pleurait toujours, mais c'était un pauvre bruit hoquetant qui suggérait qu'elle était trop fatiguée pour crier plus fort.

— J'arrive dans une minute, lui dit James. J'ai quelque chose à faire avant. Tu vois ? Je mets un garrot sur ce bras afin de trouver une bonne grosse veine. Au creux du coude ? Oui, je suis d'accord. Et une aiguille de seize ? Oui... Nous voulons que ce dextrose agisse vite et bien, n'est-ce pas ?

Le temps qu'il mette la perfusion en place, il s'aperçut que le bébé s'était tu. Est-ce qu'il l'écoutait ? Non... Apparemment, ses commentaires avaient été assez ennuyeux pour l'endormir.

James plaça la poche de fluide plus haut sur le dossier du canapé et passa quelques minutes à vérifier les constantes vitales de Sarah. Sa tension était plus élevée qu'il ne l'aurait pensé et son pouls était encore rapide. En outre, elle avait de la fièvre. S'était-elle sentie si mal qu'elle n'avait pas mangé depuis longtemps ?

Il était plus probable qu'elle soit diabétique et qu'une infection ait interféré dans le contrôle de son diabète. Si elle prenait de l'insuline ou des médicaments pour abaisser son taux de sucre, cela avait pu suffire pour la faire tomber à un niveau dangereusement bas.

James se demandait s'il allait se rendre à sa voiture et voir s'il pouvait trouver un sac à main contenant des indices, quand Sarah bougea soudain la tête d'un côté à l'autre et grogna.

— Oh ! non...

— Tout va bien. Vous avez fait une hypoglycémie. Êtes-vous diabétique ?

— Oui...

Elle ouvrit les yeux. Ils étaient clairs pour quelqu'un qui sortait juste d'un épisode hypoglycémique, mais cela arrivait. Chez certains patients, c'était comme si la conscience avait été simplement éteinte et rallumée, ce qui était le cas de Sarah Harrison, apparemment.

— Où est Ivy ? demanda-t-elle.

— Juste à côté du canapé, dans son siège-auto. Elle va bien et elle dort.

— Combien de temps me suis-je évanouie ?

Sarah voulut s'asseoir.

— Restez tranquille une minute, ordonna James. Votre perfusion de dextrose n'est pas complètement terminée. Je vais vous donner un coussin pour que vous puissiez vous relever et voir Ivy.

Il la cala avec des coussins et put noter le soulagement qui se peignit sur son visage lorsqu'elle aperçut le bébé paisiblement endormi.

— Vous avez perdu connaissance environ dix minutes, lui dit-il. J'ai dû aller chercher mon kit pour tester votre taux de glucose et installer une perfusion. Il va falloir que vous mangiez quelque chose, sinon il pourrait vite retomber et ce n'est pas exactement sûr quand vous devez vous occuper d'un bébé, n'est-ce pas ?

Pas *d'un* bébé.

De *son* bébé.

— Ceci ne m'est jamais arrivé auparavant. J'utilise un moniteur continu de glucose sanguin. Mon téléphone m'aurait envoyé une alerte s'il avait perdu le contact avec le capteur.

Elle tendit la main vers la poche de son anorak et souffla, frustrée.

— J'ai laissé mon téléphone dans la voiture.

Puis elle releva la manche de son pull sur son autre bras. Un petit disque rond tomba sur le canapé.

— Il s'est débranché, dit-elle. Peut-être quand j'ai enfilé ma veste en vitesse, dans la voiture.

— Ou peut-être que votre peau était trop moite pour qu'il tienne.

James prit le petit appareil électronique doté d'un minuscule filament qui devait être inséré juste sous la peau pour mesurer le taux de glucose dans le sang du porteur.

— Avez-vous réalisé que vous avez de la fièvre ? Vous avez trente-huit six.

Sarah secoua la tête.

— Cela pourrait expliquer pourquoi mon taux de glucose s'est accru au point que j'aie dû augmenter ma dose d'insuline. Je savais que je n'étais pas en forme, aujourd'hui, mais je pensais que j'étais juste fatiguée. Le trajet a été long, je n'ai pas beaucoup dormi et cette période a été… très dure.

Évidemment. Elle avait perdu une amie assez proche pour qu'elle ait pris la responsabilité légale de son bébé. James n'avait aucun droit de critiquer ses choix ou ses actions.

— J'ai fait toutes mes vaccinations avant la naissance d'Ivy, parce que je savais que je devrais m'occuper d'elle.

Ce niveau de précaution n'était pas étonnant du tout chez

cette femme qu'il venait de rencontrer. Dans des circonstances normales, Sarah était probablement la patiente idéale.

D'un coup d'œil, James vit que la perfusion était terminée. Elle avait bien fait effet. Il débrancha la poche, mais n'ôta pas encore la canule. Il voulait d'abord s'assurer que les niveaux étaient stables.

— Je vais vous repiquer le doigt, dit-il. Et j'irai vous chercher votre téléphone. Avez-vous un autre capteur à mettre ?

— Oui. Il y a un sac isotherme sur le siège passager, dans lequel je garde mon insuline et mes autres fournitures.

Elle tendit la main pour qu'il puisse faire perler une goutte de sang.

— Vous n'utilisez pas une pompe à insuline ?

— Non. J'ai essayé, mais je préfère contrôler les choses par moi-même.

Cette déclaration complétait si bien l'impression qu'il avait d'elle que James en sourit presque. Si vous vouliez que quelque chose soit bien fait, Sarah Harrison était la personne qu'il vous fallait.

— Vous ne portez pas non plus de bracelet d'alerte médicale, observa-t-il. Je suis sûr que vous savez pourtant combien ils peuvent être utiles en cas d'urgence.

— Je n'aime pas que les gens supposent que quelque chose ne va pas chez moi, ou qu'ils me jugent sur ma façon de vivre ma vie et sur ce que je suis capable de faire, répondit calmement Sarah. Dans une urgence médicale, vérifier le taux de sucre dans le sang devrait être automatique.

James ne pouvait la contredire. Et il pouvait aussi respecter le droit de Sarah à son intimité.

— Nous sommes remontés à quatre millimoles par litre, dit-il quand le moniteur bipa. Mais je préférerais que le taux soit plus haut, et il faut s'assurer qu'il reste stable. Quand je vous aurai rapporté votre téléphone, je vous ferai un sandwich pour que vous preniez des glucides complexes. Et y a-t-il quelqu'un que je peux appeler pour vous ? Un ami ou un parent qui pourrait aider ?

Sarah croisa son regard.

— Non. Il n'y a qu'Ivy et moi.

Cela semblait si définitif. Si… solitaire ?

— Vous aimez le fromage ?

Elle semblait avoir un peu de mal à rester éveillée.

— Ce sera super. Merci.

C'était la première fois que James remarquait ses yeux. Ils étaient d'une nuance noisette, comme ses cheveux. Et ils paraissaient plus sombres qu'ils ne l'étaient sans doute réellement, à cause de sa pâleur. En outre, leur expression était… poignante, du fait de sa résolution évidente.

Le cœur de James se serra.

N'importe qui se sentirait désolé pour elle. Elle n'avait probablement aucun appétit. Elle avait traversé un enfer pendant Dieu savait combien de temps et elle se sentait sans doute très mal avec le microbe qu'elle avait attrapé, en plus d'être épuisée. Mais elle allait faire ce qu'il faudrait pour surmonter cette épreuve imprévue, c'était clair.

Y compris manger un sandwich qui serait une corvée pour elle et ne resterait peut-être même pas où il était censé rester.

Il était admiratif…

Il ne rimait à rien de réveiller Ivy, profondément endormie, pour lui donner le reste de son lait. En outre, Sarah se sentait encore assez fragile pour avoir envie de s'allonger sur ce confortable canapé et de fermer les yeux quelques minutes, pendant qu'on lui préparait ce sandwich. James lui avait donné une bonne dose de paracétamol pour faire tomber sa fièvre, et elle irait sans doute beaucoup mieux très bientôt.

Elle était horrifiée d'avoir perdu connaissance. Que se serait-il passé si elle n'avait pas eu la chance d'être avec un docteur équipé d'un kit de premiers secours bien garni ? S'il n'était pas rentré chez lui quand il l'avait fait et qu'elle se soit évanouie devant une maison isolée, à des kilomètres de tout ? Il n'avait pas eu besoin de faire remarquer combien les gens pourraient la trouver peu fiable pour être la première responsable d'un bébé vulnérable. Elle le savait.

Sarah éprouvait une peur croissante d'avoir des ennuis.

La peur que tout son avenir puisse être entre les mains de cet homme.

Un homme avec qui Karly avait passé une seule nuit – apparemment spectaculaire.

Un homme qui venait sans doute de lui sauver la vie.

Au prix d'un effort, elle parvint à avaler une petite bouchée du sandwich qu'elle tenait. Puis elle sourit à James, qui était maintenant assis sur le canapé de l'autre côté de la cheminée.

— C'est un très bon sandwich, dit-elle.

Une lueur dans ses yeux noirs lui indiqua qu'il savait parfaitement qu'elle essayait d'être polie.

— Vous vous en sortez bien, dit-il. Vous aurez fait la moitié si vous prenez une autre bouchée. J'ai eu raison d'enlever la croûte, non ?

Sarah sentit son sourire s'élargir et devenir sincère.

— Merci, dit-elle doucement. Et... je suis désolée d'avoir gâché votre soirée avec votre petite amie. Je ne pouvais pas vous avertir de ma venue, car je n'avais qu'une adresse. Je n'ai pas voulu aller vous trouver au travail, parce que j'ai pensé que vous préféreriez garder privé le fait que... que...

— Que j'avais une enfant dont je ne savais rien ?

Le ton de James était sec.

— Oui... Je devrais vous remercier pour ça, ajouta-t-il. En particulier quand vous auriez pu fournir au téléphone arabe de l'hôpital un ragot juteux, si quelqu'un vous avait entendue dire que j'avais offert de payer un avortement.

Sarah baissa la tête sous le prétexte de mordre dans son

sandwich. Ce n'était pas seulement la fièvre qui lui échauffait les joues.

— Désolée, marmonna-t-elle en renonçant à prendre cette bouchée du pain qui avait un goût de carton et du fromage qui sentait vaguement le savon. Mais j'ai cru Karly, à l'époque, c'est pourquoi je n'ai jamais cherché à la persuader de vous informer quand elle est tombée malade. J'étais convaincue que vous étiez un play-boy irresponsable ou un simple accro au sexe. Dans les deux cas, vous sembliez être quelqu'un qui se moquerait comme d'une guigne des conséquences d'une contraception ratée – ou de femmes au cœur brisé.

James émit un petit bruit.

— Vous êtes dure, murmura-t-il. Et je peux vous assurer que j'ai utilisé une protection même quand Karly m'a assuré qu'elle prenait la pilule.

Oh… Sarah ne voulait absolument pas laisser affleurer les images mentales qui cherchaient à faire surface, là, alors elle se concentra sur ce qui était un autre mensonge de Karly, apparemment.

— Elle ne prenait pas la pilule, dit-elle.

— Vous en êtes sûre ?

— Nous n'avions pas de secrets l'une pour l'autre. Du moins, je le croyais.

Sarah laissa échapper un soupir.

— Elle était catégorique sur le fait que prendre la pilule était trop risqué pour elle, en raison de ses migraines.

— Pourquoi aurait-elle dit qu'elle la prenait, alors ?

— Je n'en ai aucune idée. Il y a peut-être pas mal de choses que j'ignorais sur elle.

Et qu'elle ne saurait jamais, maintenant. Elle dut refouler les larmes qui menaçaient. James rompit le silence qui tomba.

— Depuis quand vous connaissiez-vous ?

— Depuis notre premier jour à l'école primaire. Nous avions cinq ans. Karly était dans un foyer d'accueil, j'étais élevée par ma grand-mère. Nous n'avions pas de frères et sœurs, alors nous avons décidé ce jour-là que nous serions sœurs. Pour toujours.

James resta silencieux un long moment.

— Je suis vraiment navré de votre perte, dit-il enfin. J'ai failli perdre un de mes frères il y a peu et cela m'a dévasté. C'est pourquoi je suis venu m'installer à Aberdeen, et pourquoi je garde la maison de ma sœur en son absence. Pour être plus près de ma famille – des gens qui comptent vraiment.

Il relâcha son souffle.

— Et juste pour info, Janine n'est pas ma petite amie. Je travaillais avec elle à Édimbourg. Elle s'est présentée au travail aujourd'hui et voulait qu'on dîne ensemble.

— Elle n'a pas paru très contente d'être renvoyée chez elle.

— C'est possible. Mais je peux vous assurer qu'elle n'a aucune raison d'avoir le cœur brisé.

Il semblait impliquer que Karly ne l'avait pas eu non plus, et ses mots parurent confirmer l'opinion que Sarah avait de lui. Mais, bonté divine, elle n'avait pas le droit de le juger comme ça. Sa meilleure amie et un type superbe avaient été assez attirés l'un par l'autre pour coucher ensemble une nuit, alors qu'ils étaient loin de leur vie normale et ne devaient pas se revoir, et alors ? Elle aurait fait la même chose, non ?

Euh… non.

Mais elle aurait pu souhaiter être davantage comme Karly et profiter au maximum d'une occasion pareille. Alors elle aurait peut-être découvert que le sexe n'était pas obligatoirement prévisible et ennuyeux…

Elle réussit à prendre une autre petite bouchée du sandwich. Peut-être que le paracétamol faisait effet ou que son corps était satisfait de son taux de glucose, parce qu'elle ne se sentait plus aussi mal. Elle était juste fatiguée. Si fatiguée qu'elle avait envie de se pelotonner devant ce feu et de dormir une semaine.

Avec le père d'Ivy l'observant et la jaugeant pour savoir si elle avait les compétences pour être un parent adoptif ?

Sarah se redressa.

— Je devrais y aller, dit-elle. Je me sens beaucoup mieux, grâce à vous, et mon taux de glucose est assez élevé pour que je puisse conduire en toute sécurité. Je dois arriver au B&B avant minuit, sinon nous serons enfermées dehors.

James se contenta de la regarder. Et de sourire, avec ces plis autour de ses yeux. D'un sourire si gentil qu'il mit une boule dans la gorge de Sarah. Une larme roula le long de son nez. Voilà qui ne lui ressemblait pas du tout. Elle devait être bien malade et bien faible, pour se sentir aussi impuissante. Et même perdue.

Si reconnaissante qu'un étranger soit prêt à s'occuper d'elle...

— Le seul endroit où vous allez aller, mon chou, c'est droit au lit, déclara James d'un ton ferme.

3

— Salut, Eddie… Désolé. Je t'ai réveillé ?

— Tu nous as réveillés tous les deux. Il est…

La pause suggéra que son frère consultait sa montre. Ou peut-être qu'il s'excusait auprès de sa compagne, Jodie, avant de se lever et de la laisser se rendormir. James crut entendre le bruit d'un baiser.

— Il est six heures et demie. Un jour de repos. Que se passe-t-il ?

— Je voulais juste te dire que je n'irais pas à la randonnée dans les Cairngorms que nous avions prévue pour aujourd'hui.

— Ne quitte pas un moment. J'ai besoin d'un café, marmonna Eddie.

James l'entendit bouger, faire couler de l'eau, sortir une tasse. Il avait activé la caméra de son téléphone, mais celui-ci était posé sur le comptoir de la cuisine et James ne pouvait voir que les mains de son frère mettant du café dans un mug.

Il aurait aimé reprendre un café, lui aussi, mais il ne pouvait pas bouger. Il était assis sur le canapé avec un bébé endormi dans les bras. Un biberon vide était posé sur l'accoudoir et il tenait son téléphone de sa main libre.

— La météo est mauvaise ? demanda Eddie. C'est pour ça que tu ne viens pas ? Jodie et moi, on ira quand même. Même s'il neige. On aime les défis.

— Je n'en ai aucune idée, dit James. Je ne peux pas venir parce que j'ai quelqu'un ici.

— Ah..., fit Eddie d'un ton amusé. Une visiteuse de nuit ? Veinard. Qui est-ce ?

— Elle s'appelle Ivy.

— Et je suppose qu'elle dort encore ? Épuisée ?

Le visage d'Eddie apparut, fendu d'un large sourire.

— C'est bon de savoir que tu n'as pas perdu ta niaque.

James se sentit soudain très las. Il pouvait entendre un écho de l'accusation de Janine, la veille.

« On sait tous comment tu es... »

Et même une complète étrangère qui vivait dans une ville où il n'était jamais allé connaissait sa réputation.

Il n'était pas infect à ce point, n'est-ce pas ? D'accord, il faudrait peut-être un moment pour faire le compte de toutes les femmes qu'il avait eues au fil des années, mais il avait seulement joué à un jeu qui n'avait causé de tort à personne, pour autant qu'il le sache. Il travaillait dur. Il s'amusait à fond. Il profitait au maximum de sa vie.

Une vie dans laquelle une énorme bombe, terrifiante, venait d'atterrir.

James écarta le téléphone et l'inclina, observant le visage d'Eddie qui découvrait ce qu'il tenait.

— *C'est Ivy* ? s'exclama son frère.

— Oui...

— Où est sa mère ?

— Elle est morte.

Eddie faillit s'étrangler avec son café. James l'entendit jurer et le vit se laisser choir sur une chaise de la cuisine, l'air choqué.

— Veux-tu dire que tu as une personne décédée chez toi ?

— Non, heureusement... C'est l'amie de la mère d'Ivy qui est arrivée ici hier soir, tard. Sa tutrice légale, apparemment. Elle avait décidé de me faire savoir que j'étais le père d'Ivy, même si la mère du bébé avait choisi de ne pas m'informer qu'elle était enceinte, pour une raison quelconque.

Il y eut un silence chargé de sous-entendus de la part d'Eddie. En fait, James connaissait parfaitement la raison, n'est-ce pas ? Karly, comme Janine et quantité d'autres femmes, sans doute, pensait savoir quel genre d'homme il était. Elle avait convaincu son amie qu'il était un play-boy irresponsable ou un accro au sexe.

La pensée qu'il avait pu donner à des femmes le sentiment d'être utilisées, et non appréciées, était choquante. Presque aussi choquante que le fait de se voir présenter un petit être humain qu'il avait bien pu contribuer à créer.

Il avait passé toute une nuit avec Ivy, maintenant, et le choc ne s'était toujours pas estompé. Il n'éprouvait aucune sorte de connexion avec cette enfant. Elle lui faisait l'effet d'être le bébé de quelqu'un d'autre. Le problème de quelqu'un d'autre qui venait de lui être fourgué.

Il avait su depuis des heures qu'il avait besoin d'aide, et il avait attendu aussi longtemps que possible pour appeler le premier membre disponible de son réseau de soutien. Mais il ne pouvait blâmer son frère Eddie d'être mécontent d'avoir été réveillé à une heure pareille.

Il fit de son mieux pour afficher un sourire.

— Quoi qu'il en soit, j'ai pensé que j'allais partager cette joie avec toi et te faire savoir que tu pourrais bien être un oncle. Non pas que j'aie fait un test ADN, mais je dois reconnaître que j'ai passé une nuit assez mémorable avec la mère d'Ivy à Paris, l'an dernier. Les dates concordent…

— Montre-la-moi de nouveau.

Eddie fixa un long moment le bébé endormi.

— Je ne pense pas que tu aies besoin d'un test ADN, dit-il enfin. Tu as vu ces cheveux ?

— Ils sont difficiles à ignorer.

— Tu ne les reconnais pas ?

— Que veux-tu dire ?

— Tu te souviens de cette photo de nous quand nous étions bébés ?

— Je la vois d'ici. Elle est posée sur une étagère.

La photographie avait été prise à Dundee, où les trois frères Grisham et leur sœur aînée Ella avaient grandi. Les triplés avaient quatre ou cinq mois… et des cheveux noirs qui partaient dans toutes les directions. Exactement comme ceux d'Ivy.

Cette pensée suffit à faire naître une très étrange sensation dans la poitrine de James. Une sensation familière - comme lorsqu'il revoyait ses frères après ne pas les avoir croisés pendant un moment.

Un sentiment de *connexion* ?

Non… Il ne voulait pas de ça. Il avait besoin de rester dans son rôle de docteur et de considérer la situation avec une distance qui ne serait pas influencée par l'émotion. Sinon, des vies pouvaient être en jeu.

Sa vie, telle qu'il la connaissait ?

Eddie brisa le silence, le ton sombre.

— Est-ce qu'on l'a laissée sur le pas de ta porte ? Avec une note sur son couffin ?

— Rien d'aussi dramatique.

James observait Ivy qui se frottait le visage. Allait-elle se réveiller et se remettre à pleurer ? Il avait été debout avec elle pendant des heures, pour laisser Sarah dormir le plus possible.

— Enfin, si… La femme qui l'a amenée ici s'est évanouie à cause d'une hypoglycémie. J'ai dû lui faire une perfusion de dextrose.

— Elle est diabétique ?

— De type un.

— Et elle conduit avec un bébé ?

— Ce n'est pas de sa faute.

James ne savait pas très bien pourquoi il éprouvait un tel désir de défendre Sarah, mais c'était comme ça.

— Normalement, elle se contrôle très bien. Mais là, elle a une infection virale. Sans doute la grippe. C'est pourquoi je ne peux pas venir à la randonnée. Je dois m'assurer qu'elle va bien et m'occuper d'Ivy.

— Et maintenant ? demanda Eddie.

James sentait combien le derrière d'Ivy était mouillé contre son bras. Il pouvait sentir aussi que son petit corps se mettait à bouger. Il lâcha un soupir.

— Je ne sais pas. Pour être honnête, je n'ai pas pensé plus loin que cette nuit. Et j'ai eu envie de te parler, vu que tu es le seul membre de la famille de ce côté de la planète, en ce moment.

— Tu veux que nous venions ?

Nous... Eddie faisait partie d'un couple, à présent. Jodie et lui s'aimaient aussi fort que possible, et James était très heureux pour son frère. Ravi, même, mais il n'était pas sûr que leur présence faciliterait les choses.

— Je crois qu'il faut que je parle avec Sarah, d'abord. Elle n'a pas expliqué exactement pourquoi elle est ici, à part me dire qu'elle est la tutrice du bébé et moi son père. Il se pourrait qu'il y ait des parents proches – des grands-parents, peut-être – qui prévoient d'élever l'enfant. Ou alors, elle pense la faire adopter et a besoin de mon consentement ?

— Qu'est-ce que ça te ferait ?

— Je ne sais pas.

Ce qui n'était pas totalement honnête. Il se sentirait sans doute soulagé, non ? Pas par une adoption par des inconnus, mais par la mise en place d'une cellule familiale stable. Et en attendant, la présence de Sarah qui était prête à assumer la responsabilité légale d'Ivy était aussi un soulagement.

— Mmm..., fit Eddie, qui ne paraissait pas convaincu. Nous sommes là si tu as besoin de nous.

— Je sais. Merci...

— Tu vas le dire à Ella, maintenant ?

— Non. Je ne sais même pas où ils sont, en ce moment.

Si James gardait la maison de sa sœur, c'était parce que Ella et son mari Logan faisaient un voyage de noces longtemps reporté. Ils exploraient la Nouvelle-Zélande en camping-car.

— Ils sont dans l'île du Sud, je crois. Vers Queenstown. Aux dernières nouvelles, ils devaient faire une espèce de tournée des grands-ducs. Avec un bal.

— Tant mieux pour eux. Ne lui parle peut-être pas de ceci pour l'instant. Ni à Mick.

— Lui, il n'est pas à la fête, dit Eddie en secouant la tête.

— Qu'est-ce qu'il a ? demanda James, inquiet. Pas une autre infection urinaire, n'est-ce pas ?

Le troisième triplé, Mick, avait été gravement blessé à la colonne vertébrale dans un accident de parapente quelques mois plus tôt, au point d'envisager le reste de sa vie dans un fauteuil roulant. Lorsqu'ils avaient choisi la Nouvelle-Zélande pour leur lune de miel, Ella et Logan avaient emmené Mick avec eux pour le placer dans un centre de rééducation renommé dans le monde entier.

— Non, rien de tel, répondit Eddie. Mais tu sais, cette jolie blonde qui lui a été assignée comme kiné ?

— Je crois qu'elle s'appelle Riley.

— Oui. Eh bien, il s'est disputé avec elle hier. Elle lui a dit que, s'il ne cessait pas de s'apitoyer sur lui-même, elle ne travaillerait plus avec lui.

— Vraiment ? Ça ne paraît pas très professionnel. Elle doit pourtant être habituée aux gens qui ont du mal à se faire à une blessure spinale, après avoir mené une vie active.

Ivy émit un petit geignement, comme si elle était d'accord.

— Apparemment, elle lui a sorti un laïus sur les patients tétraplégiques avec qui elle travaille, qui seraient enchantés d'avoir le potentiel de Mick et une aussi bonne qualité de vie que lui. Elle lui a affirmé que, la seule chose qui l'empêchait d'avancer, c'était son attitude.

— Comment sais-tu tout ça ?

— Je lui ai parlé hier soir. Il voulait savoir si j'étais d'accord avec elle.

— Tu n'as pas dit oui, si ?

— Plus ou moins. Je lui ai expliqué que nous avions tous été inquiets de son état d'esprit depuis l'accident. Et que c'était pour ça que nous l'avions envoyé dans ce centre de rééducation de grand standing.

— Qu'a-t-il répondu ?

— Manifestement, il y réfléchit. Il a dit qu'il regrettait tout ce qu'il nous a fait endurer. Je lui ai conseillé de s'excuser auprès de Riley. Maintenant, il faut attendre de voir ce qui va se passer.

— Je vais devoir te laisser, dit James. Il va y avoir du bruit d'une seconde à l'autre, ici. Et ça ne sent pas très bon. Je pense qu'il faut que je change mon pantalon.

— Tu parles ! fit Eddie qui avait retrouvé son sourire. Je suppose que tu vas changer Ivy, aussi. À plus tard, frangin. Bonne chance !

Des plumes... Était-ce le secret qui rendait ce lit si confortable ? Il donnait l'impression d'être un nid dont Sarah n'avait pas du tout envie de sortir. En outre, la couette était légère et vaporeuse, les gros oreillers si moelleux qu'ils entouraient sa tête comme un cocon.

Mais quelque chose l'avait réveillée et l'incitait à bouger.

L'insistante sonnerie de son téléphone l'alertait quant au fait que son taux de glucose devait être surveillé.

L'air sur son bras nu lui parut froid tandis qu'elle le tendait vers l'appareil. Et toutes ses articulations lui faisaient mal, même celles de ses mains. Elle eut de la peine à ouvrir les yeux pour regarder l'écran. Curieusement, c'était un taux bas qui avait déclenché l'alarme. Pas assez bas pour qu'elle soit en danger de perdre connaissance, toutefois, ni pour expliquer l'espèce de brouillard qui envahissait son cerveau. N'avait-elle pas assez mangé, la veille ? Ou s'était-elle trompée dans sa dose d'insuline ?

Elle regarda le petit tube de comprimés de glucose à effet rapide qu'elle connaissait bien, mais ne se rappela pas l'avoir posé sur la table de nuit. Pas plus que ce verre de jus de fruit ou cette boîte de paracétamol.

Sa tête était très douloureuse tandis qu'elle s'efforçait de donner un sens aux drôles d'impressions qui étaient les dernières choses dont elle se souvenait.

Être aidée pour monter un escalier par un homme aux mains fortes et à la voix rassurante. Un homme grand, brun et très beau qui ressemblait au fantasme de toute femme. Sarah pouvait presque entendre un écho de sa voix alors qu'elle se redressait sur un coude pour prendre le verre de jus de fruit. Elle avait besoin de sucre et cette boisson lui ferait du bien, comme les cachets de paracétamol.

Elle avalait le médicament, quand elle se rendit compte qu'elle entendait vraiment sa voix. Des bribes de phrases montaient jusqu'à elle. « Nous avons tous été inquiets... depuis l'accident... »

Quel accident ?

Son esprit s'éclaircissait. Elle pouvait se rappeler le long trajet en voiture. Et elle entendit autre chose, un bruit qui lui fendit le cœur.

Ivy, qui pleurait.

Sarah repoussa la couette. Ses jambes étaient nues, comme ses bras, mais son jean était posé au bout du lit avec son pull. Elle décida qu'elle n'allait pas essayer de se rappeler comment elle s'était déshabillée, même si la vue de son soutien-gorge la perturba un peu. Elle enfila ses vêtements, mais laissa ses bottes et ses chaussettes par terre. Elle ne prit que son téléphone en sortant de la chambre.

Ceci était urgent.

Les marches en pierre étaient froides sous ses pieds nus, mais un feu crépitait dans la salle de séjour, en bas, et soudain elle se souvint de tout. Cet homme – James Grisham. Son hypoglycémie qui avait été assez sérieuse pour être dangereuse non seulement pour elle, mais pour le précieux bébé qu'elle avait promis de protéger. Pire que tout, Sarah réalisa que c'était James qui l'avait aidée à se coucher la veille. Lui avait-il ôté son soutien-gorge ?

Oh ! Seigneur... Elle dut s'arrêter au pied de l'escalier, se cramponnant à la rampe. Ses joues lui semblaient en feu.

— Hé !

James, qui était agenouillé par terre et bataillait pour changer la couche d'Ivy, leva les yeux.

— Je ne suis pas sûr que vous devriez être debout. Vous avez l'air d'avoir encore de la fièvre.

— Je vais bien.

En s'approchant, Sarah apprécia la chaleur du feu.

— Vous avez pris cette couche à l'envers, déclara-t-elle. C'est beaucoup plus facile dans l'autre sens.

— Oh ! c'est peut-être ce qu'Ivy essayait de me dire...

La mine soulagée du bébé suffit à mettre une boule dans la gorge de Sarah. Le lien qu'elle avait forgé avec cette petite personne en quelques semaines était étonnamment puissant. Et Ivy, ayant aperçu son visage familier, s'était même arrêtée de pleurer.

— Laissez-moi faire.

Sarah s'accroupit à côté de James, souleva les fesses d'Ivy en saisissant ses deux pieds dans une main et tourna la couche. Puis elle la ferma et enfila les pieds de la petite fille dans les jambes de son pyjama. Ivy protestait de nouveau lorsqu'elle ferma les pressions, et ce bruit la fit se sentir terriblement coupable de l'avoir laissée aux soins de quelqu'un d'autre.

— A-t-elle eu son biberon ? demanda-t-elle d'un ton plus coupant qu'elle ne s'y attendait. A-t-elle dormi ? Savez-vous seulement vous occuper d'un bébé ?

— Elle est toujours vivante, fit observer James calmement. Alors je pense que j'en sais assez. Oui, elle a dormi. Plus que moi. Et elle a aussi eu son biberon. J'ai trouvé la boîte de lait dans votre sac. Par bonheur, je sais lire et il n'a pas été trop difficile de suivre les instructions.

Sarah tiqua et serra un peu plus Ivy contre elle.

— Pardon...

Elle leva les yeux, s'attendant à voir un homme en colère, mais James semblait être sur le point de lui sourire.

— Merci de vous être occupé d'elle. Et de moi...

— Comment vous sentez-vous ?

— J'ai mal partout.

— Où en est votre taux de glucose ?

— Mon alarme m'a prévenue qu'il était bas. Ai-je pris de l'insuline, hier soir ?

— Non. Je suis resté toute la nuit sur le canapé. Je vous aurais entendue si vous étiez allée chercher votre insuline dans le frigo. Vous vous êtes endormie dès que votre tête a touché l'oreiller, mais je savais que vous aviez un moniteur continu, alors je n'ai pas voulu vous déranger.

— Mais vous m'avez laissé le jus de fruit, les comprimés de glucose et le paracétamol ?

James hocha la tête.

— Vous devrez manger, aussi. Il faudra également que nous parlions, mais nous ne le ferons que lorsque je vous trouverai assez bien pour ça.

— J'ai des barres de céréales, dans mon sac.

— Je pensais plutôt à des toasts grillés et beurrés.

Oh ! de la nourriture réconfortante... Elle ne se sentait peut-être pas si mal, après tout.

— Cela me plairait, répondit-elle. Mais je peux les préparer, si vous me dites où est la cuisine.

James haussa un sourcil et Sarah prit soudain conscience du spectacle qu'elle devait offrir. Celui d'une femme au teint échauffé, à moitié habillée, les cheveux en bataille, assise par terre comme un ballon dégonflé avec un bébé ronchon dans les bras. On pouvait dire qu'il la voyait dans son pire état – ou bien cela avait-il été la veille, quand elle s'était évanouie devant lui ? Peut-être même était-il capable de lire dans son esprit ; il saurait alors qu'elle se demandait comment elle allait se relever sans que ses genoux flanchent, ou sans qu'elle lâche Ivy en essayant de garder son équilibre. Quant à marcher jusqu'à une cuisine, c'était encore plus improbable.

— D'abord, voyons voir si vous pouvez venir jusqu'au canapé.

Il mit une main sous son coude pour l'aider à se lever, et lorsqu'elle s'affala avec bonheur sur les coussins du côté du feu, il posa une douce couverture en mohair sur ses jambes.

— Ne bougez pas, ordonna-t-il. Je reviens avec des toasts et une tasse de thé. Avez-vous pris du paracétamol que je vous ai laissé ?

— Oui.

— Bon. Cela devrait faire baisser votre température, et vous ne tarderez pas à vous sentir mieux. Que voulez-vous sur vos toasts ? De la confiture ? Du fromage ? demanda-t-il avec un sourire en coin.

— Hum... auriez-vous du beurre de cacahuète ?

— Je suis sûr d'en avoir quelque part. Restez là.

Sarah le regarda disparaître dans l'ouverture qui se trouvait de l'autre côté de la cheminée et se retrouva en train de déglutir pour avaler la boule qu'elle avait de nouveau dans la gorge.

Être aussi séduisant était plus que suffisant pour expliquer que Karly ait été attirée par lui au point de passer cette nuit fatidique dans ses bras.

Mais fallait-il qu'il soit également diablement *gentil*, par-dessus le marché ?

Elle avait pensé que l'homme à qui elle était venue se confronter ne serait que trop heureux de se délester d'un problème ennuyeux généré par son existence de play-boy. Maintenant, elle commençait à se demander si elle n'aurait pas dû suivre son instinct et rester aussi loin de lui que possible. Il aurait pu se passer, oh, bien quinze ans avant qu'Ivy exprime de la curiosité vis-à-vis de son père biologique.

Mais pour Sarah, il eût été difficile d'ignorer ce nuage noir présent dans le lointain. Vouloir leur donner à toutes les deux la sécurité de la certitude, c'était ce qui l'avait poussée à venir ici. Et le risque que le résultat ne soit pas ce qu'elle espérait lui avait paru extrêmement mince. Elle avait été convaincue que la seule idée de la paternité ferait partir James Grisham en courant.

Et puis elle l'avait rencontré.

Elle était presque certaine que Karly ne lui avait pas dit toute la vérité.

Et ce nuage noir d'incertitude lui semblait encore plus menaçant maintenant. Il planait au-dessus de sa tête, en fait. Le père d'Ivy était peut-être bien plus aimable qu'elle ne l'avait imaginé, mais cela déclenchait chez elle des signaux d'alarme. Bien sûr, il était charmant – normal pour un play-boy, n'est-ce pas ? Mais pour Sarah, les hommes accros au sexe n'étaient pas du tout convenables, ni comme partenaires, ni comme figure paternelle.

Néanmoins, elle devait se confronter aux faits. Et se plier à des règles. Comme les promesses, c'était quelque chose que Sarah n'avait jamais brisé dans sa vie. James – avec le concours du système juridique du Royaume-Uni – avait le pouvoir d'interférer dans l'avenir d'Ivy. L'avenir que Sarah avait promis à Karly de donner à sa fille.

De le détruire, même ?

Non. Elle ne laisserait pas arriver ça.

Elle n'était peut-être pas dans la meilleure des formes, physiquement ou émotionnellement, mais elle connaissait ses droits en tant que tutrice légale d'Ivy et elle était plus que prête à se battre pour eux, s'il le fallait. Parce qu'elle devait le faire pour Karly. Pour Ivy. Et pour elle-même. Même si elle était en bas de cette liste, cela ne rendait pas les choses moins impératives.

Elle avait une promesse à tenir.

4

James l'observait comme un faucon.

L'assiette de toasts au beurre de cacahuète et le mug de thé attendaient sur la table basse, devant le canapé, pendant que Sarah vérifiait son taux de glucose, calculait les glucides qu'elle allait avaler et la dose d'insuline qu'elle devait s'injecter.

Qu'il la fixe ainsi ne la dérangeait pas. Elle se sentait un peu gênée, mais ce n'était pas comme si c'était une attention masculine portée à son corps en raison d'un intérêt sexuel. James était médecin. Il avait déjà dû la sortir d'une crise d'hypoglycémie, alors il avait un intérêt professionnel dans ce qui se passait, voilà tout.

— J'ai l'impression que vous aimez contrôler totalement votre vie, dit-il. Vous semblez planifier les choses et être très organisée.

La critiquait-il ? Tout le monde n'avait pas le luxe de laisser l'existence couler autour de soi et de profiter de toutes les distractions agréables qui s'offraient à vous. Du coup, elle fut un peu sur la défensive lorsqu'elle répondit.

— J'avais douze ans quand on m'a diagnostiqué un diabète de type un. Ma grand-mère n'aimait pas les aiguilles, alors j'ai dû me débrouiller seule dès le début pour m'administrer mon insuline.

Elle leva le menton.

— J'ai vingt-deux ans de pratique. C'est donc quelque chose

que je maîtrise, mais je serai encore plus prudente après l'alerte d'hier soir.

Tous deux regardèrent Ivy. Sarah l'avait mise dans son siège-auto quand celle-ci s'était assoupie. Elle devrait dormir au moins une heure et demie.

Le temps pour Sarah de profiter de son propre cocon, sur le canapé. Et des toasts. Elle était surprise de les trouver aussi bons.

— Je me sens beaucoup mieux, dit-elle entre deux bouchées. C'était probablement un virus d'un jour.

— C'est bon à entendre, déclara James, mais vous devriez vous reposer encore aujourd'hui. Vous pouvez retourner vous coucher ou rester sur le canapé. Je suis en mesure d'aider avec Ivy – j'ai une journée de congé.

Quelque chose dans son ton ressemblait à une mise en garde. Voulait-il continuer à l'observer pour s'assurer qu'elle était capable de s'occuper d'un bébé sans défense ? Ses propos suivants parurent le confirmer.

— Quand avez-vous perdu connaissance pour la dernière fois ? Cela arrive-t-il toujours comme ça, sans prévenir ?

— Ça ne m'était pas arrivé depuis des années. Et ça ne se reproduira pas. Je n'oublie jamais mon téléphone, d'habitude. Ça a été la combinaison du long trajet en voiture, du fait que j'étais malade et... stressée. Ivy pleurait et vous n'étiez pas là. Que vous ne soyez pas chez vous à mon arrivée ne collait pas avec mon plan.

James haussa un sourcil.

— Vos plans marchent toujours, en général ?

Sarah le regarda.

— Si je pouvais planifier la vie, je ne serais pas là. Ivy aurait encore sa mère et j'aurais toujours ma meilleure amie – la seule famille qui me restait, en fait.

Il se leva pour remettre une bûche dans le feu.

— Désolé... Je ne sais pas pourquoi j'ai dit ça. Peut-être parce que le contrôle que vous exercez sur tout est impressionnant.

Sarah fit glisser le toast avec une gorgée de thé. Cette idée ne l'offensait pas.

— Karly m'appelait « une fana du contrôle ». J'étais celle qui était organisée. Je me tenais aux règles. C'est peut-être pour ça qu'elle ne m'a pas confié qu'elle était enceinte avant le deuxième trimestre de sa grossesse. Et pourquoi elle m'a dit ce que vous savez sur votre réaction. Elle se doutait que ce serait suffisant pour...

Elle ne finit pas sa phrase.

— Suffisant pour quoi ? insista James.

— Pour vous chasser du tableau, en ce qui me concernait. Karly savait que je n'ai pas de temps à perdre avec des hommes sur qui on ne peut pas totalement compter. Des hommes qui ne sont pas fiables *et* attentifs. Et aimables...

— Qu'est-ce que ça donne, pour vous ?

James paraissait curieux plus qu'indiscret.

— Je crois me souvenir qu'il n'y a que vous et Ivy ?

Sarah se força à sourire.

— Je suis célibataire, répondit-elle d'une voix crispée. Mais le point positif, c'est qu'il n'y a rien pour m'empêcher de m'occuper d'Ivy. Il n'y a pas d'autres parents du côté de Karly.

Elle sentait que James la fixait et elle évita de croiser son regard.

— J'ai aussi interrompu mon travail pour six mois. Karly et moi pensions toutes les deux que c'était une bonne idée.

— Et elle vous a désignée légalement pour être la tutrice d'Ivy, n'est-ce pas ?

— Oui. Cela s'appelle un tutorat testamentaire. Il confère une responsabilité parentale et la capacité d'avoir son mot à dire dans toutes les décisions importantes concernant Ivy, y compris à long terme.

Cela ne signifiait pas qu'elle serait automatiquement autorisée à garder Ivy avec elle s'il y avait un conflit, mais ce n'était pas la peine de le dire à James pour le moment, décida-t-elle.

— Ce que Karly souhaitait vraiment, c'était que j'adopte légalement Ivy.

Sarah prit une grande inspiration.

— Pour que je puisse être sa *vraie* maman.

— Et c'est ce que vous voulez faire ?

Cette fois, elle soutint le regard de James.

— Oui... Oh ! *oui...*

Il continua à la regarder dans les yeux.

— Mais si je suis son père biologique et que vous n'avez aucun lien génétique avec elle, comment ça marche ?

— Tout ce que vous avez à faire, c'est de signer le consentement que le notaire de Karly m'a remis.

James la fixait toujours, et Sarah ne pouvait détourner les yeux. Elle avait peut-être répété ce qu'elle dirait au père d'Ivy lorsqu'elle l'aurait trouvé, mais elle n'avait pas prévu de tomber sur quelqu'un qui la regarderait ainsi.

Comme si elle faisait quelque chose de très, très mal ?

Eh bien...

On lui avait présenté un bébé inattendu, et maintenant il allait être prestement soustrait de sa vie ?

Non, pas « il ». Elle. Ivy était une fille. Une vraie personne.

Il observa Sarah, qui mangeait le reste de son toast en ayant l'air de se forcer. Il prit plusieurs inspirations avant de dire quoi que ce soit, et quand il parla, il s'obligea à garder un ton neutre.

— Donc..., fit-il finalement. Je signe vos papiers, et après ? Je sais que j'ai une fille, mais je ne la revois jamais ? Elle grandit en pensant qu'elle n'intéressait même pas son père ?

Sarah se mordait la lèvre, l'air mal à l'aise.

— Pourquoi Karly a-t-elle fait une déclaration notariée indiquant que je suis le père d'Ivy, au fond ?

— Elle disait que c'était une sorte de police d'assurance. Pour le cas où Ivy aurait besoin d'une greffe quelconque.

Un frisson passa sur l'échine de James.

— On lui a trouvé un problème de santé ?

— Non, elle va bien. Je pense que Karly imaginait juste des choses qui seraient susceptibles d'arriver dans l'avenir. Et Ivy saura qui vous êtes. Nous pouvons rester en contact par des photos, des appels en vidéo ou autres. Vous pourrez lui rendre visite quand vous voudrez. Ou moi l'amener en Écosse pour vous voir.

Elle lui offrit un semblant de sourire.

— Je connais le chemin, maintenant.

Même un léger sourire changeait le visage de Sarah, constata James. Un visage qu'il n'aurait pas particulièrement remarqué en la croisant dans la rue mais, là, il butait sur la pensée qu'elle était plus séduisante qu'il ne l'avait réalisé.

— Où vivez-vous ? demanda-t-il.

— À Leeds.

— Et vous travaillez ?

— Oui. Je suis infirmière, comme Karly l'était. Nous nous sommes formées ensemble, puis nous avons cherché des postes dans le même hôpital pour pouvoir partager un appartement. Nous avons fini aux urgences, parce que nous adorions l'une et l'autre ce service. Nous avons toutes les deux été diplômées comme infirmières urgentistes praticiennes, il y a environ un an.

James battit des cils. Le grade d'infirmière praticienne était le plus élevé pour des infirmières. Il leur permettait de diagnostiquer et de traiter des blessures mineures, et de laisser sortir des patients sans qu'ils aient à attendre de voir un médecin.

— Pour être honnête, cependant, je préfère faire partie d'une équipe, et la salle de réanimation est mon endroit favori pour travailler. Après avoir participé à un stage de « gestion des incidents médicaux majeurs », je me suis même demandé si je ne devrais pas devenir secouriste.

— Vous avez fait un stage de GIMM ? releva James, impressionné. Moi aussi, il y a deux ou trois ans.

— Je suis membre d'un groupe. Nous nous réunissons une fois par mois. C'est ma sortie préférée. Ou ça l'était, dit-elle avec un sourire contraint. J'étais censée aller à ce congrès à Paris où vous avez rencontré Karly. Je ne l'ai pas fait parce que ma grand-mère était mourante.

James avait eu envie d'y aller parce qu'il était focalisé sur la gestion des catastrophes. La médecine d'urgence était sa passion, aussi. En cet instant, il sentait avec Sarah Harrison une connexion qu'il n'était pas sûr de vouloir avoir.

— Mais vous avez pris un congé.

Elle hocha la tête.

— Avec mes économies, je peux tenir au moins six mois.

— Et ensuite ?

— Je serai en mesure de reprendre mon travail. Il y a près de l'hôpital une bonne crèche où je pourrai mettre Ivy.

— Vous avez tout planifié.

— Karly et moi avons passé les dernières semaines de sa vie à en parler, alors... oui.

Sarah semblait éviter de croiser son regard. Pour l'exclure ?

— Que se passerait-il si je ne signais pas ces papiers ?

Elle releva vivement les yeux. Son visage se tendit.

— Je serais toujours la tutrice d'Ivy. Je continuerais à m'occuper d'elle et à la protéger.

— Et si je veux m'occuper d'elle ? Si je veux qu'elle vive avec moi ? L'hôpital où je travaille dispose d'une excellente crèche, je crois.

James vit la lueur de peur dans le regard de Sarah et il éprouva l'envie de lui dire que tout irait bien, car il y avait quelque chose dans ses grands yeux qui l'émouvait.

Mais il ne pouvait se permettre de laisser quoi que ce soit d'émotionnel s'installer entre eux. Et il ne pouvait assurer à Sarah que tout se terminerait bien, n'est-ce pas ? Son monde avait été mis si brutalement sens dessus dessous qu'il n'aurait su dire ce qui allait se passer dans les cinq prochaines minutes, et encore moins les cinq prochaines années.

— Il faudrait aller en justice, dit-elle. Un juge déciderait de ce qu'il convient de faire dans le meilleur intérêt d'Ivy.

Elle le fixait. Il la fixait aussi.

Et alors un petit couinement leur fit tourner la tête. Ivy était réveillée.

Mais elle ne pleurait pas. Elle bougeait ses bras, les levait comme si elle voulait être prise par Sarah. Ou si elle souhaitait vérifier que ses mains étaient toujours là ? James sourit à cette idée. La petite fille regardait sa tutrice, et soudain il vit ses lèvres commencer à s'incurver. Sarah retint une exclamation.

— Oh… tu souris, Ivy ?

Elle battit des cils comme si elle chassait une larme et jeta un coup d'œil à James.

— C'est son premier sourire…

Ivy paraissait douée. Les deux coins de sa bouche minuscule se relevaient et il y avait même de petits plis autour de ses yeux. Et lorsqu'elle émit un bruit, ce fut un délicieux petit gazouillis – et James sentit alors que quelque chose fondait en lui.

Son cœur ?

— Je ne peux pas le faire, s'entendit-il dire.

— Faire quoi ? demanda Sarah en le regardant.

— Je ne peux pas signer ces papiers. Je ne peux pas vous laisser m'enlever Ivy.

Ces mots causèrent à Sarah un choc qu'elle essaya de cacher en glissant du canapé pour s'agenouiller devant Ivy et lui rendre son sourire. Mais elle ne pouvait nier qu'elle éprouvait un brin de soulagement.

Car James était, a priori, le père d'Ivy et qu'il ne lui avait pas semblé juste de suggérer qu'il renonce à ses responsabilités en tant que parent. Ce n'était pas seulement qu'il avait le droit de faire partie de la vie d'Ivy. C'était parce qu'elle avait vu son expression quand le bébé avait esquissé son tout premier sourire, et… cela avait signifié quelque chose.

Quelque chose d'assez énorme pour que son cœur se serre

douloureusement. Car Karly et elle avaient su ce que c'était de grandir sans une maman ou un papa. Sarah avait eu plus de chance, avec sa grand-mère aimante qui avait remplacé ses parents morts dans un terrible accident de voiture. Mais même si elle avait été trop jeune pour se les rappeler, elle avait ressenti ce trou dans sa vie, qui venait de ne pas avoir une « vraie famille ».

C'était ce qui l'avait liée si étroitement à Karly. C'était la raison pour laquelle elle n'avait pas hésité à promettre de s'occuper d'Ivy durant le reste de son existence. Et maintenant c'était pourquoi elle devait accepter que James fasse aussi partie de la vie de l'enfant – de *leur* vie ? –, même si cela risquait d'être difficile. C'était peut-être le meilleur scénario qu'elle pouvait espérer. S'ils allaient au tribunal, qui était en mesure de dire qu'un juge ne déciderait pas qu'il serait mieux pour Ivy de vivre avec son père plutôt qu'avec une amie de sa mère ?

Sarah déglutit péniblement. Lorsqu'elle regarda James, sa voix ne fut qu'un murmure.

— Je ne vais pas me délier de la promesse que j'ai faite à Karly. Je ne le *peux pas*... J'étais là quand Ivy est née. J'ai été la première à la tenir. Je suis sa tutrice.

Elle parvint à dominer le tremblement de sa voix.

— Allez-vous le contester ?

Elle ne put contenir les larmes qui s'amassaient dans ses yeux. Parce que ceci était très important, et qu'elle se sentait encore si mal que la perspective d'avoir à lutter lui paraissait écrasante.

Parce qu'une partie d'elle croyait que James pouvait remporter cette bataille et qu'une autre partie le souhaitait, car cela signifierait qu'Ivy avait un père qui l'aimait assez pour se battre pour elle.

Ce qu'elle n'avait jamais eu... ?

Oh ! *non*...

Les larmes étaient quelque chose capable de s'infiltrer sous les barrières protectrices que James avait édifiées au fil de tant d'années – des années passées à s'occuper de gens dans des situations terribles, douloureuses ou tragiques.

Les larmes de femmes étaient toujours plus dures à supporter. En particulier de femmes fortes et courageuses déterminées à protéger les enfants sous leur garde.

Comme Sarah.

Comme sa mère l'avait été…

Toute la famille avait été dévastée quand la lutte pour survivre à un diagnostic fatal avait commencé pour Colleen Grisham. Mais pour James, cela avait été comme s'il pouvait sentir le poids de la peur et du chagrin de tous les autres en plus des siens. Ses frères et lui n'étaient que des adolescents, mais il avait appris à paraître assez fort pour prodiguer du réconfort à sa mère, à son père, ainsi qu'à Mick et Eddie. À contenir ses propres larmes et à en guetter les signes chez les autres. Il avait su que la meilleure façon de se protéger lui-même, à l'avenir, était de n'ajouter personne d'autre au cercle soudé qu'il avait autour de lui – les gens qu'il aimait autant que la vie elle-même.

Sarah était peut-être à mille lieues de ce cercle, mais voir la manière dont ses yeux s'embuaient lui déchirait le cœur. Une larme n'allait pas tarder à rouler sur son visage, et il aurait envie de l'enlacer et de la tenir contre lui, il le savait.

Il devait essayer de contrôler cette pulsion – dans leur intérêt à tous les deux.

— *Non*, déclara-t-il avec emphase. Ce n'est pas du tout ce que je veux dire.

Ivy criait de nouveau et Sarah tendit les bras pour la prendre, mais James la vit hésiter une seconde, comme si elle avait besoin de rassembler ses forces.

Il s'accroupit par terre à côté d'elle.

— Attendez… Laissez-moi faire.

Sans attendre de réponse, il glissa les mains sous le bébé pour soutenir sa tête et son corps, puis il le souleva et se mit debout.

— Quand je disais que vous aviez besoin de vous reposer

aujourd'hui, j'étais sérieux, Sarah. Si vous ne le faites pas, vous ne vous remettrez pas rapidement et… Ivy a besoin de vous.

Sarah ouvrait de grands yeux et ses larmes semblaient s'être évaporées comme par magie. Il y avait dans son regard quelque chose qui ressemblait à de l'espoir, et cela le fit se sentir bien.

Aussi bien qu'il l'aurait été s'il avait réconforté Sarah en l'enlaçant ?

Elle se rassit sur le canapé.

— Que vouliez-vous dire, alors ? demanda-t-elle. Vous n'êtes guère en position d'élever Ivy tout seul, n'est-ce pas ?

— Je ne serais pas tout seul.

Tenant toujours Ivy qui le regardait, James alla jusqu'à la bibliothèque et prit la photo qu'Eddie lui avait rappelée. Il la tendit à Sarah, dont la mâchoire tomba.

— Vous êtes l'un de ces bébés ?

— Oui.

— Mais vous êtes trois !

Il sourit.

— C'est généralement le cas avec des triplés.

Elle fixait la photo.

— Vos cheveux…, murmura-t-elle.

— Je sais, dit-il en songeant qu'il n'avait pas à se sentir aussi fier de quelque chose qu'il ne contrôlait pas. Les gènes Grisham sont manifestement forts.

Il marqua une pause.

— Nous avons une sœur aînée, aussi. Ella. Enfin, une demi-sœur, car elle n'a pas le même père que nous. Maman et papa voulaient vraiment un enfant, mais ça ne marchait pas, alors ils ont fait une FIV. Et là, ça a marché un peu trop bien. Nous ne sommes pas des triplés identiques, mais nous sommes très soudés. Et apparemment, nous allons vivre près les uns des autres, désormais.

Il inspira profondément.

— La conclusion, c'est que nous avons un très bon réseau de soutien.

— Toute une famille, dit doucement Sarah en reposant la photo sur la table basse.

James hocha la tête.

— Une famille dont vous pourriez aussi faire partie. Vous êtes impliquée et personne ne songera à vous exclure, je vous le promets.

— Mais je n'habite pas ici.

— Je n'habitais pas ici non plus, jusqu'à ce que quelque chose d'assez important me décide à me rapprocher de mes frères.

James n'en dit pas plus.

— Et si Ivy était *votre* bébé ? demanda-t-il. Vous voudriez qu'elle connaisse son père, non ?

— Oui...

— Vous voudriez partager la parentalité si cela pouvait marcher, n'est-ce pas ? Partager les frais, les décisions, les soucis... ? Ce que je veux dire, c'est que nous sommes tous les deux impliqués et que nous avons besoin d'établir un plan à ce sujet. Mais nous avons aussi besoin d'apprendre à nous connaître. Vous, moi *et Ivy*.

Cette dernière se mit à geindre.

— C'est le moment de lui donner un autre biberon ? demanda James. Je peux préparer du lait.

— À quand remonte le dernier ?

— Je ne suis pas sûr. Cinq heures et demie du matin ?

— Et vous lui avez changé sa couche une heure plus tard, environ, mais elle n'a pas dormi aussi longtemps que d'habitude.

Sarah consulta sa montre, les sourcils froncés.

— Ses horaires sont complètement chamboulés. Elle aurait dû dormir quelques heures. J'espère qu'elle n'a pas attrapé mon virus.

— Elle n'a pas de température. Je pense qu'elle a besoin de se reposer, comme vous. Si je la sortais un moment ? Je dois passer chercher des papiers à mon bureau, à l'hôpital, et je suis sûr qu'il y a certaines choses à acheter pour Ivy.

— Mais… il faut que nous parlions.

— Nous avons tout le temps pour ça. Vous pouvez rester ici. Vous remettre de ce microbe. Vous n'êtes pas pressée de rentrer à Leeds, si ?

— J'ai un rendez-vous médical pour les vaccinations d'Ivy, mais ce n'est pas avant la semaine prochaine, alors je suppose qu'il n'y a rien d'urgent…

Mais Sarah semblait hésitante.

— Faites une sieste. Prenez une douche, si vous voulez. Il y a des serviettes propres dans la salle de bains d'en haut, du shampoing et tout ce qu'il faut. Et servez-vous si vous avez envie de boire ou de manger. J'emporte le sac avec le lait et les couches, et je serai de retour dans une heure ou deux.

Sarah prit un air effaré.

— Vous allez partir à moto ? Vous plaisantez ?

— La voiture de ma sœur est au garage. Je la sors parfois pour recharger la batterie.

— Est-ce qu'elle a des ceintures de sécurité à l'arrière ? Le siège-auto d'Ivy doit être placé au centre, à l'envers.

— Je pourrais toujours conduire votre voiture…

James lui adressa son plus beau sourire. Ce n'était pas une décision consciente, comme pour dire « Faites-moi confiance, je suis médecin », ou assurer que tout irait bien. C'était un *vrai* sourire, qui partait d'une véritable appréciation. Une offre d'amitié ?

— J'ai l'impression de déjà vous connaître, ajouta-t-il. Et je suis prêt à parier que vous avez choisi le modèle le plus sûr. Vous pouvez me faire confiance pour garder Ivy en sécurité.

Il avait repris son sérieux.

— Et je sais que vous êtes parfaitement capable de veiller sur vous-même, Sarah, mais je ferai tout ce qui est en mon pouvoir pour vous garder aussi en sécurité. Vous êtes ce qu'Ivy a de plus proche d'une maman et elle a besoin de vous. Pas vrai, Ivy ?

Il berçait le bébé en baissant les yeux sur lui pour l'inclure dans la conversation, parce qu'il voulait laisser un moment à

Sarah pour réfléchir à son offre. Se fierait-elle assez à lui pour se donner une chance d'échapper un temps à ce qui pouvait bien être une surcharge émotionnelle insupportable ?

Il releva les yeux pour croiser son regard.

— *J'ai* besoin de vous, ajouta-t-il doucement. Nous sommes ensemble là-dedans, d'accord ?

Elle ne dit rien.

Mais lorsqu'elle finit par hocher lentement la tête, cela ressembla à une victoire. Comme s'ils avaient fait les premiers pas dans la bonne direction, même si aucun d'eux ne disposait d'une carte pour ce voyage qu'ils entreprenaient tous les deux.

Oh ! *ce sourire...*

Celui qu'elle avait senti jusque dans ses orteils.

Elle le sentait de nouveau alors qu'elle se tenait debout sous une délicieuse douche brûlante des heures plus tard. Ou était-ce simplement qu'elle se trouvait en bien meilleure forme ? Et qu'elle était heureuse de pouvoir se reposer ? Sarah n'avait pas dormi aussi profondément depuis des semaines. Des mois, même, car elle avait guetté tout changement dans l'état de Karly, prête à répondre aux besoins d'un nourrisson.

La pensée qu'elle avait fait suffisamment confiance à un complet inconnu pour le laisser emmener Ivy, afin de pouvoir prendre le repos dont son corps avait tant besoin, était incroyable. Mais, étrangement, elle n'avait qu'à se rappeler ce sourire pour chasser son anxiété. Peut-être se souvenait-elle aussi qu'il lui avait non seulement sauvé la vie, mais qu'il ne l'avait pas jugée inapte à s'occuper d'Ivy à la suite de cet incident.

Il avait même dit qu'elle était ce qu'il y avait de plus proche d'une mère pour Ivy et que celle-ci avait besoin d'elle, et cela avait été l'affirmation la plus positive qu'elle ait eu l'occasion d'entendre durant ces dernières semaines, si traumatisantes.

Il avait dit qu'*il* avait besoin d'elle, aussi, et d'une certaine manière, en dormant, elle avait commencé à intégrer cette information. Malgré l'opinion bien ancrée qu'elle s'était faite de cet homme avant de le rencontrer, et qui s'attardait encore à l'arrière de son esprit, tout ce que James avait déclaré était indéniablement attirant. Ses paroles donnaient lieu à des pensées qui étaient susceptibles de s'immiscer dans les plans qu'elle avait établis pour son avenir et celui d'Ivy.

À eux deux, ils seraient en mesure de lisser les aspérités de la vie d'un parent célibataire – une vie dont elle savait qu'elle serait parfois très dure, avec les soucis d'argent, le choix de la bonne école, une forte fièvre qui pourrait être terrifiante. Il serait tellement mieux d'avoir quelqu'un avec qui partager le poids de la responsabilité d'élever un enfant – comme Karly et elle avaient prévu de le faire avant de savoir à quel point son état était grave.

Et il y avait un autre point positif : cela voudrait dire avoir quelqu'un qui serait tout aussi investi qu'elle dans la célébration des moments spéciaux comme les premiers pas, les premiers mots, le premier gribouillis d'un bonhomme à mettre sur le frigo.

Mais il y avait quelque chose d'encore plus gigantesque que tout cela. James Grisham avait une famille. Il faudrait faire un test ADN, bien sûr, pour que tout soit certain et légal, mais il apparaissait déjà qu'Ivy était liée génétiquement aux Grisham. Et cela signifiait que même dans le cercle le plus rapproché il y aurait des oncles et des tantes, en plus de son père, disponibles pour lui offrir amour, soins et l'ancrage d'un foyer pour le reste de sa vie.

James suggérait même que Sarah pourrait faire partie de ce cercle du fait de sa connexion avec Ivy.

Ses larmes se mêlaient à l'eau de la douche tandis qu'elle penchait la tête en arrière. Elle n'allait pas se précipiter dans quoi que ce soit avant d'être certaine que c'était fiable à mille pour cent, mais… ceci n'était-il pas exactement ce dont Karly aurait rêvé pour son bébé ?

Une famille entière qui surgissait de nulle part ?

Pour Ivy, c'était comme gagner dans une loterie pour laquelle on ne pouvait même pas acheter de ticket.

5

Le service des urgences de l'hôpital Queen's Mother d'Aberdeen avait été particulièrement surchargé durant ce week-end où James Grisham travaillait. Il avait été plongé dans le feu de l'action dès qu'il avait enfilé son uniforme, passé son badge et son stéthoscope autour de son cou, et accroché son bipeur à sa poche.

Mais ironiquement, ce chaos et les défis de son métier devenaient soudain des constantes familières dans une vie qui avait changé irrévocablement en l'espace de quelques jours. Passer une journée comme celle-ci, où l'on avait à peine un moment pour penser à autre chose, lui offrait un répit par rapport au choc de voir son monde retourné sens dessus dessous et sérieusement ébranlé.

Non pas que ce soit une corvée d'avoir Sarah et Ivy à la grange, avec lui. Il n'avait pas laissé le choix à la jeune femme, l'obligeant à rester les deux premières nuits parce qu'elle ne se sentait pas encore très bien. Si elle avait accepté, c'était peut-être à cause des achats qu'il avait faits en rentrant de l'hôpital le jour où il avait sorti Ivy. Heureusement qu'il avait pris le spacieux SUV de Sarah, car il avait rapporté un couffin et des draps, une baignoire, des couches, des habits et des boîtes de lait en quantité. Oh ! il y avait eu aussi ce carré de l'étoffe la plus douce qu'il ait jamais touchée, avec dans un coin un petit agneau en peluche super mignon. James avait découvert qu'il s'agissait d'un « doudou ».

Sarah le savait, elle, et il avait le sentiment que c'était ce petit achat qui avait scellé l'affaire. Elle ne chercherait plus à trouver un autre endroit où rester avec Ivy, jusqu'à ce qu'elle aille assez bien pour rentrer chez elle.

Elle se remettait davantage de jour en jour et James réalisait que ses premières impressions – sa détermination à surmonter tous les obstacles par un mélange de courage et d'une organisation impeccable – n'avaient pas été exhaustives. Elle était dévouée à Ivy à un point incroyable, elle gérait parfaitement son diabète, elle était également très intelligente… et de compagnie très agréable. Jodie et elle s'étaient entendues tout de suite quand Eddie avait insisté pour apporter à dîner, l'autre soir. Quant à Ella et Logan, ils l'avaient bien aimée lors de l'échange vidéo qu'ils avaient eu le jour où les résultats du test ADN étaient arrivés, confirmant ce dont James était déjà sûr dans son cœur.

Ivy était sa fille.

Il éprouvait un sentiment d'émerveillement et de fierté à avoir contribué à créer ce petit être aux cheveux et au sourire incroyables. Des pensées d'Ivy et accessoirement de Sarah étaient toujours à l'arrière de son esprit, mais James était médecin urgentiste depuis de nombreuses années et il savait fermer les portes mentales qui l'empêchaient d'être distrait dans son travail.

Raison pour laquelle c'était un tel répit d'être là, dans le service débordé, et il n'était pas pressé de partir. Cet appel en vidéo avec sa sœur et son beau-frère lui avait rappelé qu'ils allaient rentrer en Écosse avec Mick dans un peu plus de deux semaines. Et une autre horloge décomptait les jours jusqu'à ce que Sarah décide de retourner à Leeds. Durant le dîner qu'elle avait prévu de préparer ce soir-là, il était impératif qu'ils parlent de l'avenir immédiat et définissent dans quelle mesure James serait présent dans la vie de sa fille.

Entre-temps, toutefois, il allait voir un jeune homme qui avait mangé du poulet frit pour le repas et était venu tout droit du fast-food aux urgences, convaincu qu'il avait un os logé dans la gorge. Un dernier cas pour clore ce service tendu et, probablement, une histoire à raconter à Sarah s'il n'était pas prêt à se plonger tout de suite dans la lourde conversation qu'ils devaient avoir sur ce qui allait se passer prochainement dans leurs vies.

C'était une joie de rester dans la magnifique grange rénovée d'Ella et de son mari. La cuisine et le garde-manger bien rempli semblaient avoir été conçus pour recevoir de grandes réunions de famille, et cela avait été un jeu d'enfant de préparer un petit dîner pour deux – qui pouvait attendre si James rentrait tard de l'hôpital. Un gratin de pommes de terre était dans le four, deux steaks macéraient dans une marinade, et Sarah ajoutait de la moutarde et de l'ail à la vinaigrette de la salade.

Elle ne pouvait se rappeler la dernière fois où elle s'était sentie aussi bien. C'était probablement parce qu'elle s'était débarrassée de ce virus. Ou peut-être parce que la journée avait été si agréable. Elle était allée faire des courses avec Ivy, elle avait exploré un peu d'Aberdeen, puis, quand elles étaient rentrées, elles étaient restées un moment dehors, au soleil de l'après-midi, à regarder les canards sur la mare.

Mais cela n'expliquait pas que son sentiment de bien-être se soit accru à ce point avec le retour de James, se dit-elle un peu plus tard. Et cela, malgré la perspective dérangeante de la discussion qu'ils devaient avoir sur l'avenir immédiat d'Ivy. Elle trouvait très facile de l'écarter de son esprit, en fait. Et James n'était visiblement pas pressé d'aborder un sujet sérieux. Il avait Ivy dans les bras, il lui donnait son dernier biberon et, par-dessus le marché, il racontait une anecdote de l'hôpital.

Il posa le biberon presque vide sur la table de la cuisine.

— Je pense qu'elle est repue. Elle dort presque.

— Si vous voulez bien lui faire faire son rot, après je la changerai et la mettrai au lit.

James hocha la tête. Avec précaution, il changea le bébé de position, le mettant droit et lui frottant le dos de son autre main.

— Comme ça ?

— C'est parfait. Vous pouvez lui donner de petites tapes, aussi.

Sarah avait envie d'entendre la fin de l'histoire.

— Alors, comment avez-vous trouvé l'os de poulet ? Vous avez fait un scanner ?

— Une radio du cou a suffi. Il se cachait dans la cavité de l'amygdale gauche, juste au-dessus de l'os hyoïde.

— Vous avez vu un ORL ?

— Personne n'était disponible pour faire une endoscopie immédiate. Le patient éprouvait une gêne, mais ce n'était pas une urgence, alors on m'a suggéré qu'il attende demain pour une consultation externe.

James tapotait le dos d'Ivy, maintenant.

— Mais je ne voulais pas le laisser comme ça, et il n'avait pas non plus envie de rentrer chez lui dans cet état. J'ai proposé de le soigner, et il a tout de suite été d'accord.

Sarah battit des cils.

— Qu'avez-vous fait ?

— Je lui ai anesthésié la gorge, lui ai administré une sédation, puis j'ai utilisé un laryngoscope vidéo et une pince crocodile pour sortir le bout d'os. Ça a été du gâteau.

Ivy choisit ce moment pour lâcher un rot retentissant, et James et Sarah rirent. Le grand sourire qui resta sur le visage de James lorsqu'il capta le regard de Sarah donna l'impression qu'il considérait ce rot comme un triomphe personnel.

Elle lui rendit son sourire. Quelle femme ne répondrait pas à un homme superbe lui souriant ainsi ? Personne ne contesterait à quel point il était attirant avec ses cheveux noirs en bataille, ces yeux sombres et ce sourire assassin qui contenait pas mal de malice. Son ravissement était contagieux, d'autant qu'il venait après un doute charmant sur ses capacités ; de toute évidence, il n'avait pas l'arrogance que les très beaux hommes montraient souvent.

Ceci était le genre de moment qui devait enchanter tous les nouveaux parents, pensa Sarah, mais il y avait tant d'autres choses en jeu, ici, que son plaisir vira vite à l'inquiétude. Il ne s'agissait pas d'une situation normale. Elle ne pouvait pas oublier que James était le vrai parent. Qu'ils étaient dans la cuisine de sa sœur. Que des décisions importantes devaient être prises et que, s'il fallait faire des compromis, ce serait probablement elle qui serait amenée à céder.

Elle devait peut-être aussi se rappeler que James Grisham était un expert en séduction et qu'il obtenait ce qu'il voulait des femmes qu'il charmait. Elle ne pouvait se permettre de tomber sous son charme. Pour le bien d'Ivy comme pour le sien.

Son sourire pâlit tandis qu'elle se détournait pour mélanger la salade.

— Je vais coucher Ivy, dit-elle. Il ne faudra qu'une minute pour cuire les steaks et nous profiterons mieux de notre dîner si elle dort. À moins que vous ne mouriez de faim ? Il se fait tard.

James se leva alors qu'elle marchait jusqu'à lui pour lui prendre une Ivy somnolente. Il y eut un instant un peu embarrassant à être si près l'un de l'autre. James était-il aussi conscient qu'elle du fait que leurs bras se touchaient ? Que leurs doigts se frôlaient, peau contre peau ? Est-ce ce qui lui fit se racler la gorge, brusquement, tandis qu'il reculait ?

— Je me débrouille avec un barbecue, dit-il. Si je l'allumais ?

— Ce serait super.

— Comment aimez-vous votre steak ?

— Légèrement moins cuit qu'à point, s'il vous plaît.

James rit de nouveau.

— J'aurais dû deviner que vous seriez précise. Je vais faire de mon mieux.

Le son de son rire suivit Sarah dans l'escalier. Curieusement, elle n'était pas offensée qu'il la prenne pour une fana du contrôle, comme Karly ; en partie parce que c'était vrai, mais aussi parce qu'il avait l'air d'apprécier ce trait de caractère plutôt que de le désapprouver.

Quoi qu'il en soit, il lui sembla que l'écho de son rire s'insinuait dans son corps par ses oreilles et s'enroulait autour de son cœur. Elle se rendit compte qu'elle souriait de nouveau. Elle ne pouvait pas s'en empêcher. Elle aimait bien le père d'Ivy.

Plus qu'elle ne s'y était attendue. Beaucoup plus qu'elle ne le devrait. Mais c'était le problème avec les mauvais garçons, non ? Par le biais de leur charme, ils vous amenaient à penser que les règles n'avaient pas d'importance.

Pourtant elles en avaient. Autant que le fait de contrôler ce qui vous arrivait. En particulier pour Sarah, qui l'avait appris voilà longtemps.

Le repas était si bon qu'il semblait dommage de le gâcher en ouvrant une discussion qui risquait de devenir rapidement difficile, alors James raconta à Sarah des anecdotes de son enfance.

— C'était comme si nous étions une seule personne. Ella nous appelait le « trio terrible ». Si l'un de nous faisait quelque chose, les autres suivaient. Nous ne nous dénoncions jamais les uns les autres.

Sarah souriait, mais James voulait la faire rire - comme quand Ivy avait lâché ce splendide rot. Il avait envie de pouvoir observer cette étincelle dans ses yeux et de sentir que, pour un instant, elle avait oublié le côté sérieux de la vie.

Avait-il vraiment pensé qu'elle n'avait rien de spécial, quand il l'avait vue pour la première fois ? Qu'elle était assez ordinaire pour se fondre dans le décor d'une bibliothèque ou d'un laboratoire ? Il était peut-être vrai qu'il ne l'aurait pas remarquée s'il l'avait croisée dans la rue, mais il y aurait perdu.

En réalité, il y avait quelque chose en elle de très spécial.

Elle leva soudain les yeux, sa fourchette à mi-chemin de sa

bouche, comme si elle avait deviné le tour de ses pensées. Il y avait plus de couleur sur ses joues.

— Je parie que vous ne deviez pas être faciles à manier, en grandissant. Étiez-vous tous des casse-cou, comme Mick ? Faites-vous aussi des sports extrêmes comme du parapente ?

— J'en ai fait, mais je ne suis pas aussi aventureux que Mick ou Eddie. Je travaille dans un service d'urgences tout à fait sûr, au lieu de me mettre dans des situations dangereuses comme Eddie le fait avec les secours aériens. C'est Mick qui a commencé à pousser les choses un peu trop loin. Je pense que ça a été une réaction au fait d'être lâché par sa fiancée, mais c'est devenu une habitude.

— Lâché par sa fiancée ? releva Sarah, ouvrant de grands yeux. Vous ne m'en avez rien dit, l'autre jour.

— C'était il y a quelques années. Sa petite amie brésilienne était enceinte de lui, croyait-il, alors il l'a demandée en mariage. Le jour de la cérémonie, nous avons attendu à l'intérieur de l'église, en smokings, mais elle n'est jamais arrivée.

— Pourquoi ?

— Le vrai père du bébé était venu la chercher. Alors que nous nous tenions devant l'autel, elle était déjà à l'aéroport pour rentrer au Brésil avec lui.

— C'est affreux...

— Nous avons beaucoup bu, ce soir-là. Et nous avons fait le serment qu'aucun de nous ne chercherait à se marier ou à nouer une relation durable. Que nous vivrions dans le présent, et profiterions au maximum de notre vie et de notre carrière. Que les seules personnes dont nous aurions jamais besoin étaient nos frères. Pour toujours.

James poussa un soupir.

— Eddie a bel et bien brisé ce serment, récemment. Quant à moi, mes ailes ont été coupées.

Sarah posa sa fourchette dans son assiette.

— Pas nécessairement, répliqua-t-elle. Je suis tout à fait prête à être en première ligne pour m'occuper d'Ivy. Ce n'est pas comme si vous pouviez être un père à plein temps.

Et voilà qu'ils se retrouvaient dans le vif du sujet. Sur le point de faire des plans qui allaient affecter le reste de son existence.

— Apprendre que j'étais père a changé ma vie du tout au tout, dit-il lentement. Mais elle avait déjà changé – quand Mick a eu son accident, un accident qui nous a rappelé que l'existence pouvait être beaucoup plus courte que nous l'aimerions. Cela a mis le temps, mais mes frères et moi devenons enfin adultes, prêts à nous poser. Apparemment, Mick a pris un tournant dans son rétablissement et je ne serais pas surpris qu'il revienne à une brillante carrière médicale, ou qu'il participe un jour aux Jeux paralympiques. Et moi ? Je suis là pour ma famille, parce que c'est ce que j'ai de plus important dans la vie avec ma carrière.

James prit une grande inspiration.

— Et ma famille comprend maintenant ma fille. Actuellement, Ivy est la personne au monde qui compte le plus pour moi. Je vais voir quelles démarches bureaucratiques je devrai faire auprès de l'état civil pour que mon nom soit porté sur son certificat de naissance, et... je n'ai vraiment pas envie que vous la remmeniez à Leeds.

Sarah absorba ses paroles, le visage impassible.

— Mais c'est chez moi..., dit-elle dans un murmure. C'est là que j'ai mon travail et mes amis. C'est là que j'ai grandi, et que je *vis*...

Elle secoua la tête.

— Je ne peux pas rester ici. Vous n'êtes même pas chez vous.

— Je sais. Je pensais prendre l'appartement qu'Eddie a laissé, mais c'est un sous-sol qui ne convient pas du tout pour y loger un bébé, même à temps partiel. J'ai décidé de trouver autre chose à louer.

James déglutit.

— Il est trop tôt pour songer à acheter. Mon travail actuel n'est qu'un remplacement. Il se pourrait que je ne sois pas obligé de rester à Aberdeen. Je pourrais même être prêt à aller m'installer à Leeds si c'est nécessaire pour faire partie de la vie d'Ivy. Qui sait ?

Sarah semblait l'écouter avec attention. James s'efforçait de ne pas donner l'impression de la bousculer. Il n'avait certainement pas l'intention de la menacer avec des dispositions légales ou des obligations morales vis-à-vis de lui en tant que parent biologique. S'ils devenaient ennemis, cela ne marcherait pas du tout. Mais même si Ivy n'existait pas, il ne voudrait pas blesser Sarah.

Parce qu'elle était spéciale.

Parce qu'il l'admirait vraiment.

Il l'appréciait réellement. Beaucoup...

— Ce que je me demande, c'est... Si je trouve une maison assez grande, peut-être pourriez-vous rester plus longtemps ? Quelques semaines de plus. Un mois ou deux, si ça marche ? Nous aurions la possibilité de nous occuper ensemble d'Ivy comme nous le faisons ici... Si nous pouvions prendre notre temps pour adopter les décisions vraiment importantes, elles seraient probablement les meilleures possible. Pour Ivy *et* pour nous. Vous n'êtes pas obligée de me donner une réponse tout de suite, mais voudriez-vous y réfléchir ? S'il vous plaît...

Il ne la bousculait peut-être pas, mais il se rendait compte qu'elle voyait à quel point c'était important pour lui. Car son visage – et particulièrement ses yeux – était très expressif et révélait exactement ce qu'elle pensait. Cette femme contrôlait certes complètement sa vie, mais cela ne voulait pas dire qu'elle ne ressentait pas profondément les choses. Il pouvait déchiffrer ses émotions : de la crainte, de la surprise, des doutes, de l'espoir peut-être ? Et autre chose, quand son regard s'adoucit. De l'empathie.

Pour lui ? Elle réfléchissait à sa demande de son point de vue à lui, aussi ? Bien sûr qu'elle le faisait. Et cela ne le surprit pas. En plus de tout ce qu'il admirait chez Sarah, il savait qu'elle était compatissante et se préoccupait des autres.

Ce qu'il découvrait, c'était quel effet cela faisait d'être regardé par elle de cette façon. Comme si elle se souciait vraiment de lui. Comme si… il était possible qu'ils nouent le genre d'amitié qu'elle avait eue avec Karly, et qu'il enviait tant ?

Elle hocha lentement la tête.

— Je vais y réfléchir, promit-elle.

Tandis qu'elle se levait et ramassait son assiette vide, James se sentit se rapprocher de cette amitié qu'il avait entraperçue, et… cela lui parut étonnamment bon.

C'était très, très différent de ce qu'il avait jamais pu éprouver en souhaitant être proche d'une femme, en fait.

Il était aussi conscient de son soulagement : Ivy n'allait pas être immédiatement enlevée à sa vie et ramenée à Leeds. Il avait envie d'étreindre Sarah. Il se leva et prit son assiette, mais ce qu'il voulait en réalité, c'était saisir la jeune femme et danser dans la cuisine avec elle.

L'embrasser… ?

Bonté divine, d'où diable lui venait cette pensée ? Peut-être que ce nouveau sentiment pour la tutrice de sa fille n'était pas si différent, au fond, de ce qu'il avait ressenti pour toutes les femmes qui avaient traversé sa vie. Il se sentit étrangement perturbé par ce qui devait être simplement une réaction automatique, due à de vieilles habitudes. Des habitudes déplorables, du point de vue de Sarah. Les play-boys irresponsables étaient à écarter. Les accros au sexe devaient clairement être évités à tout prix.

Dieu merci, il réussit à dominer cette impulsion incongrue en un clin d'œil. Sa connexion avec Sarah Harrison n'avait absolument rien à voir avec une attirance physique et cela ne changerait pas, car elle se fondait sur quelque chose de bien plus important pour eux deux.

Être les parents d'Ivy.

C'était aussi bien que Sarah se soit tournée vers l'évier.

Elle n'avait rien vu.

6

— Nous allons juste rester une minute.

Sarah défit la ceinture de sécurité qui retenait le siège-auto d'Ivy. Elle portait déjà en bandoulière le sac du bébé.

— Tu aimerais voir où travaille ton papa, n'est-ce pas, chérie ?

Elle se tourna pour regarder le solide bâtiment carré qui abritait l'hôpital Queen's Mother d'Aberdeen. Moderne, il était en grande partie vitré. Et si des flèches indiquaient la réception et les urgences, Sarah, dans sa tête, se représentait tout ce qu'il y avait à l'intérieur.

Chaque hôpital était un monde singulier, mais ils avaient en commun une atmosphère familière dans laquelle elle se sentait chez elle. Être infirmière représentait une si grande part de sa vie. De qui elle était. Et elle mesura combien cela lui manquait en marchant jusqu'au comptoir de réception. Là, elle demanda s'il était possible de contacter les urgences pour voir si le Dr Grisham était en mesure de se libérer une minute ou deux. Cela ne lui faisait rien d'attendre.

Au contraire, car cela signifiait qu'elle pouvait rester assise et savourer la sensation d'être à sa place. Se rappeler qu'elle était plus que la personne qui s'occupait d'un précieux bébé qui avait perdu sa maman, même si elle n'aurait pas voulu faire autre chose à ce moment de sa vie. Un jour, surtout si elle était aidée pour élever Ivy, il lui serait possible de reprendre le travail qu'elle aimait tant.

Mais elle n'eut pas plus d'une minute pour profiter de l'animation de l'entrée. Vêtu d'un uniforme, la mine soucieuse, James arriva à grands pas.

— Sarah… qu'est-ce qui ne va pas ? Est-ce Ivy ?

Il s'accroupit devant le siège-auto et tira sur un jouet aux couleurs vives accroché entre les poignées.

— Hé, petit bout. Comment vas-tu ?

Sarah entendit son soupir soulagé quand Ivy lui fit un sourire. Il sourit en retour à sa fille.

— Elle n'a pas l'air d'aller mal.

— Non. Désolée… Je ne voulais pas vous inquiéter en arrivant à l'improviste. J'espère ne pas vous avoir dérangé.

— Je prenais un café. Les urgences sont étrangement calmes, en ce moment.

Il leva les yeux vers Sarah.

— Vous connaissez cette impression de calme avant la tempête ?

— Que trop bien. Je ne vous retiendrai pas. Je voulais juste vous montrer des photos d'une maison à louer que j'ai vue ce matin en passant près de Duthie Park. J'ai fait des recherches sur le site de l'agent immobilier. Regardez…

Elle ouvrit le lien sur son téléphone.

— Je ne sais pas du tout si c'est le genre de demeure que vous aimez, mais elle m'a rappelé celle de ma grand-mère.

Elle montra à James une ravissante maison de ville en pierre, située dans une rue arborée. Elle était proche du parc et de promenades le long de la rivière.

— Elle a les mêmes parquets et les mêmes moulures en plâtre.

Sarah regardait l'image, mais elle sentit que le regard de James se posait sur elle. Comme s'il réalisait deux choses : que c'était sa façon de lui dire qu'elle avait réfléchi à sa proposition et qu'elle voulait bien rester plus longtemps à Aberdeen ; mais aussi, que s'impliquer dans le choix de leur habitation l'aidait à sentir qu'elle était toujours aux commandes de sa propre vie, au moins en partie.

— Venez boire un café, dit-il. J'aimerais voir d'autres photos. Nous pouvons peut-être appeler l'agent et prendre rendez-vous pour visiter la maison.

— D'accord. Je ne suis pas pressée de rentrer. Où est la cafétéria ?

— Allons plutôt dans la salle du personnel. Il y aura moins de monde. Aimeriez-vous faire un tour rapide de nos urgences, en y allant ? C'est l'un des meilleurs services dans lesquels j'ai travaillé, alors je suis sûr que vous apprécierez les installations.

Oh... Sarah s'était sentie chez elle à la réception, mais pénétrer dans un service d'urgences lui donnerait l'impression d'être en famille.

— Oui, *s'il vous plaît...* J'adorerais ça.

Elle se pencha pour prendre le siège-auto, et sa tête faillit heurter celle de James qui tenait déjà la poignée. Ils se sourirent, amusés, puis James montra le chemin. Sarah apprécia effectivement ce qui semblait être un cadre de travail très sophistiqué, avec les zones de réanimation proches de l'arrivée des ambulances, et les cabines de soins pour les patients moins urgents. Au milieu, une aire centrale était équipée de multiples ordinateurs et d'un immense tableau électronique qui affichait toutes les informations sur les patients du service. Un homme portant une blouse blanche sur son uniforme se tenait devant, avec une infirmière en bleu marine qui lui indiquait quelque chose.

— C'est Cameron Brown, notre chef de service, lui apprit James. Et notre surveillante principale, Jenny.

Il salua ses collègues en s'approchant d'eux.

— Voici Sarah, leur dit-il. Je vais lui faire voir si le café est meilleur ici qu'à Leeds. Elle est infirmière praticienne urgentiste, là-bas.

— Ooh..., fit Jenny avec un sourire accueillant. J'espère que vous songez à venir travailler ici. Nous manquons d'infirmières avec vos qualifications, en ce moment.

Mais son attention se porta sur le siège-auto avant que Sarah puisse répondre.

— Qui est ce petit ange ?

— C'est Ivy.

Sarah vit que James inspirait à fond. Allait-il révéler qu'il était père, pour la première fois en public ? Oui, il le fit, et avec de la fierté dans la voix.

— Ivy est ma fille.

Cameron Brown haussa les sourcils mais, comme il ouvrait la bouche, son téléphone se mit à sonner et il prit l'appel.

— Ah… êtes-vous venue voir la crèche de l'hôpital ? demanda Jenny à Sarah, en la prenant visiblement pour la mère d'Ivy et la partenaire de James.

Sarah ne put s'empêcher de lancer un coup d'œil de côté. James allait-il la détromper ? Avec un regard indiquant que l'idée était ridicule ?

— C'est une crèche fabuleuse, reprit Jenny. J'y ai mis mes deux enfants jusqu'à ce qu'ils aillent à l'école.

Elle se tut en entendant le ton du chef de service et les questions rapides qu'il posait.

— À quelle distance ? Combien ? Bon, tenez-moi informé. Nous serons prêts à intervenir.

Cameron raccrocha.

— Incident majeur, annonça-t-il. La plate-forme d'un belvédère s'est effondrée dans les monts Cairngorms, près du Ben Macdui, et vingt personnes ou plus sont tombées de trente mètres environ dans une ravine. La police et les secours en montagne sont déjà en route, mais nous sommes le centre de traumatologie le plus proche, alors nous devons nous tenir prêts à recevoir les cas graves.

Il regarda James.

— Vous avez fait une formation en gestion des catastrophes, n'est-ce pas ?

— Oui. Je suis qualifié comme responsable des incidents médicaux, et j'ai participé à des opérations à Londres et en Europe.

— Parfait, dit Cameron avec un bref signe de tête. Il y a un hélicoptère des ambulances de l'air d'Aberdeen qui va se poser sur le toit d'ici dix minutes pour emmener quelqu'un comme vous. Seriez-vous prêt à y aller ? Moi, je dois mettre notre plan en action, faire de la place dans le service et préparer toutes les spécialités concernées à intervenir.

— Bien sûr, répondit James en se tournant vers Sarah. Sarah a une certification en gestion des incidents majeurs. Je pense qu'elle devrait venir avec moi.

Les yeux de Sarah s'agrandirent. Elle sentit son cœur s'emballer tandis qu'une décharge d'adrénaline la parcourait. La raison pour laquelle elle était venue à l'hôpital était complètement oubliée. Le sentiment d'être à sa place et de vouloir faire partie de ce qui se passait autour d'elle s'accrut encore. Cette envie était impossible à ignorer. Tout ce qu'elle avait à faire, c'était de fournir son numéro personnel d'identification, et ils pourraient rapidement confirmer ses qualifications. Mais elle secoua fermement la tête.

— Je ne peux pas laisser Ivy.

— Je l'emmènerai à la crèche, dit Jenny. Elle ne craindra rien, je vous le promets. Et je m'occuperai d'elle si l'opération se prolonge au-delà des horaires d'ouverture.

La surveillante regarda Sarah avec compréhension, mais il y avait aussi une supplication dans ses yeux.

— Il y a des gens qui ont des ennuis, là-bas, et ils ont besoin de toute l'expertise que nous pouvons fournir. Vous êtes plus qualifiée que toutes les infirmières que je serais en mesure d'envoyer.

James, à son tour, accrocha le regard de Sarah.

— Nous devons prendre nos kits et nos combinaisons, et monter à l'héliport. Venez avec moi… S'il vous plaît…

Sarah ne put refuser de nouveau. Elle sentait son cœur battre dans sa gorge tandis qu'elle fixait James. Ce qu'elle avait pu penser de cet homme avant de le rencontrer était oublié, comme la raison de sa venue à l'hôpital ce jour-là. Il n'avait aucun moyen de savoir si elle était bonne dans son travail, mais elle pouvait voir qu'il souhaitait sincèrement coopérer avec elle. Qu'il lui faisait confiance ?

Waouh...

La confiance devait marcher dans les deux sens, non ?

James Grisham n'avait peut-être pas eu l'intention de devenir père, mais la façon dont il avait accepté Ivy dans sa vie et voulait prendre ses responsabilités, morales et pratiques, faisait de lui le roc dont Sarah avait besoin. Quelqu'un à qui elle pouvait se fier pour protéger Ivy et prendre soin d'elle autant qu'elle-même avait l'intention de le faire.

Quelqu'un qui lui avait sauvé la vie et lui demandait de l'aider à en faire autant pour d'autres.

D'accord... Elle ne pouvait pas dire non. Elle attrapa son téléphone, tendit le sac d'Ivy à Jenny, griffonna son nom et son NPI sur un bout de papier, et partit après James, qui avait déjà tourné les talons et semblait savoir exactement où il allait.

— Attendez ! cria-t-elle. Attendez-moi !

Sarah rejoignit James dans un local à matériel situé près de l'arrivée des ambulances.

— Tenez, dit-il en lui tendant une combinaison orange vif de petite taille. Enfilez ça.

Il en enfila une plus grande par-dessus son uniforme, la ferma et passa un gilet jaune fluo qui arborait les mots *RESPONSABLE DES INCIDENTS MÉDICAUX* sur un fond argenté.

— Voilà un gilet pour vous.

Il lui donna le vêtement qui portait la mention *INFIRMIÈRE* dans le dos et vit qu'elle mettait quelque chose dans une poche de sa combinaison.

— Qu'est-ce que c'est ? demanda-t-il.

— Des barres de muesli et des comprimés de glucose. J'en emporte toujours.

Elle lui jeta un regard méfiant. Pensait-elle qu'il pourrait regretter sa décision de l'emmener avec lui à cause de son diabète ? Au contraire, il était impressionné par l'attention qu'elle portait aux facteurs de risque. Ils allaient être pris dans une situation hautement stressante pendant ils ne savaient combien de temps et ils devraient sans doute fournir de considérables efforts physiques. Tout cela affecterait son taux de glucose, mais elle contrôlait manifestement les choses. Un souci de moins pour lui.

Il lui donna son équipement, un sac à dos rouge qui contenait un kit de premiers secours, ainsi qu'un kit pour des soins plus pointus et un autre de médicaments. Le matériel de base pour garder les voies respiratoires d'un blessé ouvertes, l'aider à respirer si nécessaire et contrôler une importante hémorragie externe. D'autres équipements et fournitures seraient disponibles dans les ambulances et l'hélicoptère de secours. Sarah attrapa une poignée de gants jetables dans une boîte fixée au mur et les mit dans une autre poche tandis qu'ils couraient vers les ascenseurs.

L'hélicoptère se posait lorsqu'ils atteignirent le toit de l'hôpital. La porte coulissante s'ouvrit et un secouriste sauta dehors pour les aider à monter à bord alors que les rotors tournaient toujours.

— Eddie ! s'écria James en reconnaissant son frère.

Il reçut un grand sourire et un casque.

— Il était temps qu'on travaille ensemble, frangin.

Puis Eddie prit un air stupéfait.

— *Sarah...* ? Vous travaillez ici, maintenant ?

— Elle était au bon endroit au bon moment, c'est tout, répondit James. Elle est qualifiée en gestion des incidents majeurs, en plus d'être infirmière praticienne.

Le rappel de ce qui les avait réunis là en cet instant suffit pour faire paraître toute information personnelle déplacée. James put voir combien Sarah était concentrée tandis qu'elle attachait la bride de son casque et se penchait pour prendre son sac à dos. Elle avait l'allure de l'emploi, avec ses cheveux ramassés sous son casque, sa combinaison et son gilet, mais c'était plus qu'un uniforme. Il se rendit compte qu'elle mesurait exactement vers quoi ils pouvaient se diriger, et il y avait sur son visage une détermination qu'il partageait.

C'était un privilège d'être autorisé à accéder au site d'une catastrophe, et encore plus d'être de ceux qui devaient trouver et aider les survivants. James sut, en cet instant, que Sarah s'efforcerait de faire tout ce qu'il faudrait pour sauver ces gens, et...

Il se sentit fier d'elle.

Jodie faisait partie de l'équipe de secours aérien, et James et Sarah furent présentés aux autres tandis qu'ils s'asseyaient et bouclaient leur ceinture.

— Voici Alex, notre homme d'équipage, et Gus, notre pilote, dit Eddie en levant le pouce.

Il sortit une tablette alors que l'hélicoptère décollait.

— Quel est le dernier rapport de situation, Alex ?

James, qui regardait s'éloigner le toit de l'hôpital, tourna la tête. Il voulait le savoir aussi.

— La police a officiellement déclaré l'accident comme un incident majeur. Et nous avons la localisation exacte.

Alex tourna sa tablette pour que James et Sarah puissent voir une carte, qu'il agrandit.

— Il n'y a pas de route conduisant à la ravine, mais un sentier qui permet d'y accéder à pied, en une bonne vingtaine de minutes probablement. Nous allons vous déposer à la station de comptage des victimes qui est installée sur la route la plus proche, et quelqu'un vous emmènera.

— À moins que je trouve un endroit pour vous déposer un peu plus près du site, intervint Gus. Nous allons hélitreuiller Eddie et Jodie, de toute façon.

— On croise les doigts, dit Eddie. Ça ferait gagner beaucoup de temps. Nous voulons atteindre le plus vite possible les blessés graves, et nous pouvons nous attendre à ce que ceux qui ont survécu à une chute pareille souffrent d'un traumatisme majeur.

James croisa le regard de Sarah dans le silence qui suivit.

Combien de survivants pouvait-on espérer ? À quel point leurs blessures seraient-elles horribles ?

Elle paraissait terrifiée.

Bien sûr qu'elle l'était. James éprouvait lui-même une pareille peur de l'inconnu. Mais il eut aussi un aperçu du courage de cette femme. Sa capacité à affronter quelque chose d'effrayant... parce qu'elle le pouvait. Parce que c'était la chose à faire.

Comme élever une enfant qui, pour autant qu'elle le sache à l'époque, n'avait pas de famille biologique.

Il entendit la façon dont elle inspira pour écarter toute trace de sa peur.

— Le type d'incident a-t-il été confirmé ? demanda-t-elle.

— Oui. On a une structure qui s'est effondrée et est tombée dans le vide, répondit Alex. On a un groupe important d'étudiants en environnement entre dix-huit et vingt et un ans. L'un des accompagnateurs a vu se produire la catastrophe et a donné l'alerte. Apparemment, ils s'étaient tous regroupés sur la plate-forme pour faire une photo.

Il y eut un autre moment de silence tandis qu'ils imaginaient l'horreur de cette plate-forme cédant sous un poids trop lourd.

— Il y a des survivants, reprit Alex. Mais on ne sait pas combien. Personne ne s'est encore rendu sur le site, mais l'accompagnateur a entendu des appels à l'aide.

— Les difficultés à prévoir ? demanda Sarah.

— Principalement le terrain. Le sol inégal, la rivière et les débris qui sont tombés. Nous ne saurons pas s'il y a un risque de deuxième effondrement tant que les experts des pompiers n'auront pas vu les lieux. Vérifiez la stabilité avec eux s'ils sont sur place quand vous arriverez. Faites très attention s'ils ne sont pas là, d'accord ? Les services d'urgence mobilisent toutes les ressources disponibles. La police, les pompiers, les secours en montagne. Même la Croix-Rouge. Des ambulances sont en route depuis aussi loin qu'Aberdeen, mais il leur faudra du temps pour parvenir sur place.

— Il y a au moins deux autres hélicos qui arrivent, ajouta Gus. De Glasgow et d'Inverness. Et un pilote local va voir quels sont les points d'atterrissage possibles le long de la rivière.

— Jodie sera la responsable des ambulances jusqu'à ce que quelqu'un de plus ancien se présente, dit Eddie. Mais plus elle pourra traiter des patients au lieu de faire de la paperasse, mieux ce sera.

James surprit le regard échangé entre son frère et celle qui était sa partenaire au travail comme dans la vie, et il sentit sa poitrine se contracter douloureusement.

Le *respect* qu'ils avaient l'un pour l'autre était palpable.

Comme leur amour...

En un éclair, il se rappela le vœu qu'ils avaient fait tous les trois quand Mick avait été abandonné à l'autel : ne jamais s'engager avec une personne afin d'éviter les chagrins et de profiter au maximum de la vie. Mais là, devant la force de ce regard, non seulement il comprit pourquoi Eddie avait rompu ce vœu, mais il l'envia profondément.

Il voulait savoir ce que cela faisait d'être *aussi proche* de quelqu'un.

Eddie avait peut-être été le premier à réaliser qu'ils s'étaient trompés, cette nuit-là. Que ne s'attacher à personne en dehors d'eux trois pouvait être ce qui les *empêchait* de tirer le maximum de la vie.

Cette pensée s'évapora quand Gus annonça :

— Nous allons être au-dessus du domaine de Balmoral dans deux minutes. Quand vous le verrez, vous saurez qu'on est presque arrivés.

Sarah contemplait les montagnes du parc national des Cairngorms, de petits villages, la rivière qui serpentait, les tours et les flèches du château de Balmoral, mais ce qu'elle voyait et entendait n'était qu'une toile de fond tandis que la tension montait. Elle sursauta en percevant l'intonation crispée de Gus.

— Nous y voilà. Le sentier que nous cherchons est sur la droite. Il court le long de cette rivière qui se jette dans la Dee, et la traverse parfois.

L'équipe au grand complet se pencha pour voir au-dessous du côté droit de l'hélicoptère.

Sur les côtés de la route, au départ du sentier, on distinguait les lumières clignotantes de tous les véhicules d'urgence déjà sur place. Des voitures de police bloquaient la circulation, et Sarah aperçut deux camions de pompiers et une ambulance, ainsi qu'une jeep qui devait appartenir aux secours en montagne.

— Le type du coin affirme qu'il y a assez d'espace plat un peu plus loin pour que je vous dépose aux abords du site, déclara Gus en suivant le sentier qui pénétrait dans la ravine. Et voilà..., ajouta-t-il un instant plus tard, en faisant du sur-place. On dirait que vous avez un comité d'accueil.

Un groupe de gens en uniforme remontaient sur le sentier pour s'ôter du milieu. Quand Gus se posa, James sortit avant Sarah, et elle lui sut gré de se tourner et de lui tendre la main. Ceci était plus qu'un peu terrifiant.

— Baissez la tête, lui rappela-t-il. On y va.

Il lui serrait la main assez fort pour la rassurer, et elle n'allait sûrement pas le lâcher. Elle se courba en deux pour courir sous les rotors qui tournaient. Alex déchargeait leur matériel. Ils pourraient le récupérer quand l'hélico aurait décollé.

Sarah voulut dégager sa main quand ils rejoignirent Eddie, Jodie et les sauveteurs qui attendaient sur le sentier, mais James parut vouloir la garder encore un peu. Alors qu'elle levait les yeux en inspirant à fond, elle vit qu'il la regardait. Elle voulut détourner son regard pour qu'il ne remarque pas sa peur. Qu'allaient-ils découvrir ? Serait-elle capable d'affronter quelque chose d'aussi énorme ?

Mais il était trop tard. Apparemment, James avait tout vu.

Il ne prononça pas un mot, mais c'était inutile. Son expression disait tout.

« Vous n'êtes pas seule, Sarah... Nous pouvons le faire... »

On se serait cru dans un film catastrophe.

Haut au-dessus d'eux, au sommet d'une falaise à pic, ils pouvaient voir les poteaux qui avaient soutenu le belvédère. Leurs extrémités brisées et tordues étaient pointées en direction du vide où les gens avaient été jetés. Certaines personnes n'étaient pas tombées sur la structure en bois, solide et plate, mais sur des rochers dans le lit du torrent et à proximité.

Les premiers intervenants avaient déjà essayé d'aider, et apparemment ils étaient restés pour tenter de réconforter des survivants. Le cœur de James sombra lorsqu'il regarda du côté où la plate-forme avait atterri. Des parties de la structure s'étaient brisées, et elles étaient assez lourdes pour coincer les silhouettes immobiles que l'on voyait sur les bords. Une section était en équilibre instable sur les plus gros rochers.

— Ne vous en approchez pas, dit l'officier des pompiers responsable des opérations. Ne la touchez pas. Nous avons des hommes qui sont déjà sur le sentier, apportant le matériel dont nous avons besoin pour vous protéger, vous les médecins, pendant que vous travaillerez. Quelqu'un surveille aussi les autres débris susceptibles de tomber, comme ces poteaux et leurs blocs de béton. Si vous entendez un long coup de sifflet, reculez-vous vite, d'accord ?

James hocha la tête. Il percevait la tension autour de lui. Il entendait les cris des gens qui souffraient. Il pouvait presque sentir l'odeur du sang et de la peur. Il brûlait de se mettre au travail, mais le protocole qu'ils devaient suivre semblait préconiser la lenteur, au départ. Il sortit une liasse d'étiquettes de sa poche et vit que Jodie en avait une à la main.

— On fait le tri ?

Il acquiesça d'un signe de tête.

— Eddie et toi partirez du torrent. Sarah et moi, de la falaise.

La première étape pour gérer une catastrophe comme celle-là consistait à traverser rapidement les lieux pour définir les priorités médicales, sans donner de soins aux blessés – sauf pour s'assurer que les voies respiratoires d'une victime étaient dégagées ou pour arrêter une hémorragie.

James s'approcha d'un intervenant qui réconfortait une jeune fille d'une vingtaine d'années. Il tendit à Sarah une étiquette verte à attacher à son poignet, car elle était capable de marcher et n'était donc qu'en priorité 3.

Plus loin, ils arrivèrent près d'une personne qui gisait sur le dos, immobile. Elle ne respirait pas. James tendit une étiquette noire à Sarah. Ils n'avaient pas le temps de céder à l'émotion de voir quelqu'un d'aussi jeune ayant tragiquement perdu la vie. Ils devaient avancer.

Ils distribuèrent encore une étiquette rouge et deux étiquettes noires, puis ils atteignirent une jeune fille allongée sur le côté, les yeux ouverts. James s'accroupit près d'elle.

— Quel est votre nom, mon chou ?

— Catherine...

Ils n'avaient pas le temps de l'examiner, mais son état pouvait se détériorer à tout moment. James décida de la mettre en priorité 2.

— Étiquette jaune, Sarah. Nous allons vite revenir vous soigner, Catherine, dit-il d'un ton rassurant. Je vous le promets.

Le temps qu'ils rejoignent Eddie et Jodie au point central du désastre, où des gens étaient piégés sous la plate-forme, de plus en plus de sauveteurs arrivaient. Du coin de l'œil, James vit Eddie attacher une étiquette noire à la cheville de quelqu'un dont le haut du corps n'était pas visible.

Il put voir aussi plusieurs ambulanciers avec des packs sur le dos, des bouteilles d'oxygène et des défibrillateurs dans les mains. Deux autres arrivèrent encore. Ils étaient visiblement avides de savoir de qui ils pouvaient s'occuper en premier, et qui aurait besoin d'être hélitreuillé ou transporté sur une civière jusqu'aux ambulances.

C'était le rôle du responsable des incidents médicaux de prendre ces décisions. James entendit approcher un hélicoptère, et il savait qu'il valait mieux stabiliser et évacuer hors du site les gens catalogués rouge ou jaune. Leurs chances de survie seraient accrues s'ils étaient transportés par voie aérienne dans un service d'urgences.

En se tournant, il vit que Sarah l'observait.

— Ça va ? demanda-t-il d'une voix posée.

Elle hocha la tête. Il avait su qu'elle irait bien, mais il avait éprouvé le besoin de vérifier.

— Restez ici et travaillez avec Eddie, dit-il. Jodie et moi devons gérer les ressources que nous recevons. Jodie ?

Sarah suivit des yeux James et Jodie qui marchaient vers l'entrée du sentier, où se bousculaient tant de gens et d'équipements. Il paraissait impossible d'englober la scène dans son ensemble et de décider de ce qui devait être fait en premier lieu, des blessés à soigner en priorité. Elle était heureuse de ne pas avoir à prendre ces décisions.

Mais c'était le père d'Ivy qui était la personne capable de le faire, et c'était formidable. Même la façon dont James se tenait en avançant, les épaules en arrière, sans hésiter un instant, suffisait à inspirer confiance. Et un profond respect...

— Sarah ? demanda Eddie d'une voix trompeusement calme.

Il avait déplacé un gros morceau de bois pour arriver à quelqu'un qui se trouvait près de la plate-forme.

— Pouvez-vous me faire passer un garrot, s'il vous plaît ? J'ai une hémorragie fémorale, là, et je ne veux pas relâcher la pression.

Sarah ouvrit la fermeture Éclair de son kit, et plus tard elle se souviendrait de ce bruit comme marquant le vrai début de sa mission. Par la suite, il y eut tant de choses à faire qu'en y repensant tout se brouillait. Elle effectuait des tâches physiques, assistant des équipes de secouristes qui examinaient, soignaient et préparaient des patients pour être transportés, mais tous ses sens étaient submergés par l'énormité du désastre.

Le volume et la complexité des sons étaient extraordinaires. Des gens réclamaient de l'équipement ou des médicaments, d'autres criaient des instructions, comme les sauveteurs qui essayaient de stabiliser la plate-forme en plaçant des étais en métal. De temps à autre, on entendait le rugissement d'une tronçonneuse ou le bruit assourdissant d'un hélicoptère, et, parfois, les cris déchirants de quelqu'un qui souffrait terriblement.

Et tout cela, joint aux horribles blessures que Sarah voyait, ajoutait à cette expérience une couche d'émotion qu'elle ne pouvait pas se permettre de prendre en considération tant que tout ne serait pas fini.

Elle avait aperçu James à plusieurs reprises, mais elle ne lui avait pas parlé. Il allait d'un endroit à l'autre, vérifiant des patients et envoyant de nouvelles équipes médicales là où elles étaient requises. Il s'entretenait avec des pompiers et des sauveteurs, et à un moment donné elle le vit parler à une équipe qui entama la tâche sinistre d'emporter les corps sur des civières, sans doute vers une morgue temporaire.

Malgré le chaos, Sarah avait trouvé le temps de vérifier son taux de glucose. Il était étonnamment acceptable, en dépit du stress, mais elle s'obligea quand même à manger quelque chose.

Alors qu'elle observait toujours James, elle vit son visage se fermer en découvrant un amas de corps emmêlés. Ce moment lugubre parut s'étendre à l'ensemble des participants et le niveau de bruit baissa brusquement. Ce fut dans ce silence relatif que Sarah entendit un cri.

Un homme remit sa tronçonneuse en route pour découper une nouvelle section de la plate-forme, mais Sarah lui fit de grands gestes.

— Arrêtez ! cria-t-elle. Je crois que j'ai entendu quelque chose.

James vint vers elle.

— On m'a dit que cette zone a été vérifiée plusieurs fois, et l'on n'a pas trouvé de survivants.

— Je ne suis pas sûre, reconnut Sarah, mais c'était comme si quelqu'un appelait. De quelque part sous le milieu.

James leva les bras.

— Pouvez-vous faire silence, s'il vous plaît ? Il faut que nous puissions entendre.

Les gens cessèrent de parler. Heureusement, il n'y avait pas d'hélicoptère qui approchait.

Sarah s'agenouilla près du bord écrasé de la plate-forme et regarda dessous, dans l'étroit intervalle formé par le bois et les rochers sur lesquels il reposait. La torche de son casque éclaira l'obscurité et elle poussa une exclamation, levant la tête. James était à côté d'elle.

— Oh ! mon Dieu... Il y a quelqu'un, là, lui dit-elle. Et elle est vivante...

Elle se remit à plat ventre.

— Hé ! appela-t-elle. Je suis Sarah. Quel est votre nom ?

— Mika...

Jusqu'ici, Sarah s'était débrouillée pour garder ses émotions sous contrôle, mais trouver quelqu'un en vie alors que tout espoir avait été perdu lui mit les larmes aux yeux et sa voix s'enroua.

— Nous allons vous sortir de là, Mika, d'accord ?

— D'accord...

Sarah changea de position quand James s'approcha pour voir ce qu'elle voyait.

— Ne partez pas..., supplia Mika. Sarah ?

— Je suis là, chérie. J'ai James avec moi. Il est docteur.

— Mika ? intervint James d'une voix douce. Avez-vous des difficultés à respirer ?

— Je... je ne crois pas.

— Est-ce que vous avez mal quelque part ?

— Aux jambes... Il y a quelque chose dessus. Quelque chose de très, très lourd...

La voix de Mika se brisa en un sanglot.

— S'il vous plaît, aidez-moi... Sortez-moi de là...

Des gens s'étaient amassés derrière Sarah et James allongés par terre.

— Nous pourrions soulever cette partie de la plate-forme pour vous livrer accès tout de suite, proposa un officier des pompiers.

— Non, attendez…, dit James en se remettant sur ses pieds. Elle a probablement un poids extrêmement lourd sur ses jambes, et elle est là-dessous depuis des heures, maintenant. Si on enlève cette charge avant qu'on l'ait traitée, elle va subir les effets d'un syndrome d'écrasement. C'est-à-dire que l'élimination du poids qui a écrasé une partie importante du corps libérera des toxines pouvant provoquer un arrêt cardiaque.

Il continua à expliquer qu'ils devaient protéger Mika de ce danger en lui administrant par intraveineuse des fluides et des médicaments qui contreraient ces toxines provenant de cellules musculaires endommagées. Placer des garrots entre la partie écrasée et le reste du corps pourrait également aider, mais comment parviendraient-ils à le faire dans cet espace horriblement restreint ? Même quelqu'un d'aussi menu que Sarah aurait du mal à s'approcher assez pour toucher Mika.

Ou bien… Sarah se tortilla pour avancer de quelques centimètres. Et de quelques-uns encore. Son casque raclait contre le bois, mais elle avait assez de place pour bouger les bras. Elle tendit une main. Mika tendit la sienne et leurs doigts se touchèrent. Une seconde plus tard, Sarah tint la main de Mika et elle ne put contenir son émotion. C'était aussi fort que lorsqu'elle avait tenu Ivy qui venait de naître, ou Karly qui venait de rendre son dernier soupir.

— C'est bon, dit-elle, la voix rauque. Nous allons prendre soin de vous, Mika. Nous allons vous sortir de là…

James avait vu le haut du corps de Sarah disparaître sous le bord de la plate-forme, et la flèche de peur qu'il éprouva le prit par surprise. Elle se mettait en danger.

Il ne voulait pas que quoi que ce soit lui arrive.

Pour Ivy…

L'officier des pompiers regardait aussi la scène.

— C'est assez stable, déclara-t-il. Si vous pouvez l'atteindre pour faire ce que vous avez à faire, ce sera tout bon. Je vais mettre nos hommes en position pour soulever la plate-forme dès que vous nous donnerez le feu vert.

James se rallongea et essaya de rejoindre Sarah sous les planches, mais il se rendit vite compte qu'il n'y arriverait pas. En revanche, il pouvait parler à Sarah et lui faire passer ce qu'il lui fallait. Près de lui se tenait Eddie, en mesure de lui fournir ce qu'il demandait. Dans cet espace presque souterrain, c'était comme s'ils étaient coupés du monde extérieur, mais il pouvait y arriver, se dit-il.

Avec Sarah.

Ils pouvaient le faire.

Pendant plus d'une heure, ils s'occupèrent de prendre les constantes vitales de Mika, qui étaient assez bonnes, et de lui administrer des antalgiques, car elle souffrait beaucoup. Puis Sarah lui injecta des fluides par intraveineuse, en faisant preuve d'un calme qui impressionna James. Il fallait donner à Mika du bicarbonate de sodium, du gluconate de calcium, du salbutamol. En plus de ça, il était nécessaire de contrôler les effets de la douleur, et James demanda à Sarah de mettre des électrodes en place pour effectuer un électrocardiogramme afin de mesurer le rythme cardiaque de Mika avant, pendant et après l'enlèvement du poids. Cela lui prit du temps, mais elle y arriva et James fut content du résultat. Le rythme sinusoïdal était bon.

Mais Sarah ne put pas mettre de garrots en haut des jambes de Mika. Un morceau de bois l'en empêchait. James la rassura, disant qu'ils en poseraient dès que la jeune fille serait dégagée.

— Nous avons des gens en position pour soulever le poids à tout moment, maintenant, ajouta-t-il. Je ferai un compte à rebours.

— Sarah, j'ai peur, dit Mika d'un ton crispé. Que va-t-il se passer ?

— Ils sont presque prêts à enlever le morceau de plate-forme qui coince vos jambes. J'entends un hélicoptère qui approche, il arrive peut-être pour vous emmener à l'hôpital, mais ne craignez rien. Je ne vous laisserai pas.

— Sarah pourra rester avec vous, promit James. Elle vous accompagnera à l'hôpital.

Mika sanglotait.

— Est-ce qu'elle peut tenir ma main ?

— Bien sûr, mon chou, répondit Sarah. Serrez la mienne aussi fort que vous voulez.

La détresse de Mika se calma. Peu de temps après, James prit une grande inspiration.

— À trois, lança-t-il. Un... deux... *trois.*

La tension grimpa dès l'instant où le poids fut ôté des jambes de Mika et où des sauveteurs purent l'atteindre. Sarah resta allongée près de sa patiente, parmi les pierres et les débris, pour ne pas lâcher sa main. Des médecins vinrent s'occuper d'elle et la préparèrent à être hélitreuillée loin du site de ce terrible accident. Les moniteurs qui devaient donner l'alarme si son état se détériorait restèrent silencieux.

James relâcha le souffle qu'il avait retenu sans s'en rendre compte et regarda Sarah. Réalisait-elle que tout le travail qu'elle avait fourni avait été payant ? Qu'elle avait sans doute joué le plus grand rôle pour sauver une vie ?

Elle avait des traces de poussière, de sang et peut-être de larmes sur le visage, et elle plissait les paupières, éblouie par la lumière du jour, mais lorsqu'elle leva les yeux pour croiser son regard, il y vit l'ombre d'un sourire.

« Nous l'avons fait... »

Et au même moment, en un éclair, James se souvint de nouveau que Sarah Harrison lui avait paru assez ordinaire, au début où il l'avait connue. Qu'elle était loin de ressembler aux femmes superbes qu'il avait toujours aimé fréquenter.

Mais là, malgré l'état dans lequel elle était, il comprit à quel point il s'était trompé. Sarah n'était pas simplement spéciale, ou douée, ou impressionnante dans sa façon de prendre la vie.

Elle était absolument magnifique.

Et James eut aussi conscience d'autre chose.

Il éprouvait… du soulagement ? À l'idée que Sarah Harrison n'apprécierait jamais, et rendrait encore moins, une quelconque sorte d'attirance. Ivy était la personne qui comptait par-dessus tout dans la relation qu'il allait avoir avec elle, et la vie était déjà assez compliquée comme ça, non ? Il était père, maintenant, et il devait apprendre à jongler entre ses nouvelles responsabilités et le travail auquel il avait dédié son existence jusque-là. Il avait un frère qui n'allait pas tarder à rentrer et qui aurait besoin d'un soutien considérable dans un proche avenir. Sa vie sociale – et sexuelle – ne lui semblait pas plus importante qu'un lointain souvenir.

Les priorités avaient tellement changé que des parties majeures de son existence étaient méconnaissables.

Sarah tenait toujours la main de Mika tandis que l'équipe de secouristes mettait des attelles à la jeune fille, pour qu'elle puisse être transférée sur une civière. Une civière qui était actuellement descendue de l'hélicoptère des ambulances de l'air d'Aberdeen, probablement par Jodie. Eddie voudrait rentrer avec le dernier patient qu'il traitait, et qui devait être évacué, aussi James n'avait-il aucune raison de rester plus longtemps sur les lieux du sinistre.

Il pouvait mettre fin à une expérience dont il se souviendrait le restant de ses jours, de la même manière qu'il l'avait commencée.

Avec Sarah…

7

Le bip de son téléphone annonçant l'arrivée d'un nouveau texto devenait un son que Sarah appréciait.

Le premier message était arrivé dès qu'elle était entrée dans la maison avec Ivy, après l'avoir récupérée à la crèche de l'hôpital. La nuit tombait.

Ivy va bien ?

Très bien. Les gens de la crèche sont formidables. Ils sont restés plus tard en apprenant qu'on rentrait. Comment va Mika ?

Elle passe un scanner. Pas d'opération pour l'instant.

Tenez-moi au courant.

Un émoji « pouce levé » apparut sur son écran.

Sarah alluma le feu, porta une Ivy grognonne dans la cuisine, et parvint à se faire un toast et à préparer un biberon d'une seule main.

— Nous avons toutes les deux besoin de manger, dit-elle. Et de dormir. Je ne crois pas avoir jamais été aussi fatiguée de ma vie.

Mais elle n'aurait manqué pour rien au monde ce qu'elle avait vécu. Elle s'installa sur le canapé, souriant quand Ivy s'empara avidement de la tétine.

— Ton papa a raison, murmura-t-elle. On dirait un petit porcelet.

Elle prit une grosse bouchée de son toast au beurre de cacahuète, puis attrapa son téléphone qui bipait de nouveau.

D'après le scan, une jambe ne peut être sauvée. Peut-être les deux.

Oh ! non. Pauvre Mika.

Elle est encore en vie. Les fonctions cardiaques et rénales sont bonnes.

Je me sens mal de ne pas être restée. J'avais promis.

Elle était intubée quand vous êtes partie. Elle ne s'en est pas aperçue, je le promets.

James ajouta l'émoji d'un sourire.

Je vais bientôt rentrer. L'opération pourrait durer des heures.

Bonne idée. Vous devez être épuisé.

Il y eut un bref silence et Sarah posa le téléphone pour changer Ivy de position et mieux orienter le biberon. Le nouveau bip la surprit, car elle croyait la conversation terminée.

Vous avez été incroyable aujourd'hui, Sarah. Je suis sûr que Mika n'oubliera jamais la personne qui a été assez courageuse pour être là-dessous avec elle et qui a fait ce qu'il fallait pour lui sauver la vie.

Sarah refoula des larmes tandis qu'elle répondait.

Vous étiez là aussi, vous savez.

Je ne risque pas de l'oublier…

Cette fois, le silence fut plus long et Sarah en profita pour écouter un reportage sur la tragédie qui avait eu lieu ce jour-là dans les montagnes écossaises.

— Il y a six personnes à l'hôpital, dit le présentateur. Le

nombre de décès est monté à douze, et il peut encore augmenter. Trois des jeunes victimes sont dans un état sérieux ou critique à l'hôpital Queen's Mother d'Aberdeen.

Sarah n'avait pas remarqué de caméras sur le site du désastre, mais elle voyait pourtant des images de la foule de sauveteurs et d'un hélicoptère qui approchait. Puis elle vit que l'on soulevait une grande partie de la plate-forme... et elle se reconnut, allongée à plat ventre, tenant la main de Mika.

Bonté divine... Elle se souvenait si vivement de cet instant. Elle se rappelait avoir regardé James, et senti la vague d'émotion qui avait couronné ce qui avait été pour tous les deux une expérience d'une intensité écrasante. Elle avait su, alors, qu'au cours des dernières heures ils avaient forgé un lien qui durerait toute leur vie – même s'ils n'avaient pas déjà été liés par Ivy.

C'était un lien beaucoup plus personnel, juste entre eux deux. Un lien qui soulignait la confiance qu'elle avait déjà en James, mais il s'agissait là de quelque chose de plus que de savoir qu'il protégerait Ivy et prendrait soin d'elle. D'ailleurs, il lui semblait presque qu'elle était sous sa protection, aussi. Elle n'oublierait jamais la façon dont il l'avait regardée après avoir fait le tour de ce site horrible pour trier les blessés, et lui avait demandé si *elle* allait bien.

Oh ! au secours... Les émotions menaçaient de lui bousiller la tête. Elle fit disparaître de son écran les images qui la ramenaient sur les lieux de la catastrophe. Ivy ne tétait plus, alors elle posa le biberon et la dressa contre son épaule pour lui frotter le dos. Son rot rappela à Sarah la première fois où James avait fait ça. Son rire et ce grand sourire sur son visage.

Les larmes qui coulaient maintenant semblaient être une manifestation de joie, mais c'était un avertissement comme quoi il lui fallait se tenir à l'œil. Elle devrait sans doute vérifier son taux de glucose et manger un peu plus.

Juste à cet instant, son téléphone bipa de nouveau.

Avez-vous dîné ? Je pourrais rapporter des plats thaï ou une pizza.

Sarah envoya l'émoji de quelqu'un qui se léchait les lèvres.

Une pizza, s'il vous plaît. La calzone est ma préférée.

James avait l'impression de rentrer chez lui – dans son foyer. Pour être avec les personnes les plus importantes de sa vie.

C'était bizarre, non ?

Peu de temps auparavant, il n'avait aucune idée que Sarah Harrison existait et il n'aurait certainement jamais rêvé d'avoir un enfant à lui.

Tout cela lui parut un peu trop chargé en émotion tandis qu'il s'arrêtait dans l'allée de ce qui était la maison de sa sœur, se rappela-t-il. Pas la sienne.

Son esprit partait dans tous les sens, pour être honnête. Il en avait trop vu, trop fait et trop ressenti pendant trop d'heures, et il était complètement épuisé physiquement, moralement et émotionnellement.

Il mourait de faim, aussi, et l'arôme de la pizza cuite au feu de bois posée sur le siège passager de la voiture de sa sœur le rendait fou. Il serait facile de la réchauffer au four et cela lui faisait plaisir de pouvoir faire quelque chose pour Sarah, qui devait être aussi lessivée que lui. Fournir un repas était un geste basique pour montrer qu'on se souciait de quelqu'un, mais il était toujours le bienvenu.

Et offrir un plat favori était encore mieux.

— Apparemment, ces gars font les pizzas les plus authentiques d'Aberdeen, annonça-t-il en entrant avec les boîtes. Et j'ai pris du vin rouge. Car on ne peut manger italien sans vin rouge, n'est-ce pas ?

Sarah souriait.

— Je crois avoir entendu ça quelque part.

— Vous avez eu mon texto pour le four ?

— Oui. Il est très chaud.

— Alors réchauffons ces pizzas et cherchons des verres à vin.

Ce fut Sarah qui trouva le bon placard. Elle était sur la pointe des pieds pour attraper les verres, quand James, qui avait mis les pizzas au four, se redressa et découvrit qu'il était bien plus près d'elle qu'il ne s'y attendait. Il cogna son bras, en fait.

— Oups, pardon, dit-il. Laissez-moi prendre ces verres pour vous.

Il leva le bras, mais Sarah avait toujours le sien au milieu et il la cogna de nouveau. Alors ils essayèrent tous les deux de s'éviter, mais ils bougèrent chaque fois dans la même direction. Sarah rit et cessa de bouger. James aussi.

Et puis, pendant ce qui sembla durer un très long moment, ils se regardèrent, tout simplement. Sarah paraissait aussi fatiguée qu'il se sentait lui-même.

— Vous savez que vous avez encore de la boue sur le visage ? demanda James.

— Quoi ? Je me suis lavée !

— Cette tache-là se cachait, je suppose.

James toucha le coin de sa mâchoire, juste au-dessous de son oreille.

Il sut aussitôt qu'il n'aurait pas dû faire ça. Mais comment la peau de quelqu'un pouvait-elle dégager ainsi de l'électricité ? James n'avait jamais ressenti ça de sa vie. Apparemment, Sarah eut elle aussi conscience de cette sensation, car elle se figea. Comme si elle était choquée.

Il laissa retomber sa main, mais pas assez vite. Ou peut-être était-ce le fait qu'il regardait Sarah dans les yeux qui rendait ceci si intense, tout à coup ? Sous cette lumière, leur belle couleur noisette semblait contenir des éclats dorés. Comme des étoiles, ou des fragments de soleil. Ses lèvres étaient légèrement entrouvertes et...

Tout ce à quoi James put penser pendant quelques secondes,

ce fut de toucher ces lèvres des siennes pour voir si elles étaient aussi douces et délicieuses qu'elles en avaient l'air.

Bonté divine... Il avait besoin de se ressaisir. Il lui fallait aussi rompre ce contact visuel avant que Sarah puisse deviner ce qui trottait dans son cerveau exténué.

— Pardon, murmura-t-il de nouveau, avant d'inspirer. Bon. Les verres. Le vin. Allons nous asseoir quelques minutes près du feu jusqu'à ce que notre dîner soit assez chaud.

— Oui, allons-y, dit Sarah en se détournant.

Elle toucha son visage, ses doigts trouvant la tache qui flétrissait sa peau douce. Étonnamment, James ressentit un écho de cette espèce de décharge électrique, comme s'il touchait lui-même sa peau, de nouveau.

— Je ne pensais pas avoir laissé cette trace de terre, dit-elle en secouant la tête. Je comptais prendre une douche et me laver les cheveux une fois Ivy couchée.

Elle parlait rapidement, comme si elle avait besoin d'une diversion. Ou peut-être était-elle déterminée à ignorer le fait qu'un play-boy irresponsable et/ou un accro au sexe avait pu lui faire quelque chose qui ressemblait à des avances ?

Et c'était juste ce qu'il fallait à James pour écarter l'idée inacceptable d'être attiré physiquement par Sarah. Il ne voulait pas lui donner raison.

— Vous n'avez pas pu me montrer les photos de cette maison que vous avez vue ce matin, finalement.

— Je les ai là, sur mon téléphone.

Ils burent l'excellent vin rouge que James avait ouvert pendant qu'il regardait les photos. Puis ils mangèrent les délicieuses pizzas calzone à la pâte croustillante.

— C'est *tellement* bon, dit Sarah dans un soupir.

— Et cette maison est tellement bien. Elle n'est pas loin de là où habitent Eddie et Jodie.

— Ah oui ? Cela me plairait. Comme le fait d'habiter en ville.

Je veux dire, j'adore la campagne, mais on peut s'y sentir un peu seul, parfois, avec un bébé.

Évidemment. Surtout quand vous faisiez le deuil d'une amie aussi chère, pensa James. Et que vous regrettiez peut-être aussi la perte de votre style de vie. Pour avoir collaboré de si près avec Sarah ce jour-là, James savait qu'elle excellait dans son travail et qu'elle lui vouait une vraie passion.

— Elle n'est pas loin de l'hôpital. C'est un bon point de plus, dit-il.

Il était manifeste que Sarah parviendrait facilement à se faire une place dans son nouveau service. Se pourrait-il aussi qu'elle puisse envisager de s'installer à Aberdeen ? Non. Il allait trop vite en besogne. Et lui-même n'avait même pas un poste permanent, pour le moment. Ils devaient avancer pas à pas.

— Il y a trois chambres, dont deux avec une salle de bains... Ce serait parfait.

— C'est très cher...

Sarah fit glisser la dernière bouchée de sa pizza avec du vin.

— Mais je peux louer la chambre de Karly dans l'appartement que nous partagions. Une collègue de Leeds serait intéressée. Ce serait temporaire, parce que ensuite j'aurai besoin de la chambre pour Ivy, mais au moins je serais en mesure de contribuer au loyer de la maison pendant que je reste ici.

James secoua la tête.

— Vous ne paierez rien du tout, dit-il fermement. Cette maison sera mon chez-moi à l'avenir.

Il attendit que Sarah lève les yeux pour croiser son regard.

— Mais je veux que vous – et Ivy – vous sentiez aussi comme chez vous. Pour le moment, ajouta-t-il pour ne pas lui mettre la pression. Et quand vous viendrez en visite plus tard, peut-être, suivant ce que nous déciderons pour le long terme.

Il consulta sa montre.

— Je pense qu'il n'est pas trop tard pour appeler l'agent

immobilier. De toute façon, il faut que nous trouvions quelque chose avant le retour d'Ella et de Logan.

Il passa son appel pendant que Sarah portait leurs assiettes sales à la cuisine. Lorsqu'elle revint, il était tout content.

— La maison est vide, et nous pourrons y entrer dès que les papiers seront signés et les honoraires payés. J'ai demandé une option jusqu'à demain après-midi. L'agent sera sur place à midi et j'ai dit que je passerais en allant travailler, pour prendre une décision.

— Je serai en ville aussi, dit Sarah. J'ai un rendez-vous pour les vaccins d'Ivy à 11 heures. Pourrais-je venir avec vous ? J'adorerais voir l'intérieur.

— Bien sûr. Je ne voudrais pas prendre la maison si elle ne vous plaisait pas.

— Je pense que je l'aime déjà, déclara-t-elle.

James sentit la surcharge émotionnelle de la journée se dissiper un peu à la perspective de quelque chose de positif.

— Sarah… ?

Elle lui jeta un regard curieux.

— Oui ?

— Merci.

Se rendait-elle compte qu'il ne la remerciait pas seulement de lui avoir trouvé une maison qu'ils pourraient partager un petit moment ? Il la remerciait aussi de bien vouloir lui laisser l'opportunité de s'ajuster à son rôle de père et de redéfinir sa vie. C'était un vrai cadeau.

Sarah eut un sourire intimidé, comme si elle était embarrassée par ses remerciements.

— Je vais prendre une douche, dit-elle en se levant. Il paraît que j'en ai besoin…

L'eau brûlante rinçait toutes les traces visibles de la journée. Sarah ferma les yeux et la laissa couler sur son visage, savourant cette sensation. Mais ce n'était pas à l'eau qu'elle pensait, en réalité...

C'était au souvenir de James touchant la peau sensible sous son oreille. La vive sensation qui avait traversé son corps et s'était logée au creux de son ventre avait probablement beaucoup à voir avec le regard dont il l'avait couvée. Comme s'il voulait *l'embrasser* ?

Un regard qu'il avait sans doute lancé mille fois à des femmes au fil des années, ce qui expliquait qu'il le maîtrise aussi bien.

Il n'était pas étonnant que Karly y ait succombé. En tout cas, elle n'aurait pas hésité un instant à laisser James l'embrasser, lors de ce moment dans la cuisine. Sarah pouvait presque entendre la voix de son amie chuchoter à son oreille : « Il faut que tu vives un peu, Sass. Nous savons toutes les deux combien la vie peut être courte... »

Elle dirigea le jet de la douche sur sa poitrine. Qu'est-ce que ce serait, se demanda-t-elle, d'être un peu plus comme Karly et de saisir des instants comme celui-là ? De laisser quelqu'un – qui n'était absolument pas candidat à une relation sérieuse – l'embrasser follement ? Lui faire l'amour, même ?

Découvrirait-elle ce que les autres personnes semblaient trouver de si excitant dans le sexe, et que jusqu'à présent elle n'avait pas éprouvé ?

Oh ! Seigneur... Sarah arrêta l'eau dans l'espoir d'échapper à ce genre de pensées. Déguster de la pizza et du vin avait été une gâterie, mais c'était acceptable. Avoir un échange sexuel avec James Grisham ne le serait pas du tout. Il était le père d'Ivy et la situation était déjà assez compliquée.

Elle s'enroula dans une serviette en se rendant compte qu'elle n'avait pas pris le caleçon et le grand T-shirt qu'elle mettait pour dormir. Elle essuya ses cheveux avec une autre serviette et sortit de la salle de bains.

Une fois dans sa chambre, elle réalisa qu'elle avait laissé son téléphone en bas. Sans réfléchir, elle ouvrit sa porte, projetant de foncer au rez-de-chaussée pour le récupérer. Elle devait s'assurer qu'elle n'avait pas manqué une alerte pour son taux de glucose.

La dernière chose qu'elle s'attendait à voir, c'était James debout devant elle, une serviette autour de la taille, la peau humide. Il s'était aussi lavé les cheveux, et ils étaient plaqués sur sa tête en boucles sombres et emmêlées. Comme il ne s'était pas rasé, sa mâchoire était ombrée de barbe et... tellement *sexy*...

Elle baissa les yeux pour qu'il ne devine pas la nature de ses pensées, mais maintenant elle était face à des bras nus et musclés, et à la magnifique peau mate de son torse.

Et... il avait son téléphone à la main.

— J'ai pensé que vous pourriez en avoir besoin, dit-il.

Sapristi...

Était-ce la plus grosse erreur que James avait jamais faite ? Il voyait beaucoup trop de la peau de Sarah. Il percevait sa douce chaleur. Pire, il pouvait la *humer* et c'était le parfum le plus captivant qu'il avait jamais senti.

Il entendit un tout petit bruit. Était-ce Sarah qui avait essayé – en vain – de dire quelque chose ? Ou Ivy qui bougeait dans son couffin, dans un coin de cette grande chambre ?

Il lui traversa l'esprit que ce serait peut-être le bon moment pour Ivy de se réveiller et de réclamer de l'attention, mais cette pensée eut tôt fait de s'évaporer. Car à cet instant-là Sarah leva les yeux vers lui, et l'intense chaleur entre eux aurait suffi à faire fondre... leur bon sens, peut-être ?

James savait qu'elle percevait cette chaleur autant que lui. La façon dont ses pupilles s'étaient dilatées, rendant ses yeux noirs, indiquait qu'elle était parfaitement consciente de ce qu'il y avait de si palpable entre eux. Il se rappela ce moment dans la cuisine où il avait songé à l'embrasser et où le désir de le faire avait été plus fort que tout ce qu'il avait jamais connu. Cette surprenante intensité était-elle là à cause de ce que Sarah pensait ? Ressentait ?

Avait-elle eu envie de l'embrasser, malgré l'opinion qu'elle avait concernant ses rapports avec les femmes ? Ou à cause d'elle ?

Elle savait que ceci n'aurait pas à être important. Qu'ils étaient deux personnes fortement attirées l'une par l'autre. Deux personnes qui avaient partagé ce jour-là une expérience hors de l'ordinaire – et harassante – et étaient trop fatiguées pour s'inquiéter d'autre chose. Peut-être avaient-ils besoin de cette échappée. Ou de la joie à trouver dans cette affirmation de la vie.

Pourtant, James hésitait encore.

Jusqu'à ce qu'il voie une grosse goutte d'eau couler des cheveux mouillés de Sarah et rouler sur son front jusqu'à son sourcil. D'un geste instinctif, il leva la main et chassa la goutte de son pouce avant qu'elle ne lui tombe dans l'œil. Son regard ne quitta pas celui de Sarah et, à travers ce léger contact, il la sentit se laisser aller vers lui en fermant les paupières. Il glissa une main dans ses cheveux humides pour saisir l'arrière de son crâne et regarda ses lèvres s'entrouvrir. C'était une invitation au baiser qui était inévitable.

Néanmoins, James se retint. Il courba la tête pour poser son front sur celui de Sarah. Il laissa son nez effleurer le sien. Il aurait sans doute recommencé, sans le léger soupir de Sarah qui indiqua qu'elle se rendait.

Alors il frôla ses lèvres des siennes. Une fois... deux fois...

La troisième fois, il les maintint en place. Son corps tout entier était à l'écoute des moindres nuances de la réaction de Sarah. Des nuances qui lui indiqueraient bien mieux que des mots si ceci était quelque chose qu'elle désirait vraiment autant que lui.

Il se passa un long moment avant qu'il rompe le contact pour reprendre son souffle. Et cette fois-ci, ce fut lui qui laissa échapper un soupir de complète capitulation...

8

Il devait être vrai que la pratique permet d'atteindre la perfection. Comment, sinon, James pouvait-il être assez bon pour faire paraître quelque chose d'aussi monumental tout à fait ordinaire ?

La sonnerie de son téléphone y avait peut-être été pour quelque chose. Elle les avait surpris alors qu'ils commençaient à reprendre leur souffle après l'expérience sexuelle la plus intense que Sarah avait jamais eue dans sa vie. « Je ferais mieux de répondre, avait-il dit en posant un baiser rapide sur son front. Je leur ai demandé de me rappeler quand Mika sortirait de la salle d'op. »

Lorsqu'il revint pour s'asseoir sur le bord du lit de Sarah, il avait de nouveau sa serviette nouée autour de sa taille.

— Elle est en salle de réveil, dit-il. Son état est stable. On va la transférer en soins intensifs.

Sa voix se brisa un peu.

— Elle a perdu une jambe. Amputation au niveau du fémur. L'autre jambe devra être réopérée, avec un remplacement total du genou, mais les chirurgiens espèrent pouvoir la sauver.

Sarah sentit qu'ils étaient aspirés de nouveau dans le chaos de cette journée désastreuse. Et elle tombait de si haut, après avoir été emportée par James dans quelque chose qu'elle n'aurait jamais cru pouvoir exister, qu'elle en fut assez dévastée. Mais il accrocha et soutint son regard.

— Ça va ?

Deux tout petits mots. Ceux qu'il avait utilisés sur les lieux de la catastrophe, quand ils avaient été confrontés à la mort et au désastre. Quand il lui avait donné l'impression qu'il se souciait de ce qu'elle pouvait ressentir. Le cœur de Sarah se contracta.

— Elle est vivante, dit-elle. Et c'est un peu un miracle, alors oui… ça va.

Mais James continua à la regarder dans les yeux. Vérifiait-il qu'elle n'était pas contrariée par le changement considérable qui venait de survenir entre eux ?

Elle ne l'était pas. Elle avait pris de son plein gré le risque d'enfreindre ses propres règles, d'être un peu plus comme Karly, et elle pouvait dire que cela avait été une expérience très réussie. Tout ce qu'il fallait, maintenant, c'était être capable de gérer la suite en ne créant pas de problèmes qui puissent les empêcher de partager la garde d'Ivy.

Sarah n'avait jamais été dans une telle situation, mais son instinct lui soufflait de garder les choses légères. Afin de donner à James – ou peut-être à tous les deux – une chance de s'échapper en établissant clairement qu'il s'était agi d'une unique fois.

Elle fit une grimace et soupira.

— Quelle journée !

— Oui.

— Et vous, ça va ?

— Je ne me suis jamais senti mieux.

Il y avait quelque chose dans les yeux de James qui était définitivement un compliment, mais Sarah feignit de ne pas le remarquer.

— Vous devez être aussi fatigué que moi, dit-elle en esquissant un sourire. Nous étions déjà épuisés, et nous avons rajouté du vin et du sexe à la sauce. À quoi avons-nous pensé ? Mais… merci, ajouta-t-elle dans un murmure, en reprenant son sérieux.

James ne demanda pas de quoi elle le remerciait. Peut-être avait-il deviné que c'était de lui avoir fait l'amour comme si elle était la femme la plus belle et la plus désirable au monde ?

Comme s'il avait été comblé de sentir et de goûter son corps ? Comme si tout ce qu'elle avait osé lui faire en retour avait été plus délicieux que ce qu'il avait escompté ?

Cela n'avait pas d'importance. Elle lui avait montré qu'elle appréciait ce qu'il lui avait donné. Et elle lui avait offert une porte de sortie. Elle lui avait fait savoir qu'elle pouvait être comme Karly et ne pas donner à leur échange sexuel plus d'importance qu'il n'en avait. Que c'était une combinaison de facteurs qui avaient conduit à quelque chose qu'ils n'avaient pas prévu et qu'elle ne s'attendait pas à ce que cela se reproduise.

James sembla avoir saisi le message, car il lui sourit.

— C'est moi qui devrais vous remercier...

Puis il se pencha, prit sa tête dans sa main et pressa un baiser sur ses cheveux.

— Dormez bien...

Le lendemain, ils allèrent visiter la maison. Maureen, la conseillère immobilière, s'extasia sur Ivy et en conclut qu'ils étaient une famille. Sarah préféra ne pas la détromper.

Elle se sentait soulagée. Tout allait bien pour elle. Pour *eux*. Elle ne voulait pas que James commence à regretter ce qui s'était passé entre eux. Elle-même ne le regrettait certainement pas.

Qui eût cru que le sexe pouvait être bon *à ce point* ?

Mais elle devait se rappeler qu'elle ne partageait pas une relation romantique avec James. Même si le téléphone ne les avait pas interrompus après leur étreinte, la veille, elle ne pouvait imaginer qu'ils se seraient câlinés tendrement. Il ne s'était agi que de sexe.

Et même s'ils couchaient ensemble chaque nuit pendant aussi longtemps qu'elle serait à Aberdeen – une pensée qui fit passer un délicieux frisson dans son dos –, toute nouvelle dimension dans leur relation ne serait que temporaire.

La maison était parfaite. Il y avait même un banc et une

balançoire dans le jardin, près de magnifiques hortensias bleus. Sarah s'imagina assise sur le banc avec James, regardant une Ivy plus grande qui se balançait.

La bulle de cette scène idyllique éclata peu après, quand Maureen les dirigea vers la chambre parentale. James resta immobile tandis qu'il contemplait la belle pièce et son grand lit. Ils ne le partageraient pas, se dit-elle. Même si le sexe entre eux avait été extraordinaire. Il n'était pas le genre d'homme qui accepterait d'être confiné dans une relation monogame, ni le genre de personne avec qui elle souhaitait partager sa vie. Elle préférait les hommes fiables et prévisibles avec qui elle était sortie par le passé. Même si aucun ne l'avait transportée au septième ciel comme James l'avait fait si aisément.

Comme s'il avait deviné le cours de ses pensées, James lui lança un coup d'œil par-dessus son épaule, et elle sut qu'il avait songé à elle en regardant ce lit. Et apparemment, il était plus que prêt à renouveler l'expérience…

Oh ! Seigneur… Sarah se sentit rougir. Il faisait trop chaud, dans cette chambre. Elle en sortit et marcha jusqu'au haut de l'escalier. Soudain, son imagination lui joua des tours et elle crut voir Karly au bas des marches. Karly qui levait le pouce pour la féliciter. Et lui donner l'autorisation d'en profiter tant que cela durerait ?

« Vis un peu plus, Sass… Tu sais que tu en as envie. »

Ivy se mit à pleurer avant qu'ils quittent la maison.

— Appelez-moi ou envoyez-moi un texto dès que vous en aurez parlé ensemble et pris une décision, dit Maureen.

Ces pleurs furent ce dont Sarah avait besoin pour cesser de rêver à un avenir incluant cette maison de famille, avec sa balançoire dans le jardin, et de penser à la nuit dernière – avec la tentation de recommencer. Seuls comptaient le présent, là, et un bébé qui avait les joues bien trop rouges.

— Elle est très chaude, dit-elle en enlevant la couverture d'Ivy pendant que James remettait le siège-auto en place.

— C'est sûrement une réaction à ses vaccins. Lui avez-vous donné du paracétamol ?

— Je pensais le faire en rentrant à la maison.

— Passez en prendre à l'hôpital. Il vaut mieux la calmer avant que vous conduisiez.

— Oui, et je pourrais lui donner un biberon, également. Ça aiderait peut-être.

— Nous pourrions manger aussi, si vous voulez. La cafétéria sert d'excellents cheeseburgers.

Il se lécha les lèvres et Sarah sentit une flèche de désir la traverser.

— Je vous retrouve au parking, ajouta James. Je vais appeler Maureen pour lui dire que j'envisage de louer la maison. Qu'en pensez-vous ? Elle est parfaite, non ?

— Elle me plaît énormément.

— À moi aussi.

Oh... Quelque chose dans ses yeux suggérait qu'il songeait de nouveau à ce grand lit. Sarah en éprouva un coup dans le ventre, et se tourna en hâte pour attacher le siège-auto avant qu'il ne lise le même désir dans ses yeux à elle.

— Ce sera votre maison, lui rappela-t-elle en gardant un ton léger. C'est ce que *vous pensez* qui compte.

Au départ, James avait prévu de reprendre l'appartement d'Eddie. Il n'aurait jamais cru qu'il accepterait de louer pour six mois au moins une maison de famille dans un beau quartier d'Aberdeen.

Une maison qu'il comptait partager avec Sarah Harrison pendant aussi longtemps qu'elle demeurerait là. Combien lui restait-il à prendre sur son congé de maternité de six mois ? Deux mois s'étaient écoulés depuis la naissance d'Ivy. Ce qui faisait quatre mois.

Quatre mois, autrement dit pas mal de temps.

Il s'arrêta à un feu rouge. Il n'était jamais sorti aussi longtemps avec quelqu'un. S'il était honnête, il préférait le genre de moment qu'il avait partagé avec Karly. Beaucoup de plaisir, mais seulement pour une nuit ou deux.

Il n'aurait jamais vu Sarah comme une personne prête à avoir des relations sexuelles sans engagement.

Mais il n'aurait jamais deviné non plus qu'elle pouvait être un mélange aussi entêtant d'innocence et d'intense passion. De vulnérabilité et de détermination à donner et prendre du plaisir sans rien retenir.

Sapristi... Il lui fallait une distraction, ou il allait encore revivre dans sa tête des moments de cette nuit mémorable, comme il l'avait fait toute la matinée. Comme lorsqu'il s'était tenu sur le seuil de cette chambre et avait réalisé qu'ils pouvaient continuer à jouer le jeu, et à prétendre qu'ils étaient un couple qui partagerait le même lit, toutes les nuits...

Il se rassura. La durée de cette relation était peut-être plus longue que ce qu'il avait jamais connu, mais elle avait une date d'expiration. Sarah avait un foyer, des amis et un métier vers quoi retourner à Leeds. À un moment donné, dans un proche avenir, elle choisirait de reprendre le cours de sa vie et tout changerait de nouveau.

D'accord, il avait suggéré qu'il pourrait envisager de s'installer à Leeds pour faire partie de la vie d'Ivy, mais il faudrait des années avant qu'il soit en mesure de quitter sa famille. Mick allait bientôt rentrer, et le soutenir était la raison pour laquelle il était venu à Aberdeen.

Il appuya sur une touche de son téléphone.

— Salut, frangin, répondit Eddie. J'allais justement t'appeler. Hier a été quelque chose d'exceptionnel, hein ?

— On peut le dire.

— Comment va cette fille qui a été écrasée ? Mika ?

— Elle est en soins intensifs, et plongée dans un coma artificiel.

— Elle a eu de la chance de s'en sortir, déclara Eddie. Et c'est parce que Sarah a eu le courage de se faufiler là-dessous pour commencer à la soigner. Elle est formidable, non ?

— Oui…

Et pas seulement dans son métier. Si Eddie savait…

— Mais elle n'a pu le faire que parce que tu lui tendais ce dont elle avait besoin. Vous avez formé une bonne équipe.

— Oui.

— Je l'aime bien, dit Eddie.

— Moi aussi.

— Elle n'est pas seulement courageuse, elle est intelligente. Et pas désagréable à regarder.

James émit un bruit de bouche qui ne l'engageait pas. Il n'allait pas avouer à son frère qu'il s'était beaucoup rapproché de Sarah, à la suite de leur collaboration. Il préféra changer de sujet.

— J'ai trouvé une maison à louer dans le quartier de Ferryhill. Pas loin de chez vous, en fait. Je serai en mesure de m'y installer avant le retour d'Ella et de Logan.

— C'est super. On pourrait peut-être combiner une pendaison de crémaillère et une fête pour célébrer leur retour. Cela nous éviterait d'aller à la campagne, et ce serait plus près pour Mick. T'a-t-il dit qu'il va être transféré dans une unité indépendante, quand il rentrera de Nouvelle-Zélande ?

— Oui. Il semble aller beaucoup mieux.

— Heureusement. Je me faisais du souci pour lui. J'avais peur qu'il ne sorte pas de ce trou.

— J'ai l'impression que sa physiothérapeute y est pour beaucoup. Tu as remarqué comme il parle souvent de Riley ?

Eddie rit.

— Je lui ai demandé s'il n'avait pas droit à une thérapie un peu spéciale, en plus. Il a été offusqué que je mette en doute son professionnalisme. Je pense qu'elle lui plaît. Peut-être même qu'il est tombé fou amoureux d'elle, et qu'il est gêné d'avoir envie de nouer une relation sérieuse, comme moi. En contradiction avec notre pacte.

— J'espère presque que c'est le cas, dit James. Je donnerais tout pour le voir heureux de nouveau.

— Il paraît beaucoup plus positif, en tout cas, déclara Eddie d'un ton songeur. Il m'a annoncé qu'il avait une surprise pour nous, aussi, mais n'a pas voulu me dire ce que c'est. Tu penses qu'il pourrait ramener Riley avec lui ?

— Elle ne le connaît que depuis quelques semaines. Personne ne tombe amoureux si vite, n'est-ce pas ?

James pénétra sur le parking de l'hôpital.

— Il faut que j'y aille, mais je te rappellerai plus tard. On organisera cette fête.

— D'accord. J'espère que Sarah ne rentrera pas à Leeds avant, hein ? Ella brûle de connaître Ivy.

— Elle sera là. C'est pour cela que je loue une maison. Il y a de la place pour nous trois.

— Vous vous installez ensemble ? s'exclama Eddie, stupéfait. C'est aller vite, même pour toi, mon gars.

— Il ne s'agit pas de ça. Mais il est bon que Sarah reste à Aberdeen le temps que nous réglions les choses.

— Être dans la même maison ne semble pas te poser de problème.

— Mmm..., fit James d'une voix un peu étranglée.

Parce qu'il se rappelait cette grande chambre et la façon dont il avait regardé le lit, en s'imaginant le partager avec Sarah. Et l'expression de ses yeux noisette lorsqu'elle avait tourné la tête et croisé son regard.

Elle avait autant envie que lui qu'ils recommencent, non ?

Mais savoir s'ils *devraient* recommencer était une autre histoire.

Les choses semblaient différentes.

Ce serait peut-être pour un laps de temps limité, mais ils allaient commencer à vivre ensemble.

Ils avaient choisi cette maison. Tous les deux.

C'était presque... comme s'ils étaient un couple ?

Comme s'ils continuaient à jouer le rôle que Maureen leur avait attribué. Sauf que c'était plus que ça.

Il ne fallait pas oublier le sexe et cette proximité qui les liait depuis, même s'ils n'avaient pas recouché ensemble.

La nuit incroyable qu'ils avaient partagée ne s'était pas répétée, et Sarah se posait des questions. Était-ce parce que James était rentré vers minuit deux jours de suite, et qu'elle-même n'était pas restée debout pour ne pas donner l'impression qu'elle attendait son retour ? Qu'elle attendait que cela se reproduise, alors que pour lui il ne s'agissait que d'une fois – comme il y était habitué dans sa vie de play-boy ? Une vie que Sarah désapprouvait catégoriquement. D'accord... il y avait peut-être pensé quand il lui avait lancé ce regard sur le seuil de la chambre parentale, à la maison, mais cela ne voulait pas dire qu'il avait l'intention de recommencer. Et Sarah n'allait pas s'exposer à un refus poli – ou pire, à une humiliation – en étant la première à suggérer qu'ils le fassent.

Elle n'était même pas sûre de souhaiter que cela arrive. Pourquoi gâcher un souvenir qu'elle pourrait savourer le reste de sa vie, quand une deuxième fois serait forcément moins bien ? En plus, il y avait le risque de saper une relation qui devait être solide comme le roc entre elle et James. Pas tant pour elle que pour Ivy.

Dieu merci, elle avait été si occupée, ces deux jours, qu'il avait été étonnamment facile de ne pas trop y penser. Entre deux biberons, Sarah s'était consacrée au ménage, aux courses, au linge, car elle voulait qu'Ella et Logan retrouvent une maison impeccable, avec un garde-manger bien rempli et des draps frais sur les lits.

Elle avait beaucoup de choses à emporter dans la nouvelle maison, d'autant plus que sa collègue de Leeds lui avait envoyé des vêtements et des effets personnels. Mais comment avaient-ils pu accumuler autant d'affaires de bébé en si peu de temps ? Et cela continuait... Ce jour-là, on lui livra une poussette haut de gamme qui avait dû coûter une fortune.

— Je l'ai achetée hier matin avant d'aller au travail, expliqua James en arrivant à ce moment-là. J'ai pensé que ce serait utile pour ces promenades dont Maureen nous a parlé.

Dans la poussette, il y avait une adorable combinaison à capuche avec de la fausse fourrure et des oreilles sur la tête.

— C'est pour le vent et la pluie, dit James. Parce que, vous savez, on est en Écosse...

Le vêtement était si mignon que les yeux de Sarah s'embuèrent. Une larme roula sur sa joue.

— Hé, que se passe-t-il ?

James s'approcha pour essuyer la larme de son pouce.

— Cette combinaison ne vous plaît pas ?

— Je l'adore. Et j'adore que vous l'ayez choisie pour Ivy.

— Elle est ma fille. Je ferai toujours tout ce que je pourrai pour elle. Et pour vous... Sans vous, je n'aurais pas su qu'Ivy existait. Et n'oubliez pas que j'ai besoin de vous...

Il glissa les doigts dans ses cheveux, puis se saisit de sa tête comme la première fois où il l'avait embrassée. Mais elle sentit de la réticence dans son geste.

— Nous ne devrions pas rendre ceci encore plus compliqué que ça l'est déjà, dit-il.

Sarah se sentait couler dans un nuage de désir. Quelque chose fondait en elle, et en cet instant elle voulait plus que tout que cet homme la touche.

— Ça n'a pas besoin d'être compliqué..., murmura-t-elle. Ça peut juste être...

James la fixait, et Sarah était incapable de détourner les yeux.

— ... quelque chose d'agréable, acheva-t-elle juste avant que James l'embrasse.

— Oui, d'agréable, répéta-t-il quand il mit fin au baiser. Mais...

Elle perçut ce qui n'était pas dit. Pensait-il au pire scénario possible, à savoir qu'elle tombe follement amoureuse de lui et attende quelque chose qu'il ne pourrait jamais lui donner ?

Cela se terminerait comme un divorce plein d'aigreur, avec une bataille pour la garde de l'enfant.

— Il s'agit juste de vivre, reprit-elle. Cela ne changera rien. Ivy passera toujours en premier, pour nous deux. Je le promets...

Elle sut qu'il se fiait à sa promesse. Elle sentit cette confiance lorsqu'il l'embrassa de nouveau. La chaleur entre eux devint intolérable. Cette fois, si Ivy voulait bien dormir encore un peu, ils n'allaient reculer ni l'un, ni l'autre.

« Agréable » n'était pas exactement le terme que James aurait employé pour décrire les délices enivrants d'un moment très intime passé avec Sarah. Sans parler de la solide amitié qu'ils semblaient forger. Mais c'était un bon mot pour qualifier ce qui se passait actuellement dans sa vie.

Il était agréable de sentir qu'il contrôlait mieux ce qui lui arrivait. Il avait loué la maison pour six mois, et plus s'il restait davantage à Aberdeen. Il était agréable d'habiter près d'Eddie et de Jodie, et de pouvoir aller travailler à pied. Et ce jardin n'était peut-être pas aussi spectaculaire que celui de la grange, mais il était... très agréable. En plus de la balançoire, il comportait un barbecue et un four à bois près des portes-fenêtres qui donnaient dans la cuisine, et cela en faisait un lieu de détente idéal. En outre, grâce à une rampe métallique qui pouvait recouvrir les marches du perron, Mick était en mesure de circuler avec son fauteuil roulant.

Et justement, toute la famille Grisham était réunie pour fêter le retour d'Ella, de Logan et de Mick, et, surtout, pour qu'Ivy soit présentée aux proches de son père.

Eddie se chargeait de cuire les steaks et les saucisses sur le barbecue. James s'apprêtait à réchauffer les pizzas dans le four à bois. Ella avait enfin accepté de cesser de cajoler sa nièce, qu'elle avait tout de suite adorée, pour la donner à Mick. Jodie et Sarah discutaient avec plaisir. Logan s'occupait de garder les verres pleins et de régler la musique d'ambiance. Il y avait des rires, de bonnes odeurs et la chaleur d'être en famille. Et c'était si agréable que James en avait une boule dans la gorge.

Parce qu'il y avait eu si peu de choses à célébrer pour les Grisham, ces derniers temps. Le pire avait été cette période horrible où Mick avait été si déprimé qu'il ne mangeait plus et faisait semblant de dormir pour ne pas leur parler. Mais Ella et Logan n'auraient pas pu avoir de meilleure idée que de l'emmener dans ce centre de rééducation en Nouvelle-Zélande. Il semblait tellement plus heureux, à présent. Et en meilleure santé. Il était si positif qu'il parlait de prendre des leçons de conduite et de s'acheter une voiture adaptée. Quant à la surprise qu'il avait voulu leur faire, c'était qu'il pouvait bouger les pieds et avait de nouveau des sensations dans les jambes.

— On m'a averti que ce ne sera peut-être pas suffisant pour que je remarche, dit-il, mais mes kinés n'ont aucune idée de ce que je compte entreprendre pour y arriver. Un jour – bientôt, j'espère – j'ai l'intention de retourner en Nouvelle-Zélande sur mes deux pieds pour montrer à Riley où j'en serai arrivé. Et combien elle peut être fière du travail qu'elle fait.

James et Eddie échangèrent un coup d'œil. Mick parlait souvent de Riley.

— Je vais commencer à chercher un appartement, aussi. Il est temps que je sorte de rééducation. Et je me mets à la natation. C'est Riley qui m'y a initié. Elle m'a même fait nager dans l'océan, avant mon départ. Je n'aurais jamais cru sentir de nouveau des vagues sur ma peau.

James ravala la boule qu'il avait dans la gorge.

— Si tu rendais ma fille à sa maman, pour qu'elle puisse la mettre au lit ? Le repas est prêt…

« Sa maman »... Apparemment, James la voyait vraiment comme la mère d'Ivy, se dit Sarah, et cela rendait le lien entre eux encore plus réel. Plus fort.

En même temps, cela l'amenait à faire partie de cette famille étonnante. Elle savait déjà qu'une véritable amitié serait facile avec Eddie et Jodie, mais elle trouvait également Ella irrésistible.

« J'adore les bébés, avait déclaré cette dernière à Sarah un peu plus tôt. Je ne voulais pas d'enfants à moi, après avoir élevé le "trio terrible", mais maintenant que j'ai pu faire un câlin à la petite Ivy... »

Elle avait levé les yeux vers son mari.

« On ne sait jamais, n'est-ce pas ? Même à mon âge. »

Mick était réticent à rendre Ivy à Sarah.

— Je crois qu'elle m'aime bien, dit-il avec un grand sourire. Et être un oncle me plaît. J'ai besoin de m'exercer.

Oh ! ces frères Grisham savaient certainement comment charmer les femmes. Même Ivy souriait tandis qu'elle s'endormait, en confiance dans les bras de Mick.

Être dans la même pièce que les triplés faisait une drôle d'impression. Ils n'étaient pas identiques, mais ils se ressemblaient assez et étaient tous les trois extrêmement séduisants, avec leur haute taille, leur carrure, leurs cheveux et leurs yeux sombres.

Ivy remua et fit un petit bruit.

— Je devrais la mettre dans son couffin, dit Sarah. Sinon, elle risquerait de devenir grognonne et de vous dégoûter d'être un oncle.

— Pouvez-vous me passer mon téléphone ? demanda Mick. Je l'ai laissé sur la table, là-bas.

Lorsque Sarah lui tendit l'appareil, elle dut toucher un bouton car le fond d'écran s'alluma. Il montrait Mick en compagnie d'une jolie femme aux abondants cheveux blonds et au sourire éclatant. Elle inclinait sa tête vers lui au point de le toucher. Sarah prit sa lèvre inférieure entre ses dents.

— C'est Riley ?

Il n'eut pas besoin de dire quoi que ce soit. Elle lut la réponse dans ses yeux et comprit combien il était amoureux de cette femme qui vivait aux antipodes. Son instinct lui souffla aussi qu'elle devait être la seule personne à le savoir, et que Mick préférait sans doute que cela reste un secret entre eux. Elle monta Ivy à l'étage en se demandant si Riley avait pu laisser quelque chose de personnel se développer entre elle et son patient, et si l'amour de Mick n'était pas sans espoir.

Lorsque Sarah redescendit, James et Eddie avaient servi la viande et les pizzas. La table de la salle à manger était couverte de plats, de pain frais et de salades.

Elle se mit à observer en silence les interactions entre les membres de cette famille. Il y avait plein de plaisanteries, d'éclats de rire, et la façon dont ils se regardaient les uns les autres ou se touchaient rendait évident le lien indestructible qui les unissait. C'était particulièrement fort entre les triplés.

Il y avait tant d'amour dans cette pièce.

C'était la famille d'Ivy. Et Sarah y était accueillie avec bienveillance, comme la maman d'Ivy.

C'était tellement plus que d'être simplement un coparent avec James. Ou même la moitié d'un couple. C'était le genre d'amour qu'elle avait rêvé de trouver, autrefois, et il lui remplissait le cœur au point qu'elle ne pouvait respirer. Son regard se porta sur James, qui était en grande conversation avec Mick, et elle sentit son corps tout entier s'adoucir.

Elle percevait toujours cet amour autour d'elle, mais soudain il lui sembla se focaliser sur James. Sarah en éprouva une sensation si vive qu'elle menaça de lui fendre le cœur en deux.

Oh… *Seigneur…*

Elle qui prétendait pouvoir être comme Karly et avoir des relations sexuelles décontractées avec un superbe play-boy avant de s'éloigner, indemne, pour poursuivre sa propre vie ! Elle était en grand danger de tomber amoureuse de James Grisham, non ?

Elle réussit à détacher son regard de lui et se dirigea vers l'escalier, comme si elle avait entendu pleurer Ivy.

Elle était capable de contrôler cela. L'étouffer dans l'œuf avant que ça n'aille plus loin, parce que pour l'instant elle était juste consciente de la *possibilité* de tomber amoureuse. Elle pouvait encore reculer et s'éloigner du bord. Si James ne savait rien, rien n'avait besoin de changer.

Et elle ne voulait pas que quoi que ce soit change.

Parce qu'elle n'avait pas envie de perdre cette vie qu'elle avait entrevue, et qui était tout ce qu'elle souhaitait. C'était la famille qui leur avait tant manqué, à Karly et à elle, et qu'elles avaient essayé de créer l'une pour l'autre.

Elle se tourna et promena son regard sur le groupe de personnes rassemblées ce soir-là dans cette pièce.

C'était là qu'Ivy avait sa place. Avec son père et le reste de sa famille, qui l'aimait déjà.

Un constat la frappa alors avec force : en aucune manière, elle ne pourrait justifier de ramener le bébé à Leeds.

Mais en aucune manière non plus, elle ne pourrait rester là – sauf si elle parvenait à garder le secret le plus absolu sur ce qu'elle éprouvait pour James.

Et à ne pas faire un pas de plus vers ce bord.

10

Une semaine plus tard, Sarah était sûre d'y arriver.

Il avait juste fallu qu'elle reconnaisse ce dont elle avait besoin pour son bien-être, qu'elle mette des plans en action et des barrières en place.

Les routines avaient toujours fait partie de sa vie. Leur caractère prévisible représentait pour elle un filet de sécurité et lui permettait de se sentir aux commandes, malgré les mauvais coups que la vie pouvait réserver. Comme devoir changer de maison, réaliser qu'elle ne retournerait peut-être jamais là où elle avait grandi et presque tomber amoureuse de quelqu'un qui lui avait dit qu'il avait fait le vœu de ne jamais se marier – ou se laisser prendre dans une relation durable.

Ces derniers mois, elle avait eu à affronter les plus grands défis qu'elle avait jamais rencontrés. En regardant en arrière, elle pouvait voir qu'elle avait appris à s'adapter et que cela lui avait donné une nouvelle assurance. Une assurance dont elle avait eu besoin depuis qu'elle avait reconnu qu'elle risquait d'avoir le cœur brisé en se laissant tomber amoureuse de James Grisham.

Depuis, de nouvelles routines avaient émergé et elle en était très satisfaite. Le matin de bonne heure, elle aimait donner le biberon à Ivy dans la cuisine qui était exposée au soleil levant. Elle y prenait aussi son petit déjeuner favori, un toast au beurre de cacahuète et un mug de thé. Plus tard dans la matinée, elle mettait Ivy dans sa poussette et allait marcher dans le parc ou le long de la rivière. Les magasins n'étaient pas loin, à pied, et elle y achetait des légumes frais et des denrées pour le dîner.

Elle vivait dans ce qui était un endroit parfait pour élever un enfant. Dans une maison parfaite. Qui plus était, elle habitait avec un homme qui semblait heureux de rendre ses nuits aussi parfaites que le reste.

Et bien sûr, elle savait que cette vie-là ne durerait pas toujours, mais qu'il fallait justement en profiter au maximum tant que c'était le cas.

L'idée qu'elle ne pouvait pas emmener Ivy loin de sa famille biologique n'avait pas changé. Au contraire, elle s'était suffisamment incrustée pour que Sarah aborde le sujet avec James un soir au dîner.

— Y a-t-il une chance que votre poste de remplaçant devienne permanent ? demanda-t-elle.

Il lui jeta un regard surpris.

— Mon chef de service m'a posé la même question ce matin. Apparemment, la personne que je remplace ne reviendra pas.

— Et vous voudrez rester ici si vous le pouvez, afin de soutenir Mick ?

James posa sa fourchette.

— J'aimerais rester le plus près possible, bien sûr. Mais je ne veux pas être trop loin d'Ivy non plus.

— Je sais…

Sarah prit une grande inspiration.

— C'est pourquoi je songe à m'installer ici. À Aberdeen. Je n'ai pas envie qu'Ivy soit privée d'une famille comme la vôtre. C'est une chose que je n'ai jamais eue, et j'ai toujours su qu'il manquait quelque chose d'énorme à ma vie.

James la regardait fixement.

— Vous feriez ça ? Mais vos amis ? Votre travail ?

— Cameron Brown n'a-t-il pas dit que je pourrais toujours postuler dans votre hôpital si je le désirais ?

— Si, mais... vous commenceriez une toute nouvelle vie, ici, et ce n'est pas rien. Vous l'envisagez vraiment ?

Sarah sentit ses lèvres s'incurver légèrement.

— J'ai commencé une toute nouvelle vie quand Karly m'a dit qu'elle était enceinte. Et ce n'est pas comme si je m'installais quelque part où je ne connaîtrais personne. Je me fais déjà de nouvelles amies : Jodie, Ella...

Elle vit qu'il avait du mal à se faire à sa suggestion. Comme si quelque chose le perturbait. Oh ! bien sûr !

— Je trouverais un endroit où habiter, assura-t-elle. Je ne m'attendrais pas à continuer à vivre avec vous.

Elle eut un petit rire.

— Cela porterait un coup à votre image et à votre style de vie, non ? Vous ne pourriez jamais ramener une petite amie à la maison.

Elle prit son assiette pour la rapporter à la cuisine. Elle n'avait plus faim non plus.

— Nous devons avoir chacun notre vie. Mais Ivy pourra grandir en sachant combien elle est importante pour nous deux. Pour nous tous. Lui donner une famille qui la protégera et l'élèvera est...

Sarah dut déglutir.

— C'est beaucoup plus que ce que je pourrais lui donner toute seule, alors c'est simple. C'est la chose à faire.

Elle s'était levée et James l'imita. Il semblait lui aussi avoir une boule dans la gorge. Sans rien dire, il prit l'assiette des mains de Sarah et la reposa sur la table. Puis il l'entoura de ses bras et l'étreignit. Si fort qu'elle avait du mal à respirer, mais ça lui était égal.

Parce que ce geste lui indiquait quel cadeau elle lui ferait, ainsi qu'à sa famille.

Et... cela ressemblait à de l'amour.

Ce jour-là, Ivy n'avait pas dormi comme d'habitude et elle paraissait un peu pâle.

— Qu'y a-t-il, bout de chou ? demanda Sarah alors qu'elles profitaient au salon du soleil de fin d'après-midi.

Le biberon de lait était encore à moitié plein, mais Ivy semblait prête à s'endormir.

— Tu es fatiguée parce que tu n'as pas fait ta sieste ? Je vais te mettre au lit, on verra si ça va mieux.

Sarah posa un baiser sur les doux cheveux de bébé.

Ivy se laissa faire, puis Sarah redescendit au rez-de-chaussée, se tournant pour regarder par la baie vitrée du salon le devant de la maison. Elle aimait voir l'allée de briques et la rue avec ses beaux arbres verts. Parfois, elle se tenait là avec Ivy dans les bras, guettant James qui allait rentrer à moto. Lorsqu'il arrivait, elle l'observait pendant qu'il ôtait son casque et ouvrait son blouson de cuir, laissant les délicieuses vrilles d'une attirance physique qui ne diminuait pas parcourir tout son corps.

De son poste, elle vit arriver James plus tôt que prévu. Et en taxi, ce qui était encore plus bizarre. Elle se rappela le jour où elle l'avait rencontré, mais cette fois-ci il ne marcha pas vers elle. Tourné vers la voiture, il attendait visiblement que quelqu'un en sorte.

Sarah ne put s'empêcher de penser à Janine, avec ses longs cheveux blonds et sa moue boudeuse. Était-elle dans ce taxi ? Allait-elle être invitée dans *cette maison* ?

Ce fut bien une femme qui sortit. Et elle était blonde, mais ce n'était pas Janine. Stupéfaite, Sarah reconnut Riley, la superbe thérapeute de Mick.

Cela aurait dû être un soulagement. Un moment joyeux, même, car Riley était forcément là pour voir Mick – et elle n'aurait sûrement pas parcouru la moitié du globe s'il ne lui avait pas manqué.

James souriait comme s'il savait qu'il était en train de faire le bonheur de son frère, mais Sarah ne pouvait penser qu'à une chose : ce qu'elle avait ressenti quand elle s'était attendue à voir Janine.

Elle avait eu l'impression que son monde allait s'écrouler. Que son cœur allait se briser en un million de morceaux.

Avait-elle vraiment cru qu'elle n'était pas tombée complètement amoureuse de James ? Qu'elle pouvait même plaisanter avec lui de ses futures petites amies ?

Elle n'aurait pas pu se tromper davantage.

Enfin, pas sur les petites amies. Bien sûr qu'il reviendrait à son style de vie habituel. Et si elle continuait à faire partie de sa vie, le voir avec d'autres femmes ferait aussi partie de son avenir. Ce serait peut-être un vrai défilé, et alors les moments intimes qu'il avait passés avec elle ne seraient plus qu'un souvenir plaisant, mais lointain. À moins qu'il lui propose occasionnellement de coucher avec elle, mais elle ne pourrait pas le faire.

Parce qu'elle avait eu tort de penser qu'elle était seulement *en danger* de tomber amoureuse de James. C'était déjà arrivé lorsqu'elle avait eu cette pensée, n'est-ce pas ? Mais la réalité avait été enfouie sous la révélation stupéfiante qu'avait été le sexe avec lui. Il avait été si bon qu'il lui fasse l'amour...

Oh ! au secours... Si elle ne pouvait pas avoir James dans sa vie, mais ne pouvait pas vivre non plus en séparant Ivy de sa famille, que lui restait-il ? Rentrer seule à Leeds ?

Non... C'était impensable.

Sarah se détourna de la fenêtre avant que Riley ne franchisse le portail. James la suivait avec une grosse valise. Elle regretta soudain d'avoir couché Ivy, parce qu'elle aurait eu vraiment besoin d'un câlin.

Elle avait des ennuis. De gros ennuis...

— Voici Riley, Sarah, annonça James en posant la valise dans l'entrée. Elle était la kiné de Mick en Nouvelle-Zélande. Je suis sûr que vous l'avez entendu parler d'elle. Riley, voici Sarah, la maman d'Ivy.

— J'ai vu votre photo sur le téléphone de Mick, dit Sarah. Je suis si heureuse de vous rencontrer, Riley !

Elle souriait, mais James sentit que quelque chose n'allait pas.

— Désolé de ne pas vous avoir prévenue, s'excusa-t-il, mais j'ai été bousculé. Je n'avais aucune idée moi-même que Riley arrivait.

— Je n'ai parlé qu'à Ella, reconnut Riley, parce que je l'avais rencontrée en Nouvelle-Zélande. Il fallait que j'essaie de voir ce que penserait Mick si je débarquais.

— J'aurais pu vous le dire, déclara Sarah avec un sourire toujours étrangement forcé. Il va être si heureux !

Riley souriait aussi.

— C'est ce qu'Ella m'a assuré, mais... j'étais si nerveuse de prendre un risque aussi grand. J'ai fini par me dire : « Et puis après ? » Ça pourrait se terminer par un désastre ou je pourrais trouver l'amour de ma vie, mais il fallait que je vienne.

Elle fit une petite grimace.

— Quand je suis arrivée, Ella n'était pas là pour m'attendre à l'aéroport, mais on m'a appelée pour que je me rende de toute urgence au bureau d'information.

— Ella a eu un malaise vagal et s'est évanouie, expliqua James. Le médecin de l'aéroport l'a examinée, mais Logan a insisté pour qu'elle aille aux urgences.

Sarah avait pâli.

— Oh ! mon Dieu... Est-ce qu'elle va bien ?

James hocha la tête.

— Mieux que bien. Il se trouve qu'elle est tombée enceinte pendant sa lune de miel.

Il adressa un grand sourire à Sarah.

— Notre bout de chou va avoir un cousin ou une cousine, n'est-ce pas super ? Logan est encore avec Ella, et elle va passer une échographie. Ils s'arrêteront en rentrant.

— Je ferais bien de brancher la bouilloire.

— Eddie et Jodie vont amener Mick ici, également.

James observait avec attention le visage de Sarah, et son expression lui rappela la première fois où il l'avait vue. Elle était figée. Apeurée ? *Perdue ?*

Il avait besoin de la toucher. D'essayer de lui dire qu'elle n'avait à s'inquiéter de rien, parce qu'il était là. Il s'approcha assez d'elle pour que leurs bras se touchent.

— Désolé. C'est une histoire de triplés. Si quelque chose arrive à l'un d'entre nous, que ce soit bon ou mauvais, cela arrive aux deux autres. Et aujourd'hui est définitivement un bon jour à célébrer.

James eut l'impression que Sarah s'écartait de lui.

— Ce n'est pas un problème, dit-elle.

Elle évitait de croiser son regard. Pour une raison quelconque, l'arrivée de Riley semblait l'avoir secouée, et il ne voyait absolument pas pourquoi. Ou peut-être était-ce l'idée de sa famille débarquant au grand complet qui l'inquiétait ? En tout cas, il avait conscience que quelque chose avait changé. Quelque chose d'important.

Il ne sut pas quoi jusqu'à une heure plus tard. Ella et Logan étaient arrivés les premiers, rayonnants. Ils avaient mis un plan au point pour les retrouvailles entre Mick et Riley. La jeune femme s'assiérait dans l'embrasure de la fenêtre du salon, et Eddie et Jodie amèneraient Mick, le laissant seul avec elle. Tout se passa comme prévu. Et quand, peu après, Mick fit rouler son fauteuil jusqu'à la cuisine avec Riley sur ses genoux, il fut évident que c'était une histoire qui se finissait bien. James constata alors que les regards échangés entre eux, comme entre Ella et Logan, et même entre Eddie et Jodie, étaient des regards d'amour.

Le genre d'amour passionné qu'il ne connaîtrait jamais, mais qu'il souhaitait aux personnes qu'il aimait. Et c'était contagieux. Il eut un sourire ému et voulut partager son bonheur avec Sarah. Il la chercha des yeux... et alors cela le frappa avec force.

Sarah le regardait de la même façon que sa sœur et ses frères regardaient leur partenaire. Avec un amour qui dépassait de si loin l'amitié que son monde en fut déséquilibré.

Cela le prit de court, car ce n'était pas censé arriver. Sarah avait promis que devenir aussi proches qu'ils l'étaient ne changerait rien. Que céder à leur attirance mutuelle ne serait pas un problème, parce que ce n'était pas très important. Elle savait qu'il ne nouait pas de relations durables. Elle savait que ce n'était que temporaire.

Mais manifestement cela avait déjà duré trop longtemps et il fallait que ça s'arrête avant d'aller plus loin. Avant que Sarah ne soit sérieusement blessée. Ou Ivy...

Il était dur d'être dans ce groupe de gens qui étaient tous *si heureux*. Mais ce fut encore pire lorsqu'ils quittèrent les lieux de bonne heure parce que chaque couple voulait se retrouver en tête à tête.

Sarah resta donc seule avec James quand Eddie et Jodie furent partis – après avoir mis une valise et un fauteuil roulant dans leur voiture, car ils emmenaient Riley dans le service de Mick.

Un silence à couper au couteau emplit soudain l'entrée de la maison. D'une certaine manière, James savait que jouer les familles heureuses était fini pour eux, tout comme Sarah le savait, n'est-ce pas ? Il fallait juste que quelqu'un dise quelque chose, et Sarah eut le courage de le faire. Dans l'intérêt d'Ivy.

— Je ne peux plus vivre avec vous, James, déclara-t-elle d'un ton posé.

— Je sais.

La voix enrouée de James indiqua à Sarah qu'il avait compris pourquoi, et c'était à briser le cœur, parce qu'il n'essaierait pas de la retenir. Plus longtemps ils habiteraient dans la même maison, plus ce serait un problème, et ce ne serait juste pour aucun d'eux. Y compris Ivy. Surtout Ivy...

— Où comptez-vous aller ?

— Je ne sais pas, répondit Sarah sans pouvoir croiser son regard.

— Vous n'avez pas besoin de déménager tout de suite. Je pourrais rester dans l'ancien appartement d'Eddie et vous laisser le temps de trouver quelque chose.

— Je devrais probablement rentrer à Leeds, se força-t-elle à dire. J'ai des choses à régler là-bas afin de pouvoir prendre de nouvelles décisions. Comme pour mon appartement.

Et son travail.

Et le reste de sa vie ?

James hocha la tête, mais ne dit rien. Le silence tomba de nouveau. Un silence qui fut soudain rompu par un cri horrible venant d'en haut. Un cri qu'Ivy n'avait encore jamais poussé dans sa vie.

C'était un cri de douleur. Si aigu et si poignant qu'il déchira Sarah. Elle vit son propre choc reflété dans les yeux de James juste avant qu'ils ne montent l'escalier en trombe.

Ivy criait toujours lorsqu'ils entrèrent dans sa chambre.

— Elle a mal au ventre, déclara James comme s'il était face à un petit patient. Regardez comment elle relève ses jambes. Et elle est très pâle.

Sarah prit Ivy pour la réconforter. Elle la tint contre elle, faisant des bruits apaisants et la berçant doucement, comme pour absorber sa douleur. Et peut-être que cela marcha, car les cris cessèrent.

— Vous disiez qu'elle n'était pas bien, aujourd'hui ?

— Oui. Et elle n'avait pas très faim.

Elle pressa sa joue contre celle d'Ivy.

— Je ne pense pas qu'elle ait de la fièvre. Est-ce des coliques ?

— Je ne sais pas. Pouvez-vous la recoucher une minute ? J'aimerais examiner son ventre et sa couche.

Ivy cria de nouveau lorsqu'il lui palpa le ventre. Ce fut Sarah qui découvrit le sang dans sa couche, et elle réalisa alors qu'ils étaient en plein cauchemar. Un cauchemar qui ne faisait que commencer. Elle avait envie de prendre Ivy dans ses bras et de partir en courant. Pour la mettre en sécurité quelque part, d'une manière ou d'une autre... La panique s'empara d'elle jusqu'à ce que James pose une main sur son bras, attendant de pouvoir croiser son regard.

— Ça va aller, Sarah, dit-il doucement. Nous allons emmener Ivy à l'hôpital.

Il était tellement plus facile d'avoir la possibilité de s'abriter derrière une façade professionnelle pour gérer le cauchemar de tout parent. C'était la seule façon dont James pouvait se comporter sans s'effondrer.

Sarah était complètement focalisée sur Ivy. Elle la tenait chaque fois qu'on le lui permettait. Elle restait collée au côté du lit, caressant la tête du bébé et lui parlant à d'autres moments, comme lorsqu'on lui fit une prise de sang et qu'on lui injecta des antibiotiques. Quand on dut lui faire une radio, elle resta là, portant un tablier de plomb.

James se focalisait aussi intensément sur l'aspect médical de ce qui se passait, sur ce qui était fait et dit autour de lui.

Le rythme cardiaque et le rythme respiratoire d'Ivy étaient normaux, comme le nombre de globules blancs et le taux de protéines réactives. Il n'y avait pas de signe d'infection.

— Les poumons vont bien, sur cette radio, mais regardez cette prise de vue abdominale... On dirait qu'il y a une masse de tissus mous dans la fosse iliaque de droite.

Ce qui n'allait pas, mais James s'en était douté.

— Faisons une échographie et appelons un chirurgien pédiatrique. Contactez la radiologie, aussi. Cela ressemble beaucoup plus à une invagination qu'à une gastro.

L'échographie confirma le diagnostic d'une obstruction provoquée par le repli d'une partie des intestins d'Ivy sur eux-mêmes.

— Nous allons procéder à trois essais de trois minutes chacun pour réduire l'invagination par insufflement d'air sous fluoroscopie, leur dit le radiologue. Je dois vous prévenir que, chez un enfant sur cent, ce procédé peut causer ou révéler une perforation de l'intestin. Dans ce cas, il faudra opérer. Je vais vous faire signer les formulaires de consentement.

Sarah tenait Ivy, qui heureusement était endormie grâce aux antalgiques qu'on lui avait administrés. La jeune femme était si pâle que James espéra qu'elle surveillait bien son taux de glucose. Mais apparemment, elle n'était pas en danger d'hypoglycémie. Elle était surtout hyper concentrée.

— Puis-je rester avec elle ? demanda-t-elle.

— C'est moi qui vais rester, dit rapidement James, parce qu'il savait que sa requête serait rejetée. Mais vous n'aurez pas à attendre seule.

Il fit un signe de tête et Sarah, en se tournant, vit Mick qui approchait dans son fauteuil roulant avec Eddie à côté de lui.

Elle battit des cils.

— Comment ont-ils su... ?

James haussa les épaules.

— Cela arrive souvent. Eddie a envoyé un texto pour demander si tout allait bien alors qu'Ivy était à l'échographie. J'ai dû lui dire ce qui se passait.

Et maintenant ses frères étaient là pour le soutenir. Ils pouvaient le faire en tenant compagnie à Sarah pendant qu'elle attendait. Il tendit les bras pour prendre Ivy, mais évita de croiser le regard de Sarah pour ne pas voir sa peur.

— Je vais l'emmener, dit-il.

La petite fille s'éveilla quand on la bougea et se remit à crier, mais James ne fléchit pas. Il tourna les talons et s'éloigna.

Sarah pouvait encore entendre les cris d'Ivy alors qu'elle était hors de portée de voix, dans une confortable pièce destinée aux familles, avec Mick et Eddie.

Elle était bien trop proche des larmes. Peut-être que faire diversion aiderait ?

— Riley est-elle victime du décalage horaire ? demanda-t-elle.

— Pour ça oui, répondit Mick. Je lui ai fait une tasse de thé, et le temps que je la lui apporte, elle dormait profondément sur le canapé. Je lui ai juste mis une couverture dessus quand Eddie est venu me chercher. Jodie a proposé de rester pour qu'on ne soit pas obligés de la réveiller.

— Je ne comprends toujours pas comment vous avez su que quelque chose n'allait pas.

— C'est comme ça, répondit Mick. Cela arrive souvent chez les jumeaux ou les triplés, je pense.

Sarah se mordit la lèvre. La distraction n'aidait pas.

— Ça va aller, déclara Eddie. Ces médecins font ce genre de choses tout le temps, et ils sont bons. Jimmy ne laissera pas quoi que ce soit arriver à Ivy.

Les larmes furent plus proches encore quand Sarah se rappela le dos rigide de James lorsqu'il s'était éloigné avec Ivy.

— Il est parti comme ça, murmura-t-elle. Avec Ivy dans les bras, sans regarder en arrière.

Eddie et Mick échangèrent un coup d'œil. Eddie secoua la tête et Mick bougea son fauteuil pour être à côté de Sarah. Assez près pour poser une main sur son bras.

— James est comme ça, dit-il. Parfois, pour se défendre ou se protéger, il érige un mur et se cache derrière. Ce n'est pas à cause de quelque chose que vous avez fait.

Mais Sarah ne put accepter ce réconfort. James ne l'avait même pas regardée lorsqu'il avait ôté Ivy de ses bras. Elle avait du mal à respirer tant sa poitrine était contractée, et elle sentait ses yeux devenir humides.

— Je lui ai dit hier soir que je ne pouvais plus vivre avec lui, avoua-t-elle. Je pense qu'il savait déjà pourquoi.

Eddie s'accroupit devant elle.

— De quoi parlez-vous ? Qu'est-ce qu'il savait ?

— Que j'ai enfreint les règles…, répondit-elle sans pouvoir retenir ses larmes. Je suis tombée amoureuse de lui.

Ce fut Mick qui attrapa la boîte de mouchoirs sur la table et lui en tendit une poignée. Eddie, lui, lui frotta le dos.

— Ce n'est pas qu'il ne tient pas à vous, déclara-t-il. C'est probablement parce qu'il y tient trop.

Sarah leva les yeux.

— Que voulez-vous dire ?

Mick lui répondit.

— Je ne sais pas s'il vous l'a raconté, mais nous avons perdu notre mère d'un cancer quand nous étions encore au lycée. Ella était partie en fac, à l'époque, et même si elle revenait aussi souvent que possible, elle n'était pas toujours là. Jimmy a été le plus frappé de nous tous, en partie parce qu'il a toujours été le plus sensible. Il a dû essayer de nous faire aller mieux. Peu importait à quel point il se sentait mal lui-même.

Eddie hocha la tête.

— Perdre maman – et papa peu de temps après – a été dévastateur pour lui. C'est alors qu'il a commencé à ériger ce mur. Et il s'en est beaucoup servi, en particulier quand on a commencé à sortir avec des filles. Il s'assurait toujours de ne pas trop se laisser emporter. Il nous avait. Nous l'avions. Nous n'avions besoin de personne d'autre.

— Jusqu'à ce que ça arrive, dit Mick d'un ton sombre. Il y a eu Juliana et j'ai déclaré que je n'essaierais plus jamais de me marier.

— Et nous avons conclu ce pacte idiot, déclara Eddie en secouant la tête. Tout ce que je peux dire, c'est que je suis très heureux de l'avoir rompu.

— Je suppose que vous savez tous que je l'ai rompu aussi, maintenant.

Mick toucha de nouveau le bras de Sarah.

— Et je pense que James sait ce qu'il a eu la chance de trouver. Il lui faudra peut-être juste un peu de temps pour sortir de derrière ce maudit mur.

— Nous vous avons vus ensemble, ajouta Eddie. Vous, James et Ivy. Vous êtes déjà une famille…

Dieu merci, ses frères étaient là pour tenir compagnie à Sarah.

James avait senti cette distance augmenter avec chaque pas qui l'éloignait davantage de Sarah, alors qu'il avait Ivy dans les bras. Il savait combien l'attente serait dure pour elle, étant donné qu'elle n'avait aucune idée de ce qui se passait vraiment ou du temps que cela prendrait.

Mais il n'était pas facile non plus d'être dans cette salle. Loin de là.

On l'avait laissé entrer parce qu'il était médecin dans cet hôpital et parce que la patiente était sa fille, mais cela aurait peut-être été une bonne raison de le faire rester dehors ?

Il en savait trop…

Il se tenait sur le côté, essayant de se concentrer sur ce que tout le monde pouvait voir sur les écrans de la fluoroscopie, tandis que la pression de l'air était progressivement augmentée. Mais tout était flou et ses pensées partaient dans tous les sens.

Si le radiologue avait dit vrai et qu'il y avait déjà une perforation de l'intestin qui n'avait pas été détectée ? Ou si la pression en créait une ?

Que se passerait-il s'ils soumettaient Ivy à une opération en urgence, mais qu'il soit déjà trop tard pour arrêter l'infection et que cela entraîne une péritonite, puis un choc septique ? Et si sa tension tombait si bas que cela pourrait conduire à un arrêt dramatique d'organes vitaux comme ses poumons, ses reins ou son foie, et qu'il soit impossible de la sauver ?

Même si ce risque était très faible, cela suffisait pour que James soit confronté à la possibilité impensable de perdre Ivy.

Cela entraînait une douleur telle qu'il avait l'impression que son cœur éclatait. Et il savait exactement ce qui causait cette douleur.

L'amour…

Il aimait Ivy. Il ne s'agissait pas juste d'une responsabilité parentale, ou d'un partage d'ADN, ou du fait qu'il était très fier de sa fille. Cela n'avait même rien à voir avec le côté adorable de ce bébé et la façon dont la câliner ou la voir sourire le faisait se sentir bien.

C'était le véritable amour. Aussi grand que celui qu'il éprouvait pour ses frères, qui faisaient tellement partie de lui. Ou pour sa sœur aînée adorée, qui avait été une autre maman pour lui. Et bien sûr, pour sa mère bien-aimée qui lui manquait encore tous les jours.

Ces failles ouvertes dans son cœur devenaient si larges qu'il pourrait tomber dedans. S'il perdait Ivy, il perdrait aussi Sarah.

Mais il allait la perdre de toute façon, n'est-ce pas ?

« Je ne peux plus vivre avec vous, James… »

Et maintenant il revoyait cette expression dans ses yeux. L'expression qui lui disait combien elle l'aimait. Il voulait cet amour.

Il en avait besoin.

Autant qu'il avait besoin de l'oxygène qu'il inspirait à travers le masque qu'il portait.

Parce qu'il l'aimait aussi.

— James ?

Il eut l'impression que le radiologue répétait son nom.

— Vous voyez ça ? Nous devons encore terminer, mais c'est un succès total, du premier coup. Il faudra que nous la surveillions cette nuit, pour s'assurer que l'intestin ne se retourne pas, mais c'est fini.

Non…

Ivy allait peut-être bien et serait bientôt prête à être emmenée en observation en pédiatrie, mais ce n'était pas fini. Loin de là.

— Je reviens tout de suite, dit-il.

— Sarah ? Pouvez-vous sortir une seconde ?

— Qu'y a-t-il, Mick ?

Sarah s'empressa de se mettre debout.

— Peut-être que le distributeur automatique du couloir ne marche pas, suggéra Eddie.

Il suivit Sarah hors de la pièce familiale.

Mais ceci n'avait rien à voir avec le distributeur que Mick était allé essayer. Ils purent tous voir James qui venait vers eux. Eddie et Mick échangèrent un coup d'œil, puis un sourire, et se fondirent tout simplement dans le décor – si bien que Sarah se retrouva seule face à James.

Il n'évitait pas son regard, cette fois. Il s'y raccrochait. Ou était-ce Sarah qui se raccrochait au sien ?

— Est-ce qu'elle... est-ce qu'Ivy...

— Elle va bien.

Oh ! Seigneur... Avait-il les larmes aux yeux ? De soulagement ? Avait-il eu aussi peur qu'elle de perdre Ivy ?

Mais James souriait en même temps. Il lui souriait à elle. Et cela faisait exactement le même effet que cette étreinte qu'il lui avait donnée, quand elle avait dit qu'elle resterait à Aberdeen pour qu'Ivy puisse être avec toute sa famille. Lorsqu'il l'avait serrée si fort qu'elle ne pouvait plus respirer, mais que cela ne faisait rien.

Parce que ça ressemblait à de l'amour...

James lui tendait la main.

— Viens avec moi, dit-il doucement. Ivy a besoin de sa maman.

Il lui prit la main et Sarah put sentir cet amour à travers sa peau. Un amour qui affluait dans son corps pour rejoindre son cœur. James pressa sa paume comme s'il voulait mettre l'accent sur ses mots.

— Elle t'aime tant, ajouta-t-il sur le même ton. Et moi aussi.

— Je t'aime aussi.

Rien de plus n'avait besoin d'être dit en cet instant. Ils auraient tout le temps de parler plus tard. De partager leur étonnement qu'elle soit tombée amoureuse à la fois d'un bébé et de son père. Pour l'heure, Sarah tenait simplement la main de cet homme qu'elle aimait de tout son cœur, et ils s'en allèrent ensemble.

Retrouver leur fille…

Épilogue

Quatre ans plus tard...

Ils se tenaient debout épaule contre épaule, dans des smokings assortis, à l'intérieur de l'église.

Trois hommes.

Trois frères.

James, Edward et Michael Grisham.

Il n'avait jamais fait aucun doute qu'ils seraient ensemble en un moment aussi important de leur existence, alors que Mick allait finalement épouser l'amour de sa vie dans la belle vieille église en pierre des environs d'Aberdeen.

Les trois frères se souriaient.

— Une impression de déjà-vu, murmura James. Ce n'est pas la première fois que nous nous tenons ainsi devant un autel.

Mick haussa un sourcil.

— Ce n'est peut-être pas la première fois, mais ce sera définitivement la dernière. Et si vous deux aviez attendu un peu plus longtemps, j'aurais sans doute pu quitter ce fauteuil roulant pour être debout à votre mariage.

— Je ne pouvais pas attendre, reconnut James. Pas quand j'ai réalisé combien nous avions eu tort, tous, à propos de ce stupide pacte de rester célibataires.

Personne n'allait mentionner que ce pacte avait été conclu

après avoir été dans la même situation avec Mick la fois où sa fiancée n'était jamais arrivée. James s'assura qu'ils n'aient même pas le temps d'y penser.

— En outre, ajouta-t-il vivement, je ne voulais pas que Sarah change d'avis.

Mick souffla.

— Comme si elle aurait pu... J'espère que tu mesures à quel point tu es chanceux, frangin.

— Oh oui, je le mesure, déclara James en poussant un soupir satisfait. Tellement.

Ses frères ne seraient peut-être pas d'accord, mais il se considérait bel et bien comme l'homme le plus chanceux de la terre. Un mari, un père et un amant qui avait aussi sa meilleure amie avec qui partager le reste de sa vie. Ivy – le lierre – avait maintenant une petite sœur appelée Holly – le houx – un nom qui avait amusé le reste de la famille. Eddie avait dit en plaisantant qu'il vaudrait mieux qu'ils n'aient pas une autre fille, sans quoi ils seraient obligés de l'appeler Boule-de-Gui.

— Qui aurait pensé que tu serais le premier à plonger ? dit Eddie en secouant la tête. Franchement, tu aurais pu attendre que Jodie et moi soyons mariés. C'est *moi* qui ai rompu ce pacte le premier, tu sais.

— C'était il y a longtemps, répondit calmement James. N'en parlons plus.

Il saisit le coup d'œil de Mick et le soutint une seconde.

— Je suis d'accord pour reconnaître que certaines choses valent la peine d'attendre, néanmoins.

Riley avait demandé à Mick de l'épouser quelques jours après son arrivée à Aberdeen. Apparemment, il avait répondu qu'il ne voulait plus être séparé d'elle un seul jour pour le reste de sa vie, mais qu'il ne se marierait que lorsqu'il pourrait redescendre l'allée de l'église avec elle sur ses deux pieds.

Et il était là... même si c'était avec un frère le serrant de près de chaque côté de lui. Mais c'était leur soutien émotionnel que

Mick voulait avoir ce jour-là, pas leur soutien physique. Avec Riley auprès de lui pour parcourir ce long et dur chemin, son rétablissement avait été exemplaire.

La femme pasteur apparut et sourit aux frères Grisham en prenant sa place. La musique jouée sur l'orgue de l'église se changea en la traditionnelle marche nuptiale et les trois frères se redressèrent. Puis ils se tournèrent comme un seul homme, avec tous leurs amis et leur famille, pour regarder arriver la mariée et son cortège.

Ella était la première, en sa qualité de dame d'honneur. Elle avait le regard fixé sur Mick et, même à cette distance, James pouvait voir qu'elle avait du mal à retenir des larmes de bonheur.

Les demoiselles d'honneur suivaient. Jodie était rayonnante, en fin de sa première grossesse, et elle souriait à Mick. Mais ensuite son regard glissa vers Eddie tandis qu'elle prenait sa place près de l'autel. James sentit avec quel amour Eddie regardait son épouse.

Et maintenant Sarah était si près qu'il aurait presque pu la toucher.

Tellement magnifique dans sa jolie robe.

Sa femme.

Son amour.

Mais elle ne le regardait pas. Elle s'était tournée pour voir pourquoi les trois petites demoiselles d'honneur – Ivy âgée de quatre ans, Maggie, la fille d'Ella, qui était sa meilleure amie, et la petite Holly âgée de deux ans – n'étaient plus derrière elle.

Les trois cousines, qui portaient de jolies robes assorties, avaient des petits paniers pleins de pétales de rose qu'elles devaient semer devant la mariée. Mais Holly avait décidé de s'asseoir par terre avec son panier et de jouer avec les pétales. Maggie la désignait du doigt en essayant d'alerter les adultes, mais Ivy, qui avait tendance à être un peu autoritaire, s'efforçait de remettre sa sœur sur ses pieds.

Derrière elles, Riley remontait l'allée au bras du mari d'Ella, Logan. Elle était éblouissante dans sa robe de mariée immaculée.

Elle tenait un simple bouquet de fleurs blanches... et riait en voyant l'obstacle qui lui barrait le chemin.

Des rires montèrent de toute l'assistance, résonnant contre les murs de la vieille église. Riley tendit une main et Holly décida de laisser sa tante l'aider à semer quelques pétales. Sarah croisa alors le regard de James, et il put voir du soulagement dans son sourire.

Et de la fierté.

Et tant de joie...

La révérende souriait aussi largement que tout le monde tandis que le cortège se mettait en position pour entamer l'échange des vœux.

— Chers frères et sœurs..., commença-t-elle.

Sarah avait Holly dans les bras, à présent, et Ivy se pressait contre sa jambe. James sentait la présence de ses frères et du reste de la famille autour de lui, et...

La vie ne pouvait pas être plus belle, n'est-ce pas ?

Il surprit le coup d'œil de Sarah. Il n'émit pas un son. Il ne bougea même pas les lèvres, mais il réussit quand même à envoyer le plus important des messages.

« Je t'aime... »

Et la réponse lui parvint aussitôt.

« Je t'aime aussi... »

Vous avez aimé ces romans ?
Retrouvez en numérique l'histoire d'Ella,
la sœur des triplés Grisham, dans :
Un patron pour voisin